Harper
Collins

*Åsa Avdic*

# Isoliert

Thriller

Aus dem Schwedischen von
Stephanie Elisabeth Baur

Harper
Collins

HarperCollins®
Band 100100

Die Übersetzerin dankt dem Freundeskreis Literaturübersetzer e. V. ganz herzlich für ein Arbeitsstipendium, das vom Ministerium für Wissenschaft, Forschung und Kunst Baden-Württemberg ermöglicht wurde.

FSC
MIX
Papier
FSC® C014496

1. Auflage: Dezember 2017

Deutsche Erstveröffentlichung

Titel der schwedischen Originalausgabe:
Isola

Erschienen bei: Natur & Kultur, Stockholm

Published by agreement with
Ahlander Agency

Umschlaggestaltung: Büro für Gestaltung, Cornelia Niere, München
Umschlagabbildung: BY / plainpicture
Autorenfoto: Copyright © Sara Mac Key
Redaktion: Annika Ernst
Satz: GGP Media GmbH, Pößneck
Printed in Germany
Dieses Buch wurde auf FSC®-zertifiziertem Papier gedruckt.
ISBN 978-3-95967-140-8

www.harpercollins.de

Werden Sie Fan von HarperCollins Germany auf Facebook!

Ich sah ihn an. Es gab so vieles, was ich ihn gern fragen wollte, so vieles, was ich ihm sagen wollte, aber irgendwie wusste ich, dass dazu keine Zeit war und dass alles ohnedies nicht von Belang war.

„Bist du glücklich hier?“, fragte ich ihn schließlich. Er überlegte einen Moment. „Nicht besonders“, sagte er. „Aber du bist auch nicht sehr glücklich da, wo du bist.“

*Die geheime Geschichte,* Donna Tartt

„Das ist ein Betrugsmanöver für zwei Leute“, sagte Shadow. „Das ist überhaupt kein Krieg, hab ich recht?“

*American Gods,* Neil Gaiman

Sie sollten die Sache zu zweit durchziehen. Er sollte die Verhöre führen, sie ihm assistieren. Für den Anfang jedenfalls. Später würde sie dann übernehmen. Diese Taktik hatten sie schon viele Male angewandt, und in der Regel brachte ihnen dieses kleine Überraschungsmoment einen Vorteil. Die meisten waren nämlich voreingenommen, sie gingen davon aus, dass er hier das Kommando hatte und sie ihm nur zur Hand ging, dass alle Kompetenz bei ihm lag und sie nur eine Untergebene war, eine Assistentin vielleicht oder seine Sekretärin. Doch das war sie mitnichten. In Wirklichkeit war sie diejenige, vor der man Angst haben musste.

Sie waren ein eingespieltes Team, und mit den Jahren hatten sie gelernt, ihr Vorgehen aufeinander abzustimmen. Der eine hart und offiziell, die andere warm und freundlich. Dann tauschten sie plötzlich die Rollen, mitten im Verhör, teils um ihr Gegenüber zu verwirren, teils weil sie es konnten. Doch am Ende war fast immer sie es, die den Widerstand der Verhörten schließlich brach.

Sie musste lächeln bei dem Gedanken, wie gut sie ihren Job erledigte, außerdem hatte sie direkt vor Aufgang 302 eine freie Parklücke entdeckt. Sie riss das Lenkrad herum, touchierte beim Einscheren um ein Haar das Auto auf dem benachbarten Parkplatz und kam leicht schräg zum Stehen. Daher setzte sie wieder zurück und parkte erneut ein, diesmal perfekt, genau in der Mitte des markierten Feldes. Dann nahm sie ihre Tasche vom Beifahrersitz, stieg mit Schwung aus dem Wagen und ging auf hohen Absätzen zum Fahrstuhl. Dort hielt sie ihren Ausweis vor die Kamera, die ihre Identität bestätigte. Es ärgerte sie, dass selbst sie, eine der engsten Vertrauten, sich derartigen Kontrollen unterziehen musste. Doch, hatte es geheißen, gleiche Regeln für alle. Sogar der Vorsitzende musste sich mit seinem Identitätsnachweis vor die Kameralinse beugen, zum Beweis, dass er auch tatsächlich er war. Zumindest hatte er ihr das so erzählt. Er wollte unbedingt als ein Teil des Teams auftreten, obwohl alle wussten, er war es nicht. Genau genommen, überlegte sie, während der Fahrstuhl durch die Etagen zu ihr heruntersauste, konnte sie nicht einmal mit Sicherheit sagen, wer überhaupt zum „Team“ gehörte. Immerhin hatte sie ein gutes Verhältnis zu ihrem direkten Kollegen, das war das Wichtigste. Und sie hatte Vertrauen in den Vorsitzenden, auch wenn sie ihn deshalb noch nicht lange kannte. Aber das musste reichen. Mehr konnte sie nicht erwarten.

Sie trat durch die sich öffnenden Fahrstuhltüren, die sich hinter ihr sofort wieder mit einem Geräusch schlossen, als würde sämtliche Luft aus dem Fahrstuhl gesaugt. Dann fuhr der Lift mit ihr nach oben. In seinem Inneren herrschte eine seltsame Atmosphäre der Schwerelosigkeit, und sie hatte kaum das Gefühl, sich überhaupt zu bewegen, doch als die Fahrstuhltüren kurz darauf wieder aufglitten, stand sie hoch oben im Gebäude. Unten vor den Fenstern lag die Stadt, im Hintergrund der Hafen, dahinter zeichneten sich die Schären ab und schließlich das offene Meer. Der Gedanke, dass der Horizont nur eine optische Täuschung war, dass er keine tatsächliche Grenze markierte, sondern lediglich die Begrenzungen des menschlichen Auges aufzeigte, war beruhigend und beängstigend zugleich. Dort draußen kann viel passieren, dachte sie. Doch früher oder später wird es an Land gespült. Treibgut, das an einen Strand geschwemmt wird und dort mit der Zeit verrottet. Wie der Inhalt ihrer Aktentasche. Ihr Job bestand darin, dieses Treibgut zu beseitigen. Ihr Job und seiner. Das hatten sie schon viele Male getan, und trotzdem verspürte sie bei dem Gedanken an das, was sie heute erwartete, ein unruhiges Ziehen im Magen.

Als sie in den Umkleideraum kam, war er bereits da und schloss gerade die letzten Knöpfe seiner Uniform. „Ah, wie ich sehe, hast du deine Glücksschuhe an“, sagte er mit einem schiefen Lächeln. Sie schlüpfte aus den schwarzen Pumps mit den roten Sohlen und stellte sie in ihren Spind. Teure Importschuhe, die ihre Schwester ihr aus dem Ausland geschickt hatte. Es mochte albern sein, aber sie bildete sich ein, dass ihr die Farbe Rot Glück brachte. In anderen Dingen war sie nicht abergläubisch, doch nun hatte sie bei wichtigen Vorhaben schon so viele Jahre etwas Rotes am Körper getragen, dass sie es nicht mehr wagte, darauf zu verzichten. Es kam ihr jedes Mal aufs Neue unnötig vor, das Schicksal ausgerechnet in dieser Situation herauszufordern. Dafür war einfach nie der richtige Zeitpunkt.

„Tut gut, sie zu sehen“, fuhr er fort. „Heute können wir ein bisschen positive Energie gebrauchen. Auch wenn wir mit der Hauptperson selbst gar nicht sprechen werden.“

Sie blickte ihn an. In ihr regte sich erneut Unruhe, diesmal jedoch heftiger. „Anna Francis? Ist sie noch immer ... indisponiert? Oder wie soll man ihren Zustand nennen?“

Er zuckte mit den Achseln. „Ich weiß es nicht. Keine Ahnung, wie sie es bezeichnen. Aber egal, offenbar sollen wir trotz allem schon mal loslegen. Ich warte vor der Tür.“

Er schlug die Hacken zusammen, deutete zum Scherz einen Militärgruß an, was er sich nur erlauben konnte, wenn sie beide unter sich waren, und verließ den Umkleideraum. Sie zog Rock und Blazer aus und nahm ihre Uniform aus dem Spind. Eigentlich war es lächerlich, sich für die Fahrt zur Arbeit extra so in Schale zu werfen, noch dazu mit importierter Markenkleidung vom Schwarzmarkt, nur um sich vor Ort sofort wieder umzuziehen, doch das gab ihr das Gefühl, ein Mensch zu sein. Eine solche Haltung war zwar nicht unbedingt erwünscht, aber solange sie nicht allzu viel Aufhebens darum machte, konnte sie sich das in ihrer Position leisten. Jedenfalls glaubte sie das, und bisher hatte sich noch niemand über ihren teuren Kleidungsstil beschwert.

Sobald sie in ihre dunkelblaue Uniform geschlüpft war, erfüllte sie nur noch eine Funktion in einem System, dessen Ausmaße sie nicht erfassen konnte. Sie wusste lediglich, dass es funktionierte. Meistens jedenfalls und teilweise auch dank ihr und ihrem Kollegen. Sie beide waren das Antivirusprogramm des Computers. Sie behoben Fehler und beseitigten Störfaktoren.

Rasch schloss sie die letzten Knöpfe ihrer Uniformjacke, ging zum Spiegel und schnitt eine missmutige Grimasse. Ihr jüngster Sohn kam noch immer jede Nacht hartnäckig zu ihr ins Bett gekrochen, und er lag nie still. Genauso gut könnte sie neben einem am Bratspieß rotierenden Grillhähnchen schlafen. Wie schon so häufig war sie auch diese Nacht wieder irgendwann in den frühen Morgenstunden aufgestanden und hatte sich resigniert in das kleine Kinderbett gelegt, aus dem ihre Waden herausragten. Dort war sie für eine weitere Stunde in einen unruhigen Schlaf gefallen, bis ihr Wecker klingelte und es an der Zeit war aufzustehen.

Sie rieb sich fest über die Wangen, um die Müdigkeit aus ihrem Gesicht zu vertreiben, nahm ein Haargummi zur Hand und band sich das schwarzbraune Haar mit ein paar geübten Bewegungen zu einem strammen Pferdeschwanz zusammen. Dann befeuchtete sie ihre Hände unter dem Wasserhahn und bändigte ein paar graue Haare, die nicht am Kopf anliegen wollten. Der Frühling ließ dieses Jahr ungewöhnlich lange auf sich warten, überlegte sie beim Anblick ihres bleichen Gesichts im Spiegel, und es war bereits Wochen her, seitdem die Sonne sich ihnen zuletzt gezeigt hatte. Sie dachte an ihre drei Wochen Urlaub im Sommer und ob sie es wohl dieses Jahr zur Blaubeerzeit in das kleine Ferienhaus schaffen würden, das sie für gewöhnlich von der Behörde mieteten, oder ob es am Ende wieder nicht klappte. Denn auf den Sommer war kein Verlass. Und auf den Urlaub genauso wenig. Letztes Jahr waren gerade vier Tage möglich gewesen. „Interne Probleme“, die gelöst werden mussten. Aber so war das eben, dachte sie. Damit musste man in diesem Job rechnen. Sie nahm die Aktentasche in die Hand und verließ den Umkleideraum.

Er wartete vor der Tür auf sie, und gemeinsam gingen sie durch den Korridor auf die Gittertür zu. Dort wurden sie von einem Wachmann gründlich durchsucht, doch als dieser auch in ihre Aktentasche sehen wollte, legte sie die Hand auf den Verschluss.

„Die darf nicht geöffnet werden. Schauen Sie auf Ihrer Liste nach." Der Wachmann ging in sein Büro und ergriff ein schwarzes Funkgerät. Durch das schalldichte Glas konnte sie sehen, wie seine Lippen sich bewegten. Dann nickte er, wohl weil er die nötige Auskunft erhalten hatte, trat wieder aus seinem Büro und deutete mit einem erneuten Nicken auf die Schleuse. „Bitte sehr."

Vor ihnen glitten die Türen auseinander und hinter ihnen sofort wieder zu. Es dauerte ein paar Sekunden, bis die Farbe der Lampe oben in der Ecke von Rot auf Grün sprang und sich das nächste Türenpaar öffnete. Diesen Moment, wenn sie eingesperrt dort in der Schleuse standen, hasste sie jedes Mal aufs Neue. Sie fühlte sich dann immer wie eine Gefangene. Als bestünde zwischen ihr und denen dort vorn überhaupt kein Unterschied.

Der dahintergelegene Korridor war schlecht ausgeleuchtet. Die Abstände zwischen den Leuchtstoffröhren an der Decke waren zu groß, und die Menschen bewegten sich abwechselnd durch Schatten und das von oben kommende, bleiche Licht. Sie sahen alle wie Tote aus. Die Geräusche waren gedämpft, ihre Schritte kaum zu hören. Er ging vor ihr her, sie folgte ihm dicht auf den Fersen. Bei einer Luke in der Wand hielten sie an. Er klopfte mit dem Knöchel gegen die Glasscheibe, und als dahinter ein unwirscher älterer Mann auftauchte, schob er ein Blatt Papier darunter hindurch. Daraufhin kam der Mann mit einem großen

Schlüsselbund in der Hand heraus und ging ohne ein Wort den Korridor hinunter. Sie folgten ihm. Er schloss eine schwere Stahltür zu ihrer Rechten auf und ließ sie in einen weiteren Korridor treten. Dort war es noch dunkler. Auf der linken Seite befanden sich Fenster, hinter denen Menschen in kubusförmigen Warteräumen saßen. Einige lasen, andere blickten beunruhigt in Richtung der Glasscheiben. Sie wusste jedoch, dass man nicht zu ihnen heraussehen konnte, es handelte sich um Polizeispiegel.

Der Wachmann blieb stehen. Sie waren am Ziel. Er schloss eine letzte Tür auf und ließ sie in den sparsam möblierten Raum treten. Ein Tisch in der Mitte, mit einem Stuhl auf dessen einer Seite und zwei auf der anderen. Eine Wasserkaraffe und ein paar Plastikbecher. Daneben ein großes Tonbandgerät und ein schwarzes Telefon.

„Geben Sie uns ein paar Minuten, dann können Sie den Ersten hereinbringen", sagte er zu dem Wachmann, der die Tür mit einem Nicken hinter sich schloss. Sie stellte die Aktentasche auf den Tisch und zog die große Mappe mit Fotos, Karten und unzähligen weiteren Dokumenten heraus. Auf der Vorderseite der Mappe prangte ein großer roter Stempel mit den Worten STRENG GEHEIM, und darunter stand:

SOR 234:397
Klasse 3
Bericht über die Vorfälle auf
ISOLA

Sie sah zu ihrem Kollegen, der mit gerunzelter Stirn in der Mappe blätterte. Die Angst stand ihm ins Gesicht geschrieben, und das sah ihm sonst nicht ähnlich. Sie hatte ihn schon häufig wütend erlebt, auch verärgert, müde, gelangweilt, frustriert oder enttäuscht, aber noch nie ängstlich. Deshalb fragte sie sich, wie viel er wusste. Ob er mehr wusste als sie. Und falls ja, was genau. Prüfend blickte sie ihn an. Als er bemerkte, dass sie ihn beobachtete, setzte er eine neutrale Miene auf, klappte die Mappe zu und legte sie vor sich auf den Tisch. „Ich hoffe inständig, deine roten Sohlen wirken, heute können wir ein bisschen Glück verdammt gut gebrauchen“, sagte er halb zu ihr, halb zu sich selbst, während er sich auf seinem Stuhl niederließ.

„Und Anna Francis wird nicht anwesend sein? Bist du sicher?“ Sie musste ihm die Frage einfach noch einmal stellen, um sich zu vergewissern.

Er sah sie an. „Nein, oder zumindest hat man mir das gesagt. Hast du etwas Gegenteiliges gehört?“

Sie schüttelte den Kopf. Doch sie war lange genug dabei, um zu wissen, dass das nichts Gutes bedeutete. Sie wollte noch etwas sagen, nahm jedoch stattdessen die Mappe vom Tisch und steckte sie zurück in die Aktentasche, die sie neben sich auf den Fußboden stellte. Gerade als sie ihn fragen wollte, ob er wisse, wo Anna Francis sich derzeit aufhalte und ob mit ihr alles in Ordnung sei, schwang die Tür auf.

# DER ANFANG

## *Anna*

Es ist schon erstaunlich, was uns dazu veranlassen kann, einen anderen Menschen wirklich wahrzunehmen, ihn wahrhaftig zu sehen. Denn jemanden wahrhaftig zu sehen, bedeutet zugleich, sich die eigene Verliebtheit einzugestehen, nämlich in dem Moment, in dem man diesen anderen Menschen plötzlich erblickt, auf der gegenüberliegenden Seite eines Raumes, so als würde man ihn zum allerersten Mal wirklich sehen. Als ich Henry Fall zum ersten Mal wirklich sah, hatten wir schon eine ganze Weile zusammen in derselben Abteilung gearbeitet, und das Merkwürdige war, dass es sich eigentlich nur um eine ganz kleine Geste handelte, die meine Aufmerksamkeit auf ihn lenkte.

Unser Chef, ein junger Mann mit großen Ambitionen, von dem es hieß, er sei genau der Richtige, um „die allgemeine Effizienz zu steigern", hatte zu sich nach Hause eingeladen. Unsere gesamte Abteilung war anwesend, es herrschte eine etwas unbehagliche und leicht befangene Atmosphäre, und alle hatten sich ein wenig feiner herausgeputzt, die Frauen sich stärker geschminkt als sonst, und statt der üblichen alten Kaffeebecher hielten alle schlanke Gläser in der Hand. Viele trugen nagelneue, noch etwas steife Kleidung. Aus dem Kragen der Abteilungssekretärin, einer älteren Dame mit helmartiger Frisur, sah ich im Nacken ein Preisschild herausragen. Vielleicht steckte die Quittung ja noch in ihrer Brieftasche, weil sie am darauffolgenden Tag versuchen wollte, die Bluse zurückzugeben. Und ihre Coupons zurückzubekommen. Ich konnte sie vor mir sehen, wie sie, das Kleidungsstück in einer miefigen Plastiktüte, mit der Quittung in der Hand an der Kasse stand und wortreich die

Qualität, die Größe oder einen Saum beanstandete. Dazu das müde, zu stark geschminkte Gesicht der Verkäuferin. Vermutlich wäre unsere Abteilungssekretärin mit ihrer Reklamation erfolgreich.

Vor dem eigentlichen Abendessen, für das in einem geräumigen Wohnzimmer mit Blick auf die Bucht eingedeckt war, wurde Rotkäppchen-Sekt von einem üppig mit Flaschen bestückten, verchromten Servierwagen ausgeschenkt. Es ärgerte mich maßlos, dass sich ein Jungspund wie unser Chef eine derartige Luxuswohnung in einem der neuen Hochhäuser draußen auf Lidingö leisten konnte, inklusive Aussicht über die Halbinsel Karlsudd mit ihren exklusiven Villen und den Militärstützpunkt auf Tynningö. Vermutlich hatte er einflussreiche Verwandte (was wiederum eine willkommene Erklärung dafür böte, wie er an seinen Chefposten gelangt war).

Henry hielt sich, wie gewöhnlich, ein wenig abseits einer Gesprächsrunde. Doch plötzlich beobachtete ich, wie er ohne Umschweife nach einer Flasche teurem Cognac griff, sein Glas vollschenkte, es in großen Schlucken leer trank und es anschließend stillschweigend auf dem Wagen abstellte, als wäre nichts passiert. Ein solches Gebaren wirkte eigentlich nicht unbedingt sympathisch, und bei jedem anderen Menschen hätte ich es sogar als besorgniserregend empfunden, als einen latenten Hinweis auf Alkoholismus, Nervosität, Schwäche oder mangelnde Erziehung. Doch bei einem derart kontrollierten Menschen wie Henry sprach es für etwas gänzlich anderes: eine Art Lebenshunger. Als ich sah, wie Henry den Cognac hinunterkippte, kam mir zum ersten Mal der Gedanke, dass er möglicherweise nicht derjenige war, für den ich ihn gehalten hatte, und er mir womöglich gefährlich werden konnte. Und nachdem ich einmal damit begonnen hatte, Henry zu beobachten, fielen mir noch weitere Dinge an ihm auf. Es war wie beim Pfifferlinge sammeln. Zuerst sah man überhaupt keine, dann ein paar, und auf einmal war der ganze Boden davon übersät. Als Zweites fiel mir Henrys Lachen auf. Er war ein Mann, der lachte. Das mag nicht besonders bemerkenswert klingen, doch die meisten Männer lachen nicht. Sie lächeln, glucksen oder räuspern sich eventuell verlegen, ein echtes Lachen hört man jedoch nie. Henry hingegen lachte, und zwar lauthals und hemmungslos, was eigentlich nicht zu seinem sonst so zurückhaltenden Auftreten passte.

Je länger wir zusammenarbeiteten, desto öfter ertappte ich mich bei dem Versuch, ihm genau dieses Lachen zu entlocken, nur um zu sehen, wie er völlig verausgabt über seinem Schreibtisch hing oder sich mit Tränen in den Augen gegen die Lehne seines Bürostuhls warf und seine regelmäßigen, weißen Zähne zeigte. Denn noch etwas Drittes war mir aufgefallen: Er hatte ungewöhnlich schöne Zähne.

Eigentlich war Henry ein recht durchschnittlicher Mann. Er erledigte seine Arbeitsaufgaben mit Eifer und fast schon übertriebener Gründlichkeit, allerdings auch mit einem Mangel an Originalität. Er ging keine Risiken ein, war weder verschlossen noch besonders gesprächig und erzählte nie von sich selbst, es sei denn, man stellte ihm eine konkrete Frage. Dann antwortete er höflich und knapp. Was er am Wochenende unternommen hatte, wie ihm der neueste Film gefiel, wohin er in den Urlaub fahren würde. Er beantwortete immer nur die ihm gestellte Frage, nicht mehr und nicht weniger. Anschließend lenkte er das Gespräch häufig auf sein Gegenüber, was jedoch weniger mit einem dezidierten Interesse zu tun zu haben schien, als vielmehr mit Höflichkeit, möglicherweise aber auch damit, dass er auf diese Weise nicht über sich selbst sprechen musste, wie ich mit der Zeit zu vermuten begann. Wenn Kollegen ihn zu Geburtstagen, Grillfesten oder auf ein Feierabendbier einluden, lehnte er fast immer ab, höflich und aus absolut nachvollziehbaren Gründen. Seine Tante feiere Geburtstag, er habe die Waschküche reserviert oder würde verreisen. Leider, leider.

Beim nächsten Mal jedoch gern. Er war ein Mann, der andere in Ruhe ihre Arbeit machen ließ, und dementsprechend wurde auch er in Ruhe gelassen. In unserer Abteilung herrschte einstimmig die Meinung, dass Henry Fall ein netter Kerl war, kam er aber einmal nicht zur Arbeit, fiel es keinem auf. Nachdem ich allerdings damit begonnen hatte, ihn zu beobachten, wurde mir klar, dass seine freundliche Distanz, diese geradezu demonstrative Zurückhaltung, kein Zufall war. Im Gegenteil, sie war von ihm beabsichtigt.

Auch sein Äußeres verriet nichts besonders Bemerkenswertes über ihn. Er sah aus wie ein Junge aus der Vorstadt, der mit gepflegten Rasen und hinter weißen Zäunen aufgewachsen war. Dazu Mannschaftssport und Sammelbilder, Sommerlager mit den Pionieren. Henry war nicht größer als der Durchschnitt, doch er hatte die breiten Schultern eines Mannes, der in seiner Jugend viel Sport getrieben, dies aber später nicht weiterverfolgt hatte. Man konnte ihn nicht als übergewichtig bezeichnen, aber auch nicht unbedingt als schlank. Freundliche Augen, braune Haare. Er ging zu selten zum Friseur, seine Wangen hingegen waren jeden Morgen tadellos rasiert. Auf seinem bleichen Nasenrücken deuteten sich feine Sommersprossen an, ob seine Haut in der Sommersonne jedoch braun oder eher rot wurde, ließ sich nur schwer einschätzen. Im Winter ging er stets mit Mütze und Handschuhen. Und manchmal hatte er bunte Strümpfe mit Comicfiguren darauf an. Gut möglich, dass er zudem einen Wichtelschlips besaß, diesen jedoch nie trug. Seine Stimme klang beherrscht und leicht kratzig. Henry Fall kam einem wie ein entfernter Nachbar oder ein Freund aus Kindertagen vor, jedenfalls wie jemand, dem man schon einmal begegnet war, ohne so recht zu wissen, wo. Er war ein Mann, der aus der Menge nicht weiter herausstach. Hätte ich nicht mitbekommen, wie er den Cognac in sich hineinkippte, wäre er mir wahrscheinlich nie wirklich aufgefallen.

Ich begann, Informationen über ihn zu sammeln, das Wenige, was über ihn zu erfahren war. Er erwähnte nie irgendwelche Kinder, auch keine Ehefrau oder Freundin, weshalb ich davon ausging, dass er alleine lebte. Einmal sah ich ihn abends zusammen mit einer Frau, die nicht bei uns in der Abteilung arbeitete, auf dem Bahnsteig stehen. Mit ihrem gleichmäßigen schokoladenbraunen Pagenschnitt und dem mit einem Pelzkragen besetzten Mantel war sie von einer Schönheit, die an alten Adel erinnerte. Als sie lachte, legte sie ihm die Hand in einer Weise auf den Arm, die mich annehmen ließ, dass die beiden möglicherweise ein Paar oder doch zumindest schon miteinander im Bett gewesen waren. Ich versuchte sie mir zusammen vorzustellen, beim leidenschaftlichen Sex auf zerwühlten Laken, doch das Bild wollte sich nicht einstellen. Der Gedanke an Henry ohne seine kontrollierte Ruhe brachte mich nur in Verlegenheit, und trotzdem ließ er mich nicht mehr los. Bei der Arbeit starrte ich auffällig oft auf Henrys Hände, und in meiner Einsamkeit versuchte ich, sie mir auf meinem Körper vorzustellen. Doch schon allein mir eine Situation auszumalen, in der sich etwas Derartiges ereignen könnte, erwies sich als schlichtweg unmöglich, und statt erregt fühlte ich mich am Ende bloß wie der letzte Idiot. Es war einfach zu absurd. Trotzdem ging mir die Vorstellung nicht mehr aus dem Kopf.

Einige Zeit nachdem ich ihn den Cognac hatte trinken sehen, wurden wir zufällig demselben Projekt zugeteilt. Nichts Außergewöhnliches, nur einer jener Standardaufträge, wie sie eben erledigt werden mussten. Doch kaum hatten wir unsere Zusammenarbeit begonnen, stellten wir etwas fest, das wohl uns beide überraschte: Wir waren ein gutes Gespann. Was zunächst nach den eintönigsten und langweiligsten Arbeitsaufgaben aussah, wurde mit einem Mal spannend, und im Laufe der Wochen blieben wir immer häufiger als Letzte im Büro, wo wir uns in eifrige

Diskussionen über Details vertieften, die keinen außer uns interessierten. Wir verstanden uns intuitiv, was unser Zusammensein so angenehm machte. Ich ertappte mich dabei, wie ich mich auf diese Abende zu freuen begann, wenn alle anderen längst zu Hause waren und das Großraumbüro im Dunkeln lag, bis auf unsere kleine, von einer Leuchtstoffröhre erhellte Insel. Dort saßen wir dann beisammen mit unseren Kaffeebechern, Papierstapeln und den in Plastikfolie eingewickelten Saure-Gurken-Sandwiches, die wir an einem Automaten im Korridor kauften. In diesen Momenten schien Henry aus seinem Schneckenhaus herauszukommen und menschlichere Züge anzunehmen, die Ärmel seines Hemdes bis über die Ellenbogen hochgerollt und die Haare völlig zerzaust, nachdem er wiederholte Male und offenbar unbewusst mit der Hand hindurchgefahren war.

Das Projekt brachte unserer Abteilung schließlich sogar eine Nominierung für die beste Arbeit im Ministerialdienst innerhalb unseres Fachbereichs ein, der Preis ging jedoch an eine andere Abteilung, und ich verlor kaum mehr einen Gedanken daran. Für mich war die Entdeckung Henrys der große, unerwartete Gewinn. Doch als Henry mir tags darauf am Kaffeeautomaten begegnete, erkannte ich, dass er mit dem Ergebnis alles andere als zufrieden war. Bei der Erwähnung des Preises zog er ein verbissenes Gesicht, und seine Antwort fiel kurz und scharf aus. Auf seine so beherrschte und korrekte Art machte ihn diese Niederlage rasend. In dem Moment begriff ich, dass Henry, all seinem bescheidenen Auftreten zum Trotz, ein Mensch war, der den Wettbewerb liebte.

Ein paar Tage später wurden wir von unserem jungen Chef zum Abendessen eingeladen, der die Gelegenheit zum Anlass nehmen wollte, uns seine Wertschätzung für unsere herausragende Arbeit auszudrücken, auch wenn wir den Preis nun doch nicht gewonnen hatten. „Für mich als Chef sind trotz allem Sie die

Sieger", hatte in seinem wöchentlichen Rundbrief gestanden, in dem er den Restaurantbesuch ankündigte. Vermutlich hatte er den Satz direkt aus dem vom Ministerium gestellten Handbuch für Führungskräfte entnommen.

Das Abendessen wurde in einem der renommiertesten Restaurants der Stadt eingenommen, das bekannt dafür war, stets frische Import-Ananas auf der Karte zu führen und von den Stromausfällen nur äußerst selten betroffen zu sein. Im Gegenzug waren die Speisen dort fantasielos und teuer und die Kellner schnodderig. Ich saß neben Henry und empfand ein gewisses Unbehagen dabei, in Gesellschaft anderer mit ihm zusammen zu sein, fast als würden wir allein durch die Tatsache, dass wir hier saßen und verlegen auf dieses Projekt anstießen, das ja doch keinen Preis gewonnen hatte, etwas Privates über uns verraten. Aus diesem Grund bekam ich auch nicht mit, wie viele Male die steifen Kellner mein Glas wieder neu auffüllten. Nach der Hälfte des Abendessens merkte ich, dass ich betrunken war. Henry beantwortete meine zunehmend unzusammenhängenden und persönlichen Fragen freundlich, aber distanziert, und in einem gänzlich anderen Ton als dem, der sich während unserer zweisamen Abende im Büro zwischen uns entwickelt hatte. Es schien, als wollte er auf höfliche Art wieder eine Distanz zu mir herstellen, und anstatt sich mit mir zu unterhalten, verbrachte er den größten Teil des Abends damit, einen Kollegen über die Vor- und Nachteile der Anlage eines Komposthaufens auf dem eigenen Grundstück auszufragen.

Bereits im Taxi nach Hause machte sich Angst in mir breit, das bedrückende Gefühl, mich in irgendeiner Weise blamiert zu haben, ohne so recht zu wissen, womit. Draußen vor dem Fenster eilten vereinzelte Nachtschwärmer heimwärts oder den Boulevard der in Freundschaft Vereinten Völker entlang, während Schneeflocken ihren Rücken nachjagten. Ich gab dem Taxifahrer ein viel zu großzügiges Trinkgeld, ging ins Haus, schloss die Wohnungstür auf und streifte mir im Flur die Schuhe ab. Meine Kleider ließ ich mitten im Wohnzimmer auf den Boden fallen und rollte mich auf dem Bett zusammen. Übelkeit stieg kalt und sauer in mir auf, und ich hatte das Gefühl, mein Bett würde ungebremst durch einen unsichtbaren Tunnel rasen. Ich drehte mich auf den Rücken und versuchte, einen Punkt an der Decke zu fixieren, bis ich irgendwann einfach wegdämmerte. Und da träumte ich von Henry. Wir lagen in Unterwäsche miteinander im Bett, in einem großen weißen Raum mit flatternden Vorhängen vor einem blinden Fenster. Es bestand kein Zweifel, dass wir uns küssen würden, doch es kam immer etwas dazwischen. Die Zeit dehnte sich aus, dann zog sie sich wieder zusammen. Plötzlich war im Nebenzimmer eine große Party im Gange. Leute kamen auf der Suche nach irgendwelchen Dingen zu uns herein, Henry ging hinaus und suchte ebenfalls nach irgendetwas, kehrte wieder zu mir zurück und erhob sich sofort aufs Neue. „Gleich", dachte ich in meinem Traum, „gleich wird er mich küssen." Als ich vom Klingeln meines Weckers erwachte, hatte ich zunächst keine Ahnung, wo ich mich befand, doch sowie mir bewusst wurde, dass ich in meinem eigenen Bett lag, wäre ich am liebsten sofort wieder zurück in meinen Traum geflüchtet.

Meine morgendlichen Tätigkeiten verrichtete ich wie umnebelt, ich duschte, putzte mir die Zähne und zog mich an, ohne von meinem Tun auch nur die geringste Notiz zu nehmen. Jede einzelne Zelle meines Körpers schien bereit zur Flucht. In der S-Bahn zur Arbeit saß ich mit leicht zusammengekrümmtem Oberkörper da, als hätte mir jemand einen Schlag in den Magen versetzt. Tatsächlich litt ich unter einem Kater wie auch dem beängstigenden Gefühl, mir nicht hundertprozentig sicher sein zu können, was ich am Vorabend zu wem gesagt hatte. Und während ich hinaus auf die grauen Vororte starrte, die auf dem Weg in die Ministerialstadt vor meinem Zugfenster vorbeirauschten, und dabei minutiös jedes Wort und jede Handlung durchging, an die ich mich vom gestrigen Abend noch erinnern konnte, wurde mir erstmals in vollem Umfang klar, dass ich mich wohl in Henry verliebt hatte.

Einige Wochen später rief mein Chef mich überraschend zu sich ins Büro und bat darum, ein, wie er es nannte, Dream-Team zusammenzustellen. Wir sollten taktische Studien und Kalkulationen im Vorfeld einer möglichen Hilfsmission im Protektorat Kysylkum anstellen, einem Gebiet an der Grenze zwischen Turkmenistan und Usbekistan, das seit dem Zweiten Kalten Krieg Anfang der 2000er-Jahre in den Verantwortungsbereich der Freundschaftsunion fiel. Je mehr er berichtete, desto hoffnungsloser erschien mir das ganze Vorhaben. In seiner etwas diffusen Schilderung klang schon das eigentliche Hilfsprojekt nahezu undurchführbar, und auf Grundlage seiner vagen Vorgaben und des streng begrenzten Budgets eine solide Berechnung von Arbeitsaufwand, Material und benötigtem Personal anzustellen, kam mir mindestens ebenso schwierig vor. Doch irgendetwas in seiner Rede ließ meine Knie vor Spannung zittern. Was aber weniger am tatsächlichen Inhalt seiner Worte lag als vielmehr an dem Gefühl, dass ich hier vielleicht ausnahmsweise einmal etwas würde ausrichten können, das wirklich von Bedeutung war. Etwas Gutes. Der Auftrag würde einiges an mühseliger Schreibtischarbeit an diversen Rechenapparaturen erfordern sowie die Koordination mehrerer für ihre schlechte Organisation bekannter Abteilungen in den betreffenden Behörden, und die Zeit, die uns dafür zur Verfügung stand, war äußerst knapp bemessen. Alles in allem handelte es sich also um eine schier unmögliche Aufgabe, doch ich wurde das Gefühl nicht los, dass irgendwo tief unten, unter all den Schichten bürokratischer Hürden, eine echte Chance aufschimmerte. Daher beschloss ich zuzusagen, und nachdem ich mich versichert hatte, dass ich bei der Wahl meiner Mitarbeiter tatsächlich völlig freie Hand haben würde, genoss ich in vollen Zügen die überraschte Miene meines Chefs, als ich seinen Auftrag annahm.

„Solange nur Sie selbst mit von der Partie sind“, erwiderte er und schüttelte mir mit erstauntem Blick die Hand. Offenbar hatte er mit einer anderen Reaktion meinerseits gerechnet, möglicherweise mit Wut, weil er mich offensichtlich, und noch dazu so unverhohlen, aufs Abstellgleis schieben wollte. Mit mehr Rückfragen zumindest, mehr Widerstand.

Nachdem das Treffen beendet war, ging ich als Erstes in unsere Büroräume zurück und hielt nach Henry Ausschau. Nach dem Abschluss unseres gemeinsamen Projekts hatten wir noch ein paarmal zusammen zu Mittag gegessen, doch wir schienen unsere geheime Sprache verloren zu haben, seitdem wir nicht mehr miteinander arbeiteten. Deshalb freute ich mich über diesen perfekten Vorwand, unsere Allianz vielleicht wieder zu neuem Leben erwecken zu können. Ich entdeckte ihn im Korridor, und als ich ihn in die Cafeteria schleppte und ihm von dem Auftrag zu erzählen begann, sah ich auch in seinen Augen etwas aufleuchten. Wie sich herausstellte, hatte er während seiner Jahre beim Militär den Umgang mit genau jener Art von Kalkulationsprogrammen gelernt, die wir für unsere Studie benötigen würden, und passte somit perfekt in die Projektgruppe. Wir unterhielten uns lange darüber, wie wir die Aufgabe anpacken könnten, wer aus der Abteilung sonst noch infrage käme und wie das Projekt rein zeitlich und logistisch angelegt werden sollte. Und mit einem Mal schienen wir wieder zurück in unserer Blase zu sein. Als wir uns am Abend voneinander verabschiedeten, fühlte ich mich erleichtert, zum ersten Mal war ich mir absolut sicher, dass zwischen Henry und mir tatsächlich ein Band existierte, wie auch immer dieses beschaffen sein mochte, und dass wir beide es spüren konnten.

Als ich am nächsten Tag zur Arbeit kam, fand ich eine E-Mail von Henry vor, die er noch spät am vorigen Abend verfasst hatte und in der er mir in kurzen Worten mitteilte, dass er trotz allem doch nicht an dem Projekt mitwirken könne, da er seine Kenntnisse auf dem gefragten Gebiet als allzu oberflächlich und unzureichend einschätze. Er schrieb:

*Aus diesem Grund muss ich mich leider aus dem Projekt zurückziehen, und ich hoffe, dass Dir dies nun nicht noch zusätzlich Umstände bereitet.*
*Herzliche Grüße.*

Die Nachricht war in einem förmlichen Ton gehalten, wie von einem Fremden, der freundlich, aber bestimmt ein Zeitungsabonnement ablehnte.

Etwa eine Stunde später kam unsere Abteilungssekretärin in unsere Büroräume und teilte uns mit, Henry habe einen grippalen Infekt und werde heute zu Hause bleiben. Tags darauf kam er wieder zur Arbeit, erwähnte jedoch weder das Projekt noch seine seltsam distanzierte und abweisende E-Mail auch nur mit einer Silbe. Er behandelte mich aber weiterhin höflich und korrekt.

Einen Monat später beendete er seine Arbeit in unserer Abteilung und trat eine Stelle in dem weit entfernt gelegenen F-Block an, als Abteilungsleiter eines Evaluationsprogramms für Rehabilitationsmaßnahmen. An seinem letzten Tag verabschiedeten wir uns mit einer flüchtigen und äußerst hölzernen Umarmung sowie der losen Verabredung zu einem gemeinsamen Mittagessen irgendwann einmal in der Zukunft. Woraus allerdings nie etwas wurde, da er sich nicht meldete. Einige Male sah ich ihn noch aus der Ferne an der S-Bahn-Haltestelle stehen, sprach jedoch nie mit ihm.

Bis sich unsere Wege auf Isola wieder kreuzten.

Das Projekt, für das Henry seine Teilnahme abgesagt hatte, wurde – trotz aller Hürden und völlig wider Erwarten – ein Erfolg. Irgendwie, wahrscheinlich in erster Linie, weil ich es meinem verhassten Chef (und vermutlich auch Henry) hatte beweisen wollen, war es mir gelungen, die Sache innerhalb des zeitlichen und finanziellen Rahmens sowie mit dem gewünschten Resultat durchzuführen. Im Anschluss wurden ein Teil meines Teams und ich nach Kysylkum geschickt, wo wir dafür sorgen sollten, dass alles wie geplant vonstattenging, wenn die eigentliche Hilfsarbeit anlief. Anfangs war nur diese eine Reise vorgesehen, aber dann wurden wir ein ums andere Mal darum gebeten, erneut und für immer längere Zeiträume dorthin zurückzukehren, und ehe ich mich versah, leitete ich das Hilfsprojekt vor Ort selbst und koordinierte die Zusammenarbeit mit den militärischen Einsatzkräften.

Als die Auseinandersetzungen zwischen den Klans eskalierten, sich die Sicherheitslage verschärfte und die Unruhen sich auf die gesamte Region ausweiteten, waren wir plötzlich die Einzigen vor Ort, die noch humanitäre Hilfe leisten konnten. Das Militär zeigte natürlich weiterhin Präsenz, doch die Lokalbevölkerung hatte aus gutem Grund vor ihm Angst. Also kamen die Menschen zu uns, und statt Chefin einer Hilfsstation war ich auf einmal Leiterin eines von Tag zu Tag anwachsenden Flüchtlingslagers, eine Aufgabe, von der ich leider keinerlei Ahnung hatte. Keine meiner bisherigen Tätigkeiten hatte mich in irgendeiner Weise hierauf vorbereitet, auf diesen enormen Ansturm verzweifelter Menschen, denen nichts geblieben war außer den Kleidern an ihrem Leib. Die versprochene Verstärkung traf zunächst nicht ein, und als sie endlich kam, waren die Hilfsmittel derart unzureichend, dass man sie nur als Hohn bezeichnen konnte.

Mein mangelndes Wissen sowie alle sonstigen Unzulänglichkeiten versuchte ich zu kompensieren, indem ich so viel und so hart arbeitete wie nur irgend möglich. Anfangs ganze Tag lang und irgendwann auch nachts. Und es funktionierte. Es war, als hätte ich in meinem Inneren ein verborgenes Konto entdeckt, auf dem riesige und bislang unangetastete Summen lagerten. Ich tat Dinge, zu denen ich mich früher nie im Leben imstande gefühlt hätte, belastete mein inneres Konto ein ums andere Mal, doch welchen Preis ich dafür bezahlen musste, wurde mir erst danach klar, als es längst zu spät war. In den entscheidenden Momenten blieb keine Zeit für derartige Überlegungen. Da zählte nur das Resultat. Also arbeiteten wir unermüdlich weiter, ohne uns auch nur umzusehen, und als wir irgendwann wieder aufblickten, stellten wir überrascht fest, dass wir in den weit entfernten Augen anderer zu so etwas wie Helden geworden waren. Journalisten kamen zu uns nach Kysylkum gereist, machten Fotos, stellten Fragen und kehrten in ihren sicheren Transportmitteln wieder nach Hause zurück. Auf dem unzuverlässigen Postweg erreichten uns von Zeit zu Zeit Sendungen mit Zeitungsausschnitten, in denen wir unsere eigenen Großtaten nachlesen konnten, was uns unwirklich und absurd vorkam, angesichts der Tatsache, dass wir bis zu den Knien im Schlamm standen und den Menschen zu erklären versuchten, warum es nichts zu essen gab oder wir ihnen nicht von dort weghelfen konnten. Doch so ging es in einem fort. Wir erhielten Auszeichnungen und erfuhren Aufmerksamkeit in den Medien. Mein junger Chef wurde in eine andere Abteilung befördert, und mein eigener Bekanntheitsgrad nahm zu. Und jedes Mal, wenn ich nach Hause kam, wurde es schlimmer. Man lud mich zu Fernseh- und Radiosendungen ein, anfangs noch in meiner Eigenschaft als Kysylkum-Expertin, doch bald verlagerte sich das Interesse zunehmend auf meine Person. Eines der großen staatlichen Nachrichtenportale ernannte mich zu einer „Heldin der Union“. Ich sollte mit Promi-Köchen im Fernsehen auftreten, mir mein Wohnzimmer von gefeierten

Innenarchitekten mit grauenhaftem Geschmack umgestalten lassen, bei großen Galas und Parteiveranstaltungen medienwirksam in vorderster Reihe sitzen und über rote Teppiche schreiten. Natürlich lehnte ich sämtliche Anfragen dankend ab. Die Vorstellung, dass alle Welt mich kennen könnte, flößte mir Angst ein, und ich empfand die Rückkehr ins Katastrophengebiet jedes Mal wieder als eine Erleichterung, so merkwürdig das auch klingen mag.

Irgendwann lief die Sache allerdings aus dem Ruder. Zwangsläufig und aus den verschiedensten Gründen. Und als es schließlich krachte, krachte es ordentlich. Ich bekam die Order, meine Mission zu beenden, und zwei Jahre nachdem ich zum ersten Mal in die Gegend gekommen war, verließ ich Kysylkum für immer.

Bei meiner Rückkehr in die Heimat befand ich mich in einem denkbar schlechten Zustand. Den ersten Monat verbrachte ich in der geschlossenen Abteilung des Veteranenkrankenhauses, um wieder zu Kräften zu kommen. Danach wurde ich auf andere, auf meinen Fall spezialisierte Stationen verlegt, und irgendwann wurde ich endgültig entlassen und durfte nach Hause gehen, zurück zu meiner Familie und meinem Schreibtischjob im Ministerium.

Dies war der Moment, in dem mich die Traurigkeit, die Scham und das Gefühl der Sinnlosigkeit überfielen. Denn nun war ich also wieder hier, in meinem sicheren Land, in meinem komfortablen Heim mit dem gefüllten Kühlschrank. Die Menschen in Kysylkum jedoch waren immer noch dort, und ich hatte sie im Stich gelassen, in so vielerlei Hinsicht.

Mir fiel ein Buch wieder ein, das ich vor langer Zeit gelesen hatte, in dem es darum ging, dass Menschen, die eine Katastrophe miterlebt hatten, häufig von schrecklichen Schuldgefühlen heimgesucht wurden, weil sie selbst überlebt hatten. Damals war mir das noch abwegig vorgekommen, doch jetzt, angesichts meiner Zeit in Kysylkum, klang es mit einem Mal absolut einleuchtend. Ich hatte das Gefühl, gar kein Anrecht auf diese Ruhe zu haben. Oder lag die Schuld am Ende womöglich doch bei mir?

Als ich unmittelbar nach meiner Rückkehr im Krankenhaus lag, wollte ich nichts als schlafen, doch nachdem ich irgendwann sämtliche Phasen der Rehabilitation durchlaufen hatte und wieder in den Alltag entlassen worden war, schlief ich zusehends schlechter. Kysylkum steckte mir noch immer in den Knochen. Ich kam mir vor wie ein Grubenarbeiter, der den Kohlenstaub nicht mehr von seinen Händen bekam. Die Angst und das Gefühl der Unsicherheit waren ein Teil von mir geworden. Die nächtliche Kälte, die Anspannung, das Geflüster aus dem Schlafsaal, die Explosionen in der Nacht, mal in weiter Ferne, mal ganz nah. Ich hörte die Ratten umherhuschen und wie die Menschen sich bewegten, ich zog vor Kälte bibbernd meine dünne Armeedecke über mich, dabei lag ich unter einem warmen Federbett allein in meiner Wohnung. Häufig fand ich mich nachts auf dem Sofa vor dem Fernseher hockend wieder, wo vor meinem starren, leeren Blick irgendwelche Sendungen über gefährliche Tiere, Kriege oder uralte Verbrechen vorbeiflimmerten. Alte Wochenschauen in Schwarz-Weiß und dahinplätschernde Dokumentationen, die zu Zeiten gezeigt wurden, zu denen normale Menschen schliefen. Meist blieb ich dort bis in die Dämmerung sitzen, wenn die Morgenzeitung mit einem Klappern durch den Briefschlitz fiel. Ein Geräusch, das ich gleichermaßen fürchtete wie begrüßte, war es doch das untrügliche Signal dafür, dass nun auch diese Nacht verloren war, ich also offiziell ein weiteres Mal versagt hatte und mich endlich noch einmal für ein paar Stunden hinlegen konnte, bis mich das Klingeln des Weckers zu einem weiteren Tag aus meinem traumlosen Schlaf reißen würde.

Siri wohnte auch in der Folgezeit bei Nour. Das war zunächst nicht weiter merkwürdig, gleichzeitig aber irgendwie doch. Bereits bei Siris Geburt hatte Nour mich überrascht, indem sie Dinge tat, die ich sie während meiner eigenen Kindheit nie hatte tun sehen. Ihr erstes Geschenk an Siri war ein Kleidchen gewesen, das aussah wie eine Torte für eine Oligarchenhochzeit, wie ein gigantischer Berg aus rosa-weißer Zuckerwatte, mit Rüschen kreuz und quer. Als ich es auf links drehte, fiel mir auf, dass man es nur chemisch reinigen konnte, als ich Nour aber auf diese Unsinnigkeit hinwies, einen Säugling in ein Kleidchen zu stecken, das nicht waschmaschinentauglich war, warf sie entnervt den Kopf zurück. „Diese zimperliche Haltung solltest du endlich mal ablegen, Anna“, erwiderte sie und nahm einen tiefen Zug an ihrem Zigarillo, den sie sich allen Verbotsschildern zum Trotz auf der Entbindungsstation angesteckt hatte. „Lass dem Mädchen seine hübschen Kleider, das hat noch keine umgebracht.“ Das war ein ziemlich starkes Stück aus dem Mund einer Person, die ihrer eigenen Tochter die Haare mit der Küchenschere geschnitten und sie jahrein, jahraus in gebrauchten Pioniermonturen hatte herumlaufen lassen, weil das „preiswert, praktisch und politisch“ war, wie ihre Devise hinsichtlich meiner Erziehung damals gelautet hatte. Doch wenn es etwas gab, worin Nour schon immer gut gewesen war, dann im Vergessen. Und ich war dankbar, dass sie überhaupt Interesse an Siri zeigte, was angesichts meiner eigenen Erfahrungen mit ihr alles andere als zu erwarten gewesen war.

Schon bald sollte sich zeigen, dass Nour sich nicht lediglich für Siri interessierte, sie liebte die Kleine aufrichtig. Und Siri liebte ihre Großmutter. Ihre „Mommo“ mit den zerfurchten Wangen und den schwarzen Haaren (Nours Haare waren schon viele Jahre grau, möglicherweise sogar weiß, doch sie färbte sie einfach hartnäckig), die nach Tabak und Patschuli-Shampoo roch. Ihre „Mommo“, die zäh war, ordentlich zupacken konnte und ihre Krücke, wenn sie wütend wurde, energisch in den Boden rammte, die aber auch summend und rauchend am Herd in ihrer Wohnung im Olof-Palme-Viertel stand, dem ehemaligen Gamla Stan, und Cevapcici brutzelte. Bereits vor meiner Abreise nach Kysylkum hatte Siri viel Zeit bei Nour verbracht. Zu viel vielleicht, dachte ich im Nachhinein gelegentlich. Nour holte Siri von der Kinderkrippe der Pioniere ab, nahm sie mit zu sich nach Hause und kochte für sie. Ich kam sie dann meist gegen sieben Uhr abholen, und wenn ich abends länger arbeiten musste, blieb Siri dort über Nacht.

Mit der Zeit verwandelte sich Nours Büro in Siris Kinderzimmer. Die Stapel aus Büchern und Papieren vollbrachten, genau wie Nour selbst, etwas, das sie während meiner eigenen Kindheit nie vollbracht hatten: Sie rückten beiseite und machten Platz. In einem geschickten Zangenmanöver hatte eine schleichende Armee von Kuscheltieren und Spielsachen, Kleidchen und geblümter Bettwäsche allmählich immer mehr Terrain erobert, bis sich die Bücherstapel schließlich zurückzogen und mit dem Rücken zur Wand standen. Nach und nach waren einige von ihnen sogar in Pappschachteln in die Abstellkammer auf dem Dachboden gewandert.

Aus diesem Grund war es also nicht weiter verwunderlich, dass Nour sich um Siri kümmerte, als ich zum ersten Mal hatte verreisen müssen. Merkwürdig war eher, was später geschah, nämlich dass Siri gar nicht mehr richtig zu mir zurückkehrte. Und ich konnte nicht einmal wirklich sagen, wie es eigentlich dazu kam. Ich erinnere mich an eine Stelle aus einem von Nours alten verstaubten Lieblingsromanen, zu dessen Lektüre sie mich vermutlich in meiner Jugendzeit gezwungen hatte. Darin wird einer der Protagonisten gefragt, wie es zu seinem Ruin kam, woraufhin er antwortet: „Sukzessive und dann ganz plötzlich". Und genau so war es auch, als Siri zu Nour zog. Als ich das erste Mal aus Kysylkum zurückkehrte, wusste ich bereits, dass ich bald wieder würde abreisen müssen, weshalb es mir damals unnötig erschien, Siri extra zu mir zu holen. Und beim nächsten Mal kam es mir erneut unnötig vor, und das setzte sich so fort. Als ich dann schließlich krank nach Hause zurückkehrte, war es zunächst unmöglich. Und irgendwann gab es andere, weitaus schwerwiegendere Gründe. Ich brauchte mir die beiden nur anzuschauen, Siri und Nour, wie sie ihre dunklen Schöpfe zusammensteckten, den kleinen und den großen. Sie hatten begonnen zusammenzugehören. Wenn sie gemeinsam das Haus verließen, hielt Nour mit der einen Hand ihre Krücke fest und mit der anderen Siri, obwohl sie auf diese Weise auf ziemlich wackligen Beinen unterwegs war.

So hatte ich Nour noch nie erlebt. Mit einem Mal strömte Fürsorge aus ihren Händen. Sie kochten Essen, flochten Zöpfe, wickelten in Decken ein, schlossen Reißverschlüsse und banden Schuhe. Und Siri suchte stets mit einer Hand Körperkontakt, in Nours Haaren, an ihrem Arm, an ihrer Wange. Wenn ich die beiden zusammen beobachtete, sah ich ein in sich geschlossenes, autarkes System, in dem Energie von einem Part auf den anderen übertragen wurde und dem es eigentlich an nichts mangelte. Ich war fort gewesen, sie waren zusammen zu Hause geblieben, sie waren Alltag füreinander, und ich war der Fremdkörper.

Allmählich überkam mich das Gefühl, ihnen beiden vor allem eine Last zu sein, weil sie sich vielleicht schämten, da sie mich eigentlich lieben sollten, dies aber nicht konnten. Also wohnte Siri weiterhin bei Nour. Und ich war diejenige, die zweimal in der Woche auf Besuch vorbeikam. Aber selbst wenn wir uns alle drei im selben Raum aufhielten, kam es mir so vor, als würde ich die beiden nur von außen betrachten. Wie in einem Lichtkegel saßen sie beisammen, aneinandergelehnt in ein gemeinsames Projekt vertieft, das ihre ganze Aufmerksamkeit erforderte. Ein Teil von mir hätte gern die Hand nach ihnen ausgestreckt und sie berührt, doch ich konnte nicht. Ich gehörte nicht länger zu meiner eigenen Familie. Die zwei bildeten eine Einheit, und ich eine andere.

Die Person, die mir nun aus dem Spiegel entgegenblickte, sah mir zum Verwechseln ähnlich: eine große, schlanke Frau mittleren Alters mit kurzen Haaren, die nicht mehr blond, sondern grau waren, und in praktischer dunkler Kleidung. Das Gesicht mager und ernst. Vielleicht hätte man es sogar als schön bezeichnen können oder doch zumindest als nicht unmittelbar abstoßend, wären da nicht die aufkommenden Falten, die feuerroten Stressekzeme und die dunklen Schatten unter den Augen gewesen. Doch genau die Augen waren das Problem. Es waren nicht mehr meine Augen. Aus ihnen starrte mir eine fremde Person entgegen, irgendjemand versteckte sich dort hinter meinen Pupillen, ein Mensch, der wie durch ein schwarzes Fenster herausblickte, während er selbst im Dunkeln verborgen blieb, unmöglich zu entdecken. Ich ertappte mich dabei, wie ich mich immer öfter in das Zeltlager von Kysylkum zurücksehnte, obwohl dies der letzte Ort auf Erden war, an dem ich sein wollte. Ich war wieder zu Hause, und dennoch hatte ich mich nie verlorener gefühlt als zu dieser Zeit.

Und in diesem Zustand befand ich mich, als mir der Auftrag angeboten wurde.

Stockholm,
Protektorat Schweden,
März 2037

## *Anna*

Eines Nachmittags kam unsere Abteilungssekretärin zu mir ins Büro.

„Er möchte Sie im dreizehnten Stock des Kanzleigebäudes treffen."

„Wer?"

„*Er* möchte Sie treffen!"

Die Abteilungssekretärin wirkte ganz aufgeregt. Ihre dickglasige Brille wippte auf ihrer Nasenspitze auf und ab und rutschte jedes Mal prompt wieder herab, sobald die Sekretärin sie energisch zurück zur Nasenwurzel schob. Ich konnte gut nachvollziehen, weshalb sie derart aus dem Häuschen war. Es kam nicht häufig vor, dass man sich in der Kanzlei für unser Tun interessierte, geschweige denn für einen von uns persönlich. Als ich das letzte Mal aus Kysylkum zurückgekehrt war, hatte der Vorsitzende mir einen Strauß Blumen ins Büro geschickt, mit einem Kärtchen, auf dem mein Name falsch geschrieben war, weshalb ich angenommen hatte, dass wir denen dort oben im Grunde egal waren. Aber offensichtlich war das nicht immer der Fall. Ich fühlte mich geschmeichelt und nervös zugleich. „Wann?"

„Heute Nachmittag."

Sie betrachtete meine zerknitterte Bluse einen Tick zu lang und schien hin und her zu überlegen. „Sie haben noch genügend Zeit, um sich zu Hause umzuziehen", sagte sie dann, drehte auf dem Absatz um und war so schnell wieder verschwunden, dass ich nicht einmal mehr ansatzweise so tun konnte, als würde mich ihr Kommentar nicht kränken.

Drei Stunden später kämpfte ich mich durch schneidenden Wind und gefrierenden Regen über den Platz zum Kanzleigebäude. Der dichte Schneeregen peitschte mir harsch von der Seite ins Gesicht, nur um dann abrupt umzuschlagen und mich aus einer anderen Richtung erneut zu attackieren. Es war einer jener nasskalten grauen Februartage, an denen das Licht nur eine vage Hoffnung bleibt. Von der Sorte hatte es diesen Winter schon viele gegeben. In den Nachrichten war täglich davon die Rede, dass wir noch nie so wenige Sonnenstunden gehabt hätten wie im vergangenen Jahr. Vielleicht waren daran die Emissionen schuld, vielleicht der Klimawandel, vielleicht auch beides zusammen. Oder aber etwas noch viel Schlimmeres, doch davon erwähnten sie natürlich nichts in den Nachrichten. Solche Dinge wurden nur hinter vorgehaltener Hand ausgesprochen, wenn ganz sicher kein Fremder lauschte.

Als ich die Treppe zum Kanzleigebäude hinaufstieg, ragte dieses so hoch vor mir auf wie der Schlund eines riesigen Walfischs, und ich wurde von dem starken Wind regelrecht durch das Eingangsportal geschoben. Im Foyer meldete ich mich an der Rezeption, wo ich einen Besucherausweis erhielt und durch die Sicherheitstüren geschleust wurde, dahinter gab ich meine Jacke und die Tasche bei der Aufsicht ab und wurde zum Fahrstuhl gewiesen. Dieser war an Decke und Wänden mit Rauchglasspiegeln verkleidet, wodurch ich mir meines Aussehens in der steifen Bluse und den nichtssagenden altmodischen Stiefeletten, die ich eben noch rasch in dem Konfektionsgeschäft ganz in der Nähe unseres Büros erstanden hatte, auf geradezu schmerzhafte Weise bewusst wurde. Die neue Bluse machte zwar eine gute Figur, war jedoch aus einem derart dichten, kratzenden Material gefertigt, dass ich bereits im Fahrstuhl schwitzte. Meine Füße waren nass und kalt, und meine Strumpfhose rutschte. Ich hatte mich in der Hoffnung geschminkt, dadurch vielleicht nicht ganz so abgekämpft auszusehen, wie ich mich fühlte, doch ich fürchtete, genau das Gegenteil war der Fall. Der Regen hatte die Mascara um meine Augen verschmiert und den billigen Puder bis auf ein paar wenige Klümpchen, die noch auf dem Stressekzem um meine Nasenwurzel und am Haaransatz klebten, von meinen Wangen gespült. Ich fühlte mich unwohl und verkleidet.

Als ich im dreizehnten Stock aus dem Fahrstuhl trat, fiel mir als Erstes auf, wie anders der Klang hier oben war, irgendwie gedämpfter. Der Fußboden war mit einem dicken Teppich ausgelegt, der es einem nahezu unmöglich machte, sich auf hohen Absätzen fortzubewegen, ohne dabei ins Schwanken zu geraten. Es war eindeutig eine Männeretage. Dunkles Holz, verchromter Stahl, große grüne Blattpflanzen: minimalistisch und teuer. Wände, Boden, Decke, alles strotzte vor Macht. Irgendwo brummte eine Klimaanlage wie ein ferner Hubschrauber. Ich wusste nicht so recht, wohin mit mir, es gab weder eine Sitzgelegenheit noch ein Kunstwerk, das ich zum Schein hätte studieren können, also blieb ich unschlüssig stehen. Plötzlich öffnete sich eine Tür, und eine elegante ältere Dame kam heraus. Sie begrüßte mich und bat mich, ihr zu folgen. Als sie mir durch den Korridor vorausging, registrierte ich, mit welch raschen, sicheren Schritten sie sich trotz ihrer hohen Absätze über den weichen Teppich bewegte. Am Ende des Korridors angelangt, hielt sie mir eine Tür auf und ließ mich in einen Konferenzraum mit einer schwindelerregenden Aussicht treten.

„Kaffee? Tee? Wasser?"

„Kaffee bitte, schwarz."

Sie nickte, machte eine flüchtige Geste mit der Hand, wie um mir zu signalisieren, dass ich mich setzen durfte, und ließ mich daraufhin allein. Als sie die Tür hinter sich schloss, war ein leises Schmatzen zu hören, als hätte sich hier drinnen soeben ein Vakuum aufgebaut. Ich blieb in der Mitte des Raumes stehen.

Jedes Detail, von der Türklinke bis zur Fußbodenleiste, wirkte durchdacht. Allein schon meine Anwesenheit in diesem Raum schien einen Affront gegen die aufeinander abgestimmten Einrichtungsgegenstände darzustellen. Als ich mir gerade einen Stuhl heranziehen und mich setzen wollte, wurde die Tür wieder geöffnet, und die schicke Sekretärin geleitete den Vorsitzenden herein. Er war ein Mann von großer Statur, mit dichtem Haar und alten Aknenarben im Gesicht, und obwohl sein Anzug teuer aussah, vermutlich war er importiert oder maßgeschneidert, wirkte er merkwürdig deplatziert an ihm, als hätte man eine Statue verkleidet.

Ich war dem Vorsitzenden bereits bei einer früheren Gelegenheit begegnet, als er einmal unsere Abteilung besucht hatte, und ich kann mich noch erinnern, wie wir alle Aufstellung neben unseren Schreibtischen genommen hatten, wie Kinder in einem Kinderheim, die auf eine Adoption hofften. Unterdessen war er mit unseren Chefs herumgegangen und hatte die Räumlichkeiten samt Belegschaft inspiziert. Bei seinem damaligen Besuch war die Stimmung angespannt und gezwungen gewesen, und dasselbe Gefühl stellte sich bei mir auch heute ein. Er kam ein paar Schritte auf mich zu und streckte mir seine große Pranke entgegen.

„Anna Francis, wie wunderbar, Sie endlich kennenzulernen!"

Er sah mir in die Augen, und in dem Moment verstand ich, warum ungeachtet seiner großen Macht dennoch so häufig mit derart viel Wärme von ihm gesprochen wurde. Sein Blick war rückhaltlos offen und herzlich und vermittelte seinem Gegenüber das Gefühl, gesehen zu werden, als die einzig wirklich wichtige Person auf der ganzen Welt. Es schien, als würde er sich tatsächlich unheimlich darüber freuen, ausgerechnet mich kennenzulernen. Fast hätte ich es ihm abgenommen.

„Das Vergnügen ist ganz meinerseits", brachte ich eine Sekunde später mit Mühe hervor.

„Bitte setzen Sie sich!“

Der Vorsitzende wedelte mit der Hand zu den Stühlen um den runden Tisch und ließ sich mir gegenüber nieder.

„Zunächst einmal möchte ich die Gelegenheit wahrnehmen, Ihnen für Ihren fantastischen Einsatz in Kysylkum zu danken. Großartig, wirklich großartig“, sagte er mit einem Nachdruck, der mich überlegen ließ, ob unser Gespräch eventuell aufgezeichnet wurde. Er fuhr fort: „Sie wissen hoffentlich, wie zufrieden wir alle mit Ihrer Arbeit sind. Der Minister lässt ebenfalls grüßen. Hocherfreut, versteht sich. Ein so hohes Ansehen hatten wir schon seit Jahren nicht mehr. Wir eine humanitäre Großmacht. Das steht uns gut, wie wir alle finden. Und wir freuen uns natürlich, dass wir Sie bei Ihrer überaus wichtigen Arbeit unterstützen konnten, Anna.“

„Für diese Chance bin ich Ihnen außerordentlich dankbar“, hörte ich mich selbst sagen und musste im selben Moment einsehen, dass dieses Gespräch alles andere als optimal für mich begann. Nach weniger als einer Minute hatte der Vorsitzende *mich* bereits dazu gebracht, *ihm* für die Möglichkeit zu danken, mich und mein Leben auf mehrere Jahre hinaus grundlegend zu ruinieren. Offenbar war er ziemlich gut im Taktieren. Jetzt beugte er sich über den Tisch vor.

„Worüber ich heute mit Ihnen sprechen möchte, Anna, ist streng vertraulich. Was ich Ihnen nun erzähle, muss unter allen Umständen zwischen Ihnen und mir verbleiben.“

Er blickte mir fest in die Augen, wie um sicherzustellen, ob ich seine Worte auch tatsächlich verstanden hatte. Hatte ich. So viel Zeit hatte ich immerhin in der Gesellschaft von Junta und Militär in Kysylkum verbracht, dass ich mir der Bedeutung dieser Aussage durchaus bewusst war, nämlich: „Sollte hiervon auch nur eine einzige Silbe nach außen dringen, wissen wir sofort, dass Sie die undichte Stelle sind.“ Also nickte ich. Ja, ich hatte verstanden.

Er fuhr fort: „Anna, haben Sie schon einmal vom RAN-Projekt gehört?“

Ich nickte erneut, nun mit noch mehr Unbehagen. Das RAN-Projekt war eines jener Unterfangen, von denen zwar alle wussten, von dem aber keiner so wirklich sagen konnte, was in Wahrheit dahintersteckte. Der massiven Heimlichtuerei nach zu urteilen, die darum betrieben wurde, wollte man es auch lieber gar nicht erst wissen. In Kysylkum hatte einer der Militärs einmal einen Fall erwähnt, der an das RAN-Projekt überstellt worden war, doch auf meine Rückfragen hin hatte er mich nur verstört angeblickt, vielleicht sogar regelrecht verängstigt, und daraufhin schnell das Thema gewechselt, weswegen ich die Sache auf sich hatte beruhen lassen. Auf manches Wissen kann man durchaus verzichten.

„Ich weiß von dessen Existenz, aber nicht, worum es sich dabei handelt.“

Der Vorsitzende schüttelte leicht missbilligend den Kopf. „Am liebsten hätten wir es natürlich gesehen, wenn weder Sie noch sonst irgendwer überhaupt davon wüssten.“ Er lehnte sich noch ein Stück weiter über den Tisch vor. „Bevor ich fortfahre, muss ich eines von Ihnen wissen, Anna: Kann ich mich auf Ihre Diskretion verlassen? Andernfalls ist unser Treffen an dieser Stelle beendet.“

Schluckend dachte ich über meine Alternativen nach. Ich hatte keine.

„Selbstverständlich“, antwortete ich. „Worum geht es?“

Mit einem zufriedenen Gesichtsausdruck nahm der Vorsitzende eine Mappe vom Tisch auf. Wo hat er denn die plötzlich her? schoss es mir durch den Kopf. Beim Hereinkommen hatte ich keine Tasche bei ihm bemerkt, und auch der Tisch war leer gewesen.

„Anna, Sie sind heute hier, weil ich Sie um Ihre Hilfe bitten möchte. Und dabei geht es um das RAN-Projekt. Ich möchte

Sie nicht mit allzu vielen unnötigen Details strapazieren, deshalb nur so viel: Der Kreis der Personen, die Einblick in die Arbeit dieser Gruppe haben, ist beschränkt, und nun stehen wir also vor folgender Situation …" Der Vorsitzende lehnte sich mit einem Seufzen zurück, bevor er seinen Satz fortführte: „… also in der operativen Einheit des Projekts ist kurzfristig ein Mitglied ausgefallen. Und nun fehlt uns schlichtweg ein Mann – beziehungsweise eine Frau."

Der Satz blieb im Raum hängen, und mein Mund wurde trocken.

„Vielen Dank für Ihr Vertrauen, aber ich weiß wirklich nicht, ob ich da die …"

Angesichts des überraschten Blickes des Vorsitzenden hielt ich inne. Er starrte mich ein paar Sekunden mit hochgezogenen Augenbrauen an und brach dann in ein schallendes und herzhaftes Gelächter aus.

„Aber nein, damit meinte ich doch nicht, *Sie* sollen Mitglied der RAN-Gruppe werden! Nein, meine Liebe, dafür haben wir, so viel darf ich wohl sagen, andere Kandidaten mit … nun ja, anderen Qualifikationen. Allerdings würde ich Ihre Hilfe beim Rekrutierungsprozess benötigen."

Ich fühlte mich total bloßgestellt, so als hätte ich einen Gruß erwidert, der in Wirklichkeit gar nicht mir gegolten hatte, sondern jemandem in meinem Rücken. Also versuchte ich, meine Scham möglichst schnell und entschlossen hinunterzuschlucken und den Faden wieder aufzunehmen.

„Wie kann ich Ihnen da behilflich sein?"

Der Vorsitzende faltete die Hände vor dem Bauch.

„Wie Sie sich sicher vorstellen können, haben wir mehrere Kandidaten in die engere Auswahl genommen, von denen sich jeder auf seine Weise äußerst verdient gemacht hat. Und nun möchten wir diese gern unter realen Bedingungen testen. Bei einer kleinen Feldübung, wenn man so will. Und genau hier kommen Sie ins Spiel, Anna. Immerhin haben Sie große Erfahrung im Umgang mit Menschen in Extremsituationen. Sie kennen sich mit der Einschätzung von Stärken und Schwächen aus. Sie wissen, wie weit ein Mensch gehen kann, und ebenso, wann er an seine Grenzen stößt. Damit verfügen Sie über ausgesprochen spezielle Kenntnisse, die nicht viele besitzen."

Seine Schmeicheleien erfüllten mich innerlich mit Wärme, obwohl ich sie natürlich als Teil seiner Strategie erkannte. Ich sollte mich unentbehrlich fühlen, und es war fast schon ein wenig peinlich, wie seine Taktik aufging, obwohl ich sie durchschaut hatte. Ich sagte nichts, sondern wartete auf eine Fortsetzung.

„Mit anderen Worten, uns schwebt ein kleiner Stresstest vor. Wir werden unsere Favoriten einer authentischen Situation aussetzen, in der Sie sie beurteilen sollen. Wer von ihnen Führungsqualitäten entwickelt, wer strategisch denkt, wer sich diplomatisch verhält und wer den Anforderungen nicht gewachsen ist."

Ich verstand noch immer nicht, worauf er hinauswollte.

„Und was genau erwarten Sie dabei von mir, ganz konkret?"

Der Vorsitzende setzte ein strahlendes Lächeln auf.

„Ach, das ist eigentlich ganz einfach. Sie stellen sich schlichtweg tot."

Darin also bestand der geniale Plan des Vorsitzenden. Ein vermeintlicher Mord als Stresstest. Und das Ganze würde folgendermaßen ablaufen: Die Kandidaten für die freie Stelle im RAN-Projekt sollten auf einer abgelegenen Insel isoliert werden, und zwar unter dem Vorwand, sie würden dort die erste Phase des Rekrutierungsprozesses durchlaufen, in Form von Gruppenübungen und anderen vorbereitenden Maßnahmen, bevor zu guter Letzt die Abschlussprüfungen anstanden. Ich sollte ihnen dabei als eine weitere Kandidatin vorgestellt werden. Im Team würde sich zudem eine Ärztin mit Spezialisierung auf Krisenmanagement befinden. Irgendwann im Laufe der ersten vierundzwanzig Stunden würden die Ärztin und ich gemeinsam meinen Tod inszenieren („anfangs hatten wir an Selbstmord gedacht, aber ich glaube, wir haben uns inzwischen auf Mord geeinigt", sagte der Vorsitzende in einem Tonfall, der erahnen ließ, dass er sich selbst für flexibel und entgegenkommend hielt), und nachdem sie mich schließlich für tot erklärt haben würde, sollte ich die anderen Teilnehmer von einem, wie der Vorsitzende es nannte, „versteckten Posten" aus beobachten. Meine Aufgabe würde dabei darin bestehen, den Umgang der einzelnen Kandidaten mit meinem dramatischen Ableben zu beurteilen. Wer von ihnen die Initiative ergriff, wer an die allgemeine Sicherheit dachte, wer zuerst eine Theorie über den Tathergang entwickelte und so weiter. Nach achtundvierzig Stunden sollte die Übung abgebrochen und alle von der Insel abgeholt werden, während ich bei der Leitung des RAN-Projekts ein Gutachten über jeden der Kandidaten einzureichen hatte. Jedwede Kommunikation sollte unter äußerster Diskretion ausschließlich über den Sekretär des RAN-Projekts laufen. „Uns interessiert also Ihre intuitive Einschätzung", erklärte der Vorsitzende weiter. „Detaillierte Analysen der einzelnen Kandidaten können wir später noch anstellen, in diesem Stadium ist für uns vor allem Ihr Bauchgefühl entscheidend."

Als der Vorsitzende schließlich mit seiner Darstellung geendet hatte, fühlte ich mich alles andere als wohl in meiner Haut.

„Entschuldigen Sie, aber ... Meinen Sie nicht, diese Vorgehensweise ist unnötig grausam?"

Ich musste an all die Hinrichtungen, Scheinhinrichtungen und Entführungen denken, derer ich in Kysylkum Zeuge geworden war, und welchen Einfluss sie auf die Menschen ringsherum gehabt hatten. Den Tod eines anderen Menschen mitzuerleben, schien grundsätzlich seine Spuren zu hinterlassen, selbst wenn sich im Nachhinein herausstellte, dass die betreffende Person noch am Leben war. Der Vorsitzende starrte mit abwesendem Blick auf einen Punkt irgendwo hinter mir, als ließe sich die Antwort auf meine Frage dort ablesen.

„Anna, ich kann Ihnen versichern, dass ich nicht von unnötiger Grausamkeit angetrieben werde. Die Mitglieder der RAN-Gruppe tragen eine enorme Verantwortung. Unter anderem für viele Menschenleben. Unnötig grausam wäre es, jemanden in das Projekt aufzunehmen, der dieser Aufgabe nicht gewachsen ist, sowohl der betreffenden Person gegenüber als auch im Hinblick auf die Sicherheit der Union. Natürlich kann ich Ihren Einwand nachvollziehen, und bis zu einem gewissen Grad haben Sie recht. Doch ich versichere Ihnen: Grausam, ja. Unnötig, nein. Es freut mich jedoch, dass Ihnen der Ernst der Angelegenheit bewusst ist, und genau aus diesem Grund ist Ihre Einschätzung für uns auch so entscheidend. Wir müssen schlichtweg wissen, wer einem derartigen Druck standhält. Sämtlichen Kandidaten wird im Bedarfsfall jede nur erdenkliche Unterstützung durch Psychologen und unser Krisenteam zur Verfügung stehen. Das Gleiche gilt natürlich auch für Sie. Und selbstverständlich erhalten Sie für Ihren Einsatz zudem eine angemessene finanzielle Kompensation."

Die Summe, die er nannte, zog mir für eine Sekunde den Boden unter den Füßen weg. Von einem Betrag wie diesem könnte ich nicht einmal träumen, wenn ich die Unionslotterie mehrmals hintereinander gewönne.

„Aber abgesehen vom Honorar – warum sollte ich mich hierauf einlassen?"

Der Vorsitzende lächelte freundlich.

„Tja, ehrlich gesagt – was sollten Sie denn sonst tun, Anna?"

Entweder war er ziemlich geschickt im Manipulieren, oder aber er spielte auf Risiko. Doch ganz egal wie, es funktionierte. Denn er hatte recht: Mein Job war absolut sinnlos, nach Kysylkum konnte ich nicht zurück, und in meiner Familie war ich eine Fremde. Mit so viel Geld, wie der Vorsitzende mir soeben angeboten hatte, würde ich vielleicht noch einmal von vorn anfangen können. Mir ein Jahr freinehmen. Mit Siri in den Urlaub fahren. Irgendwohin, wo es warm und ruhig war und niemand etwas von mir wollte. Ich könnte versuchen, mir wieder etwas aufzubauen, mein kaputtes Leben zu reparieren. Oder wir könnten uns ein Haus in einer der Trabantensiedlungen vor der Stadt kaufen, ein Haus mit eigenem Garten. Siri könnte eine gute Schule besuchen und ich irgendwo für die kommunale Verwaltung arbeiten. Ich würde sie pünktlich von der Schule abholen, mit ihr Brötchen backen und Zöpfe flechten. Ich könnte wieder ein Mensch sein. Wieder an meinem eigenen Leben teilnehmen. Schlagartig wurde mir klar, wie furchtbar viel ich in den vergangenen Jahren verloren hatte und wie kurz davor ich gewesen war, auch noch den letzten Rest zu verlieren. Der Gedanke schnürte mir die Kehle zu, und ich spürte ein Brennen hinter meinen Augenlidern. Schluckend blickte ich zur Decke hinauf, um nur ja nicht in Tränen auszubrechen, das wäre hier und jetzt eine Katastrophe gewesen.

Als hätte er meine Gedanken gelesen, fuhr der Vorsitzende fort: „Anna“, sagte er mit sanfter Stimme, „ich weiß, dass Sie schwere Zeiten durchgemacht haben. Wenn Sie aber noch diesen einen Auftrag für mich übernehmen, haben Sie mein Ehrenwort, dass Sie künftig nie wieder werden arbeiten müssen. Zumindest sofern Sie das nicht selbst wollen.“

Ich starrte weiter an die Deckenleiste. Sie war in der gleichen Farbe wie die Wand gehalten, und nur der schmale Schatten darunter verriet, dass sie überhaupt existierte. Der Vorsitzende schwieg für ein paar Sekunden, als wartete er ab, ob ich reagieren würde. Und dann kam es: „In dem Fall wären wir auch durchaus bereit, jene unerfreulichen Vorkommnisse von Kysylkum zu vergessen. Die ja meines Wissens nie richtig aufgeklärt wurden?“

Sein Tonfall klang unbekümmert, doch seine Worte trafen mich wie ein Schlag. Ich hätte ahnen müssen, dass er damit kommen würde, trotzdem war ich nicht darauf vorbereitet. Ich versuchte, mir nichts anmerken zu lassen, und begegnete seinem Blick. Ein paar Sekunden lang sahen wir einander an, dann war die Sache entschieden.

„Ich muss mit meiner Familie sprechen."

„Natürlich."

„Wie viel Zeit wird der Auftrag genau in Anspruch nehmen?"

„Ende der Woche geht es los. Dann zwei, maximal drei Tage auf der Insel."

„Und dann?"

„Dann erstatten Sie Bericht."

„Und danach bin ich frei?"

„Danach sind Sie frei."

Der Vorsitzende erhob sich. Er hielt mir die Tür auf, und wir gingen zusammen den Korridor entlang.

„Ich erwarte Ihre Antwort bis spätestens morgen um die Mittagszeit. Meine Sekretärin wird Sie kontaktieren."

Er nahm meine Hand und drückte sie so fest, dass es knackte, dann bohrte er ein letztes Mal den Blick in mich.

„Ich zähle auf Sie", sagte er.

Daraufhin machte er auf dem Absatz kehrt und verschwand den Korridor hinunter. Ich dagegen blieb wie angewurzelt stehen und schaute seinem großen breiten Rücken nach. Als ich in den Fahrstuhl stieg, fiel mir auf, dass ich meinen Kaffee nie bekommen hatte.

Zwei Tage später traf ich mich mit dem Sekretär der RAN-Gruppe, der mich mit den notwendigen Informationen für den Auftrag versorgen sollte. Er war ein schmächtiger Mann, mager und klein, mit merkwürdig hervortretenden Augen und einer so großen Nase, dass man befürchten musste, er könnte jeden Moment mit schreckgeweiteten Augen vornüber kippen. In seinem Büro war es kalt, und es roch nach Teer und Nikotin, offenbar trotzte er also dem Rauchverbot und qualmte heimlich am offenen Fenster. Zur Begrüßung schüttelte er mir so unerhört kräftig die Hand, als wollte er sie abreißen und damit das Weite suchen. Er stellte sich mir als Arvid Nordquist vor.

„Ah, genau wie die Kaffeemarke früher?", erwiderte ich, primär um überhaupt etwas zu sagen. Er starrte mich völlig entgeistert an. Statt einer Antwort ging er zur Schmalseite des Raumes, wo er ziemlich lange am Tastenschloss eines großen grauen Schranks herumhantierte, und holte schließlich einen dicken Stapel Unterlagen und Mappen heraus, den er mit einem leisen Knall vor mir auf den Tisch plumpsen ließ.

„Sämtliche Informationen, von denen Sie hier Kenntnis erlangen, unterliegen strengster Geheimhaltung. Keines der Dokumente darf den Raum verlassen, und Sie dürfen sich keine Notizen machen, jedenfalls keine, die Sie von hier mitnehmen. Sollten Sie den Raum verlassen, um zur Toilette zu gehen, müssen Sie die Dokumente zuvor in dieser Schublade einschließen." Er gab mir einen Schlüssel. „Alles, was Sie von hier mitnehmen, nehmen Sie ausschließlich im Kopf mit, wir können nicht riskieren, dass diese Unterlagen ‚Beine bekommen'." Er malte mit seinen dünnen Fingern Anführungszeichen in die Luft. Sein Blick hatte etwas Vorwurfsvolles, als hätte ich mich bereits eines unverzeihlichen Geheimnisbruchs schuldig gemacht.

Darauf folgten endlos lange Stunden, in denen der Sekretär mir einen Überblick verschaffte. Er zeigte mir nautische Karten sowie Landkarten und Skizzen einer winzigen Insel namens Isola, die isoliert und weit draußen am äußersten Rand der Schären lag. Dorthin konnte man nur mit einem privaten Boot gelangen. Auf der Insel gab es lediglich zwei Gebäude: ein Bootshaus und das Hauptgebäude. Das Haupthaus war allerdings ein recht merkwürdiges Bauwerk. Oberflächlich betrachtet sah es vollkommen normal aus, es bestand aus zwei Etagen und einem Keller mit einer Krankenstation. Doch es enthielt weit mehr, als es auf den ersten Blick zu erkennen gab. In den Wänden zwischen den einzelnen Räumen waren schmale Gänge eingezeichnet, breit genug für einen Menschen, um sich darin aufzuhalten, und in sämtlichen Wänden befänden sich kleine Gucklöcher, erklärte mir der Sekretär. Man könne also durch die Wände beobachten, was im Haus vor sich ging.

„Ach, deshalb habe ich den Auftrag bekommen, weil Sie sonst niemanden gefunden haben, der schlank genug gewesen wäre?“

Meine Bemerkung war scherzhaft gemeint, doch der Sekretär starrte mich bloß ausdruckslos an und fuhr dann mit der Erläuterung der Planzeichnungen fort.

Mir kam ein Gedanke. „Wäre es nicht einfacher, man würde Überwachungskameras einsetzen, anstatt durch die Wände zu schleichen?“

Der Sekretär schüttelte den Kopf.

„Bei Auswahlverfahren wie diesen ziehen wir es vor, keine bleibenden Aufzeichnungen anzufertigen. Solche Aufnahmen können zwar gelöscht oder unter Verschluss gehalten werden, doch sie können ebenso gut in Vergessenheit geraten, ob absichtlich oder unabsichtlich, und dann in die falschen Hände gelangen.“

Er deutete auf eine schraffierte Fläche unter dem Keller.

„Und hier, unter der Krankenstation, liegt noch eine weitere Kelleretage: die Strategische Ebene. Dort werden Sie nach Ihrem Tod schlafen und Ihre Berichte zusammenstellen. Zu diesem Teil des Gebäudes haben nur Sie und die Ärztin Zugang.“

„Wer wird die Ärztin sein?“

Jetzt lächelte der Sekretär zum ersten Mal.

„Katerina Iwanowitsch, Doktorin der Medizin und Expertin für Krisenpsychologie an der Militärakademie. So viel kann ich

Ihnen versichern, sie genießt unser höchstes Vertrauen und hat von Anfang an im Umfeld des RAN-Projekts gearbeitet. Sie befinden sich also in bester Gesellschaft."

Der Miene des Sekretärs nach zu urteilen, brachte er ihr wesentlich größeres Vertrauen entgegen als mir.

„Die Tür zur Strategischen Ebene wird mit einem Zahlencode geöffnet und geschlossen. Den Code finden Sie in diesem Kuvert. Nur Sie und die Ärztin werden ihn kennen, prägen Sie ihn sich also gut ein. Wie schon gesagt, keine Notizen." Er erhob sich von seinem Stuhl.

„Dann werde ich Sie mit Ihrer kleinen Hausaufgabe mal allein lassen. In ein paar Stunden hole ich Sie wieder ab."

Damit verließ der Sekretär den Raum. Ich wandte mich wieder den Dokumenten zu, und während ich auf das Kartenmaterial und die Planzeichnungen starrte, fragte ich mich, worauf ich mich hier eigentlich eingelassen hatte.

Am Abend vor meiner Abreise besuchte ich Siri und Nour, um mich von den beiden zu verabschieden. Die Straße, in der Nours Wohnung lag, gehörte zu den ältesten von ganz Stockholm. Als einer von nur wenigen Stadtteilen war das Olof-Palme-Viertel von den allgemeinen Abbruchmaßnahmen verschont geblieben. In manchen Straßen lag sogar noch Kopfsteinpflaster, und auch wenn ich so etwas niemals laut sagen würde, freute ich mich doch insgeheim, dass wenigstens diese Gegend nicht dem Erdboden gleichgemacht und auf Linie gebracht worden war.

Nour hatte die Wohnung meines Großvaters übernehmen können, nachdem dieser in seine alte Heimat Bosnien zurückgekehrt war, das die Union nach dem Balkankrieg verlassen hatte. Damals hatte der systematische Ausbau der Stadtrandgebiete längst begonnen, zu denen im Fünf-Minuten-Takt die Schnellzüge verkehrten. Mit einem Mal hatte es als schäbig gegolten, in der Innenstadt zu wohnen, den sozial Schwächeren vorbehalten, was zu dem merkwürdigen Umstand geführt hatte, dass in den schönen Wohnungen dieses alten Stadtteils irgendwann fast nur noch Einwanderer wie mein Großvater lebten. Und jetzt Nour.

Ich trat durch die Haustür und stieg die schmale, unebene Steintreppe hinauf. Die Stufen waren ausgetreten und an den Kanten abgerundet gleich benutzten Seifenstücken. Wie Nour es schaffte, diese Treppe mit ihrer Krücke zu erklimmen, war mir ein Rätsel. Ich war wie üblich zu spät dran, und Nour öffnete mir mit einem strengen Blick die Tür.

„Hätte nicht gedacht, dass du noch kommst“, sagte sie, als sie mich in die Diele treten ließ.

„Warum sollte ich nicht kommen?“

Ich zog mir die Schuhe aus und platzierte sie neben Siris Winterstiefeln, die unter ihrer Jacke standen. Kleine schwarze Stiefelchen mit einem weißen Pelzrand. Sie sahen neu und teuer aus. Ich überlegte, ob ich Nour fragen sollte, was sie dafür bezahlt hatte, und ihr anbieten, die Kosten zu übernehmen, konnte mich jedoch nicht so recht dazu durchringen. Ohne eine Antwort auf meine Frage verschwand Nour in der Küche und begann lautstark mit dem Abwasch herumzuhantieren, während sie mir zugleich irgendetwas Unverständliches zurief.

„Was?“

„Sie liegt schon im Bett. Sag ihr Hallo, bevor sie eingeschlafen ist.“

Ich ging durch die Wohnung und stieg die Treppe zu Nours altem Büro hinauf. Im Laufe der Jahre hatte es unzählige solcher Büroräume gegeben, in jeder Wohnung, in der wir gewohnt hatten, und keinen davon hatte ich je betreten dürfen, ohne mir vorher Nours Erlaubnis einzuholen. Nun baumelte an der Tür ein Schild mit einer fröhlichen Katze und Blumen darauf, auf das Siri in verschiedenfarbigen wackligen Kreidebuchstaben ihren Namen geschrieben hatte. Ich klopfte leise an, aber als keine Antwort kam, trat ich ein. Siri lag unter ihrer blau getupften Decke im Bett und blätterte in einem Buch, das ich ihr einmal geschenkt hatte. Sie war umgeben von zahlreichen Kuscheltieren, die mich aus ihren blinden Knopfaugen anstarrten. An der Wand über dem Bett hing ein Foto, das Siri und mich zusammen in Kysylkum zeigte. Dasselbe Lächeln, ihre langen dunklen Haare neben meinen kurzen hellen. Bei meinem ersten Aufenthalt dort unten waren sie und Nour mit dem Flugzeug nach Kysylkum gekommen und hatten mich zu einem Zeitpunkt besucht, als meine Tätigkeit noch rein administrativer Natur gewesen war. Vor der Kälte und den Flüchtlingen und vor der Gewalt. Während meiner späteren Reisen hatte es keine weiteren Besuche gegeben. Und keine Familienfotos mehr.

Ich setzte mich neben Siri aufs Bett. Ihr Körper wurde schlagartig steif.

„Soll ich dir etwas vorlesen?"

Sie schüttelte den Kopf und starrte mich mit weit aufgerissenen, katzengleichen Augen an. Erst zögerte ich, streckte dann jedoch die Hand aus und strich ihr die dunklen Fransen aus der Stirn. Ihr Haar fühlte sich schön und ein wenig rau an. Für einen kurzen Moment hielt sie den Atem an, dann lehnte sie ihren Kopf an mich. Ich legte den Arm um sie und zog sie näher zu mir heran. Und so verharrten wir eine ganze Weile, beide irgendwie leicht unangenehm berührt und zugleich dennoch gefangen in diesem plötzlichen Moment der Nähe, den zumindest ich unter keinen Umständen zerstören wollte. Ich streichelte ihre weichen Wangen. Die kindlichen Rundungen von dem Foto über dem Bett waren nicht mehr so deutlich, und manchmal konnte man für kurze Augenblicke die kantige Schönheit erahnen, die sie als Jugendliche wohl einmal entfalten würde. Ihre dünnen Arme ruhten mit dem Buch in der Hand auf der

Bettdecke. Als sie noch ein Baby gewesen war, hatte sie mit ihrer kleinen Hand stets meine Finger umfasst, die Wange an meine Brust gedrückt, ihr Herz an meines.

„Du weißt, dass ich wieder verreisen muss?"

Ich konnte spüren, wie sie erneut erstarrte. Sie sagte jedoch nichts, nickte nur kurz.

„Diesmal ist es nur für ein paar Tage, danach komme ich wieder heim. Und dann werde ich hierbleiben, danach fahre ich nicht mehr weg."

Ihr Körper lag steif und regungslos da, nur ihre Hände bewegten sich unruhig, sie zupften nervös an einem Faden, der sich vom Bettbezug gelöst hatte. Ich streichelte weiter ihre Wange.

„Und wenn ich wieder zu Hause bin, können wir lauter lustige Dinge unternehmen. Wir könnten mal wieder zusammen ans Meer fahren, was hältst du davon?"

Sie antwortete noch immer nicht. Ich merkte, wie bemüht heiter und schmeichlerisch meine Stimme klang. Warum sollte sie mit mir ans Meer fahren wollen? Sie kannte mich ja kaum noch.

„So, nun schläfst du schön, und in ein paar Tagen sehen wir uns schon wieder. Gute Nacht, mein Schatz, schlaf gut."

Ich nahm das Buch und stopfte die Decke um sie fest, küsste sie auf die Wange und löschte das Licht. Sie lag weiter auf dem Rücken, hatte das Gesicht jedoch zur Wand gedreht. Die Konturen ihres schmalen Körpers waren unter der pludrigen Decke kaum zu erkennen. Als ich den dunklen Raum gerade verlassen wollte, hörte ich zum ersten Mal seit meinem Eintreten ihre Stimme.

„Mama?"

„Was ist, mein Herz?"

„Kommst du wieder zurück?"

Meine Antwort ließ eine Sekunde zu lange auf sich warten.

„Natürlich komme ich wieder zurück. Schlaf jetzt, Liebes.“

Während ich die Treppe hinunterging, spürte ich etwas Feuchtes an meinem Kinn, und erst als ich es mit der Hand wegwischen wollte, begriff ich, dass es meine eigenen Tränen waren.

Ich durchquerte das Wohnzimmer, wo ich einen Moment lang stehen blieb. Nicht nur das Haus an sich wirkte alt, Nours ganze Wohnung kam mir vor wie ein Fragment aus einer längst vergangenen Welt. Als ich noch ein Kind gewesen war, hatte Nour alles immer mit Ikea- und Hellerau-Möbeln eingerichtet, genau wie von der Partei empfohlen, doch je mehr ihre Begeisterung für die Partei mit den Jahren abgenommen hatte, desto ähnlicher wurde ihre Wohnung der von Großvater. Fotografien alter Verwandter waren an die Stelle von Parteigrößen getreten, überall lagen orientalische Teppiche herum, und in den Regalen reihten sich Unmengen alter Bücher. Und nicht nur dort, alles war voll staubiger Bücher. Nour hatte erzählt, als Großvater damals in den 1970er-Jahren aus Bosnien hierhergekommen war, das Land gehörte damals noch zu Jugoslawien, waren Ausländer hier kein ungewöhnlicher Anblick gewesen. Inzwischen sah man fast überhaupt keine mehr. Die meisten Migranten hatten den Ostseeraum 1989 wieder verlassen, nachdem die Dissidenten erfolglos versucht hatten, die Mauer zwischen Ost- und Westdeutschland einzureißen, also noch vor der Annexion. In der heutigen Welt stellten Nour und ihre Wohnung eine Art aussterbende Spezies dar. Und in gewisser Hinsicht war ich froh, dass Siri hier leben und daran teilhaben konnte, auch wenn ihr das unter Umständen später einmal Schwierigkeiten bereiten würde.

Ich ging in die Küche und setzte mich an den Küchentisch. Nour spülte ungerührt weiter Geschirr. Den Rücken noch immer mir zugewandt, ließ sie nach einer Weile die Hände sinken und hielt inne.

„Du weißt schon, dass sie sich fragt, was das alles soll?“

„Was meinst du damit?“

„Warum du ständig verschwindest.“

Ich spürte Panik in meiner Brust aufsteigen und wollte mich verteidigen. Für einen Moment blieb ich schweigend sitzen. Dann sagte ich: „Sie hat doch dich.“

Nour drehte sich um. Sie hatte dunkle Schatten unter den Augen. Schlagartig wurde mir bewusst, dass sie dieses Jahr siebzig wurde. Dabei hatte ich sie stets als unsterblich wahrgenommen, als jemanden, der außerhalb der Zeit stand. Sie sah mich prüfend an, dann wandte sie sich zum Schrank um, nahm zwei Gläser und eine Flasche Wodka heraus und setzte sich damit mir gegenüber. Sie stellte die Gläser auf dem Tisch ab und schenkte uns beiden ein. Daraufhin betrachtete sie mich eingehend, wie um zu taxieren, ob ich für das, was sie mir zu sagen hatte, empfänglich war.

„Werde jetzt bitte nicht wütend“, bat sie endlich.

„Warum sollte ich?“

„Weil ich dich gleich etwas fragen werde.“

„Kommt ganz auf deine Frage an, oder?“

„Mach jetzt bitte keine Scherze, ich meine es ernst.“

Sie blickte mich weiter eindringlich an.

„Also gut, dann frag.“

Nour hob ihr Glas, nahm schnell einen großen Schluck und stellte es wieder ab.

„Was ich gern wissen möchte, ist: Kommst du zurück?“

„Ich werde zwei, drei Tage fort sein, und danach …“

Nour schüttelte energisch den Kopf.

„Nein, nein, nein, das meine ich nicht. Ich meine: *Kommst du zurück?*“

Ich starrte sie schweigend an, bis sie irgendwann den Blick von mir abwandte und durch das Fenster hinaus in die Dunkelheit sah. Lange Zeit sagte keine von uns beiden ein Wort. Schließlich brach Nour mit gedämpfter Stimme das Schweigen:

„Dort oben liegt ein kleines Mädchen, das nicht weiß, ob es eine Mama hat. Und selbst wenn sie nicht darüber spricht, es zehrt an ihr. Das kann ich spüren, im Gegensatz zu dir."

„Sie hat doch dich", wiederholte ich meinen Satz tonlos und wie ein Mantra. Nour starrte weiter stur aus dem Fenster.

„Ich bin aber nicht ihre Mama, und das weißt du. Ich bin *deine* Mutter. Und ich würde ehrlich gesagt auch ganz gern wissen, ob du …" Sie verstummte mitten im Satz. Ich sah, wie sie schluckte.

„Ob was?"

„Ob du zurückkommst. Ob du leben willst."

Eine Träne rann ihr die Wange hinab, doch sie wischte sie nicht weg.

„Mein kleines Mädchen", sagte sie leise, wobei sie mich noch immer nicht ansah. Mir war nicht klar, ob sie von mir oder von Siri sprach. In meinen Ohren hämmerte der Puls, als ich mein Glas in einem Zug leer trank, aufstand und zu Nour um den Tisch herumging, die noch immer reglos aus dem Fenster blickte. Ich gab ihr einen herzhaften Kuss auf den Kopf, auf dem unter der Farbe bereits der weiße Haaransatz hervorlugte und ihre Frisur aussehen ließ, als trüge sie eine Perücke.

„Wir sehen uns in ein paar Tagen, Nour."

Damit eilte ich in die Diele, warf mir meine Jacke über und rannte über die Treppe hinaus auf die Straße, wo ich mich in einen Mülleimer übergab.

Am darauffolgenden Morgen verließ ich meine Wohnung, noch bevor es richtig hell geworden war. Ein Taxi holte mich unten am Gehsteig ab. Kleine Schneeflocken tanzten durch die Luft, als der Fahrer meine Taschen keuchend in den Kofferraum hievte. Aus einem spontanen Impuls heraus hätte ich mich am liebsten umgedreht und ein Foto von meinem Haus geschossen, als bräuchte ich eine Erinnerung.

Wir ließen die Stadt hinter uns und erreichten den großen Industrieanleger unten an der Flussmündung, wo der Fahrer den Wagen eine Weile zwischen Containerstapeln und Lagerhallen hindurchmanövrierte, bevor er an einem Pier mit verschlossenem Gittertor hielt. Er wuchtete meine Taschen aus dem Kofferraum und stellte sie auf den Boden, doch noch bevor ich fragen konnte, ob ich die Fahrt bezahlen oder sie ihm quittieren sollte, war er auch schon wieder in sein Taxi gesprungen und davongefahren. Ich blieb allein zurück und überlegte, was ich jetzt tun sollte, als ich auf der anderen Seite des Gitters einen uniformierten Mann auf mich zukommen sah. Ohne ein Wort schloss er das Hängeschloss an der dicken Kette auf, mit der die beiden Torflügel gesichert waren, und ließ mich hinein. Ich blickte mich um und entdeckte an einem der meterhohen Torpfosten eine Überwachungskamera, vermutlich wusste man also, dass ich eingetroffen war.

Der Schnee hatte sich wie eine dünne Schicht weißer Puderzucker über den Boden gelegt, und während ich dem Mann über den Pier folgte, drehte ich mich noch einmal um und warf einen Blick auf meine Spuren. Sie waren schon fast wieder zugeschneit.

Am Ende des Piers lag ein militärisch anmutendes graues Motorboot, und auf dem Kai erkannte ich die magere Gestalt des Sekretärs wieder. Neben ihm stand eine Frau, in der ich die Ärztin Katerina Iwanowitsch vermutete. Sie war jünger als ich, jünger als erwartet, und hatte helles, zu einem einfachen Knoten aufgestecktes Haar und trug praktische Freizeitkleidung mit einem Trekkingrucksack über der Schulter. Trotz der frühen Stunde und des nasskalten diesigen Morgens machte sie beim Näherkommen einen munteren Eindruck auf mich, sie sah aus wie eine Pionier-Gruppenleiterin in Erwartung neuer Abenteuer im Gebirge. Ihr offenes Gesicht mit den dunkel glänzenden, wachen Augen stand in deutlichem Kontrast zu meinem eigenen, auf dem sich Sorgenfalten und Kissenabdrücke abzeichneten. Als ich mich ihr vorstellte, schüttelte sie mir entschlossen die Hand.

„Hallo, Anna. Ich heiße Katerina. Aber sagen Sie doch einfach Katja zu mir."

Zur Begrüßung sah sie mir direkt in die Augen, und die Weise, wie sie meinen Namen wiederholte, zeugte von einer gewissen Routine, fremden Menschen gegenüber schnell eine vertrauensvolle Atmosphäre zu schaffen. Sozusagen eine Art Freimaurergruß für Ärzte, Psychologen und Pfarrer. Ich überlegte, womit man sie wohl in der Hand haben mochte.

Der Sekretär drückte seine Zigarette auf dem Kai aus und zog seinen grauen Mantel enger um sich.

„Dann sollten wir uns wohl allmählich an Bord begeben, die Details können wir auch noch unterwegs besprechen. Die Überfahrt wird einige Stunden dauern, deshalb würde ich vorschlagen, wir brechen so schnell wie möglich auf."

Unter Deck gab es zwei Räume. Einen Aufenthaltsraum mit an den Wänden befestigten braunen Ledersofas sowie eine kleine Kajüte mit übereinander angebrachten schmalen Kojen. Der einladenden Geste des Sekretärs folgend, ließen Katja und ich uns nebeneinander auf einem der Sofas nieder und nahmen den uns angebotenen Automatenkaffee dankend entgegen. Der schmeckte angebrannt, mit einem irgendwie seltsamen Beigeschmack, und der Pappbecher wirkte derart dünn, dass man das Gefühl hatte, schnell austrinken zu müssen, damit sich dieser nicht vorher auflöste. Doch er enthielt trotz allem Koffein. Gierig nahm ich einen viel zu großen Schluck von dem heißen Getränk und verbrannte mir prompt die Zunge. Der Sekretär dagegen blies mit seinen schmalen Lippen in den Becher hinein, als würde er auf einer fehlerhaft konstruierten Panflöte spielen. Nach einem vorsichtigen Schluck begann er zu sprechen.

„Zunächst einmal würde ich gern Ihr Gedächtnis auffrischen, was die Eckdaten Ihrer Zusammenarbeit auf der Insel anbelangt. Der Ablauf wird also folgendermaßen aussehen: Man wird Sie, Anna, den anderen Kandidaten als eine weitere Anwärterin auf die Stelle in der RAN-Gruppe präsentieren. Katja wiederum wird in ihrer Funktion als Ärztin vorgestellt, die auf der Insel bereitsteht, falls jemand krank werden sollte oder gar einen Unfall hat. Und genau damit werden wir auch das Vorhandensein der Krankenstation im Keller begründen, da es bis zum Eintreffen von externen Hilfskräften einige Zeit dauern kann. Schließlich wollen wir nicht als verantwortungslos gelten", fügte er noch hinzu, offenbar ohne sich der Ironie seiner Aussage bewusst zu sein. „Der Stresstest wird sich über insgesamt achtundvierzig Stunden erstrecken. In den frühen Morgenstunden der Nacht von heute auf morgen werden Sie, Anna, ‚ermordet'." Er malte Anführungszeichen in die Luft. „Katja wird Sie betäuben und Ihnen ein Muskelrelaxans verabreichen, damit Sie sich nicht durch einen Reflex bewegen. Und Sie, Katja, werden den ‚Mord' daraufhin ‚entdecken' …", er machte sich nicht einmal die Mühe, die Hände zwischen den beiden Wörtern herunterzunehmen, „… und rufen einen der anderen Teilnehmer herbei, als Zeugen für den Vorfall. Wir werden dafür sorgen, dass die betreffende Person zu dem Zeitpunkt hinreichend unter Drogen steht, damit ihre Aufmerksamkeit etwas getrübt ist. Bevor jemand anderes Sie untersuchen kann, Anna, wird man Sie in die Kühlbox in der Krankenstation bringen. Diese wird verschlossen, und Katja wird offiziell die Einzige sein, die den Code des Schlosses kennt. Tatsächlich können Sie die Box jedoch auch von innen öffnen, sowohl in Richtung der Krankenstation wie hinunter zur Strategischen Ebene. Sobald die Wirkung der Medikamente nachlässt, werden Sie die Box durch eine Luke in deren Boden verlassen und sich genau dorthin begeben, wo Sie mit Ihrer Observation und deren Auswertung beginnen. Und wenn die Zeit dann abgelaufen ist, kommen wir sie alle mit dem Boot wieder abholen, und auf der Rückfahrt werden die Teilnehmer auch über die wahren Umstände der Übung aufgeklärt und von unserem Team betreut werden. Sie, Anna, werden uns einen detaillierten Abschlussbericht vorlegen, in dem Sie uns Ihren Favoriten vorschlagen. Noch Fragen?“

Ich räusperte mich, bevor ich zum Sprechen ansetzte, und überlegte, wie direkt ich wohl sein konnte. Der Sekretär war nicht der Vorsitzende, und er verfügte nicht über dessen Macht, obwohl er dem Vorsitzenden sicherlich direkt Meldung erstattete. Vielleicht konnte ich mir trotz allem ein paar kritische Fragen erlauben.

„Und Sie treffen also erst nach achtundvierzig Stunden ein, ganz egal, was passiert?“

„Genau.“

„Und was ist, wenn jemand die Situation weniger gut bewältigt? Wenn jemand zusammenbricht?“

Der Sekretär warf Katja einen auffordernden Blick zu, die daraufhin das Wort ergriff.

„Für den Fall steht uns eine ganze Reihe unterschiedlicher Lösungen zur Verfügung, es besteht also kein Grund zur Beunruhigung.“

„Welche Lösungen?“

Katja zögerte kurz mit ihrer Antwort. Dann erklärte sie knapp: „Medizinische Lösungen in erster Linie.“

„Das heißt also, falls jemand einen Nervenzusammenbruch erleiden sollte, werden wir die betreffende Person einfach so lange mit Medikamenten ruhigstellen, bis die Übung beendet ist? Und wie vereinbaren Sie das mit Ihrem Arztethos, Katja?“

Katja schien sich in ihrer Haut nicht so ganz wohlzufühlen, während meiner Fragen hatte sich zwischen ihren dunklen Augen eine schmale Falte gebildet.

„Darüber lässt sich sicherlich diskutieren, allerdings gibt es mittlerweile einige sehr wirksame Angsthemmer, die sich gut für die Anwendung in Krisensituationen eignen, was Ihnen seit Ihrer Zeit in Kysylkum eigentlich doch bekannt sein dürfte, wenn ich das recht verstanden habe?"

Sie hatte ihre Frage absolut offen formuliert, und dennoch verspürte ich dabei eine leichte Übelkeit. Ganz offensichtlich wusste sie mehr über mich als umgekehrt. Ich beschloss, die Sache auf sich beruhen zu lassen, und zuckte deshalb mit den Achseln.

„Die medizinische Versorgung fällt ja nicht in meinen Verantwortungsbereich, somit überlasse ich das ganz Ihnen."

„Wunderbar", rief der Sekretär erleichtert aus. „Ihre Kooperation ist schließlich die Voraussetzung dafür, dass dieses Experiment gelingt."

Obwohl ich eben noch beschlossen hatte, die Sache nicht zu meinem Problem zu machen, konnte ich mich nicht bremsen.

„Und was passiert, falls es *dennoch* scheitert?"

Der Sekretär stieß einen tiefen und enervierten Seufzer aus.

„Ich würde sagen, darum können wir uns kümmern, wenn es so weit ist. Dazu wird es aber mit Sicherheit nicht kommen. Die ganze Operation wurde selbstverständlich minutiös vorbereitet, wir wissen, was wir tun. Und nun würde ich vorschlagen, Sie beide ruhen sich nach Möglichkeit noch etwas aus, dazu werden Sie in den nächsten Tagen eher nicht so viel Gelegenheit bekommen. Falls Sie schlafen möchten, befinden sich dort in der Kajüte Pritschen, ansonsten sind Sie jederzeit hier willkommen, es gibt Zeitungen und mehrere Fernsehkanäle."

Ich erhob mich vom Sofa und ging in die Kajüte, in der ich vier fertig bezogene Kojen vorfand. Ich kroch in die unten links, konnte jedoch nicht einschlafen. Schließlich stand ich wieder auf und ging zurück in den Aufenthaltsraum, wo der Sekretär über einem Stapel Akten brütete. Als er mich hereinkommen sah, legte er in einem schuljungenhaften Reflex den Arm über die Unterlagen, als würde er befürchten, ich könnte bei ihm abschreiben. Ich setzte mich vor den Fernseher und fand einen Kanal, auf dem gerade sämtliche Folgen einer alten Fernsehserie liefen, die ich früher einmal sehr gemocht hatte. Sie gehörte zu den wenigen Importserien, die noch gezeigt wurden. Anfang der 1990er-Jahre, als es noch kapitalistische Fernsehsender gab und wir noch kein vollwertiger Unionsstaat waren, hatte sich die Serie bei jungen Leuten größter Beliebtheit erfreut. Nachdem die Partei irgendwann verkündet hatte, man könne sie nicht länger ausstrahlen, hatte dies zu einem wahren Proteststurm geführt. Also hatte das Staatsfernsehen die Rechte daran erworben, und seitdem war es fast schon Tradition, dass die Serie das ganze Jahr über auf einem der Kanäle gesendet wurde. Nour hatte mir mit kaum verhohlenem Abscheu in der Stimme erzählt, dass früher regelmäßig amerikanische und britische Serien im Fernsehen liefen. Inzwischen war beinahe nur noch diese übrig.

Inmitten einer aufreibenden Szene, in der Ross und Rachel einmal wieder aufgrund irgendeines absurden Missverständnisses miteinander Schluss machten, rüttelte der Sekretär mich unsanft an der Schulter. Ich hatte ihn nicht von hinten heranschleichen hören und zuckte in meinem Sessel zusammen.

„In einer Viertelstunde sind wir da, vielleicht möchten Sie ja schon einmal hinaufgehen."

Ich richtete mich auf und wollte mich gerade erheben, als eine derart heftige Woge der Angst durch meinen Körper spülte, dass mich ein aufkommendes Schwindelgefühl zurück in meinen Sessel zwang. Warum, *warum* nur hatte ich mich hierauf eingelassen? Zwar gehörten widrige Umstände durchaus zu meinen Erfahrungen aus Kysylkum, wo die Lage häufig von schwer einschätzbar über bedrohlich bis hin zu regelrecht Furcht einflößend gewesen war, doch nie hatte ich mir auch nur im Geringsten die Frage gestellt, was ich dort sollte oder inwiefern ich dort von Nutzen war. Nun allerdings drängte sie sich förmlich auf. Wie hatte ich mich hierzu überreden lassen können?

Sofort aktivierte mein Gehirn seine wohlbekannten Verteidigungsstrategien, auf die ich auch schon in den vergangenen Tagen unzählige Male zurückgegriffen hatte: Ich brauchte das Geld, ich brauchte den Job, vor allem jedoch wollte ich, dass diese unsäglichen Berichte aus Kysylkum verschwanden. Im Grunde hatte ich nichts zu verlieren, dafür aber jede Menge zu gewinnen. Indem ich mir dies mehrmals sagte, verschwand meine Angst zwar nicht gänzlich, doch ich fühlte mich immerhin wieder dazu imstande, mir die Schuhe zu binden, die Jacke überzuwerfen und mit meinen Taschen hoch an Deck zu gehen.

Katja stand bereits neben dem Sekretär an der Reling. Ich stellte mich auf ihre andere Seite und zog mir den Reißverschluss meiner Jacke bis unter die Nase zu. Vom grauen Meer wehte ein schneidend kalter Wind herüber, der meine Haare in alle Richtungen abstehen ließ.

„Da vorn liegt Isola!“, schrie der Sekretär und deutete auf einen Punkt am Horizont.

Der Punkt nahm allmählich Gestalt an, Farben und Details wurden erkennbar, und als wir uns der Insel näherten, musste ich einsehen, dass meine Vorurteile mich innerlich an den völlig falschen Ort gelotst hatten. In meiner Vorstellung hatte die Insel bedrohlich und militärisch ausgesehen. Was nun vor mir lag, war eine hügelige Schäreninsel mit einem pfarrhausähnlichen Gebäude auf der linken Seite. Dieses war weder sonderlich groß, noch wirkte es Respekt einflößend, doch unmittelbar darunter fielen die Klippen steil zum Meer ab, was der Insel den Anschein einer Torte aus Stein und Gras verlieh. Unten auf dem

Wasser befand sich ein schwimmender Landungssteg, von dem eine Metallleiter die Felswand hinaufführte. Als wir noch näher kamen, wurde mir klar, dass man den Steg benötigte, um überhaupt mit einem Boot anlegen zu können. Die Klippen waren weit höher und steiler, als ich zunächst gedacht hatte, und bis dicht an die Insel heran ragten überall große Steinblöcke aus dem Wasser. Ohne den Steg hätte man die Insel unmöglich anlaufen können, und ich überlegte, wie es den ersten Besuchern wohl gelungen war, auf die Insel zu gelangen und dort sogar ein Haus zu bauen.

Wir legten an dem schwimmenden Steg an, und der Sekretär machte sich sofort daran, die Leiter an der Felswand hinaufzuklettern. Er wirkte gestresst.

„Wir sollten uns ein wenig beeilen", rief er uns mit angestrengt gellender Stimme über die Schulter zu, darum bemüht, dass der Wind seine Worte nicht davontrug. „Das andere Boot ist bereits unterwegs, und ich würde Ihnen gern noch diejenigen Räumlichkeiten zeigen, die ausschließlich Ihnen beiden vorbehalten sind."

Schluckend kletterte ich an der senkrechten Wand hinauf und versuchte dabei tunlichst jeden Blick nach unten zu vermeiden. Inzwischen hatte sich der Schnee von vorhin in einen feinen Nieselregen verwandelt, weshalb die Sprossen der Leiter glitschig waren, und als ich sah, wie Katja mit den tiefen Profilsohlen ihrer Wanderschuhe über mir behände die Leiter erklomm, verfluchte ich meine abgelaufenen Turnschuhe. Oben angelangt sah ich, dass der Sekretär bereits das Haus ansteuerte, und Katja und ich folgten ihm gehorsam. Doch während Katjas dynamische Schritte von Joggingtouren im Sommer und Langlaufausflügen im Winter zeugten, schleppte ich mich hinter ihr her wie ein bockiger Teenager. Als wir uns dem Haus nun näherten, erkannte ich, dass mich mein erster Eindruck vom Schiff aus getäuscht hatte. Trotz seiner unscheinbaren Fassade hatte das Gebäude etwas Bedrohliches. Was möglicherweise an dessen Proportionen lag. Es wirkte irgendwie verwachsen. Die Etagen schienen zu weit übereinander zu liegen, die Fenster zu weit auseinander. Mir kam der Gedanke, dies könnte den Hohlräumen geschuldet sein, mit denen die Wände zwischen den Räumen jeweils versehen waren, und die es mir ermöglichen würden, mich während meiner Observation frei zu bewegen und die anderen unbemerkt zu beobachten. Ich strich mir das feuchte Haar aus der Stirn und beschleunigte mein Tempo, versuchte Katja und den Sekretär im Laufschritt einzuholen.

„Wozu diente dieser Ort ursprünglich?"

„Zur Evaluation", antwortete der Sekretär kurz.

„Zur Evaluation wovon?"

„Genau wie jetzt auch. Von Personen in heiklen Positionen."

„Soll das heißen, dieses Haus wurde extra dafür gebaut, dass Sie Ihre eigenen Leute ausspionieren können?"

Er funkelte mich über die Schulter hinweg wütend an.

„Es gibt immer wieder Menschen, die ihre eigenen Schwächen verbergen, und es gibt immer wieder Momente und Orte, wo dies für andere zur Gefahr werden kann", erwiderte er. „Besser, wir filtern sie heraus, bevor sie Schaden anrichten. Und genau das tun wir auch jetzt."

Er beschleunigte demonstrativ seine Schritte, zum Zeichen, dass dieses Gespräch für ihn beendet war, und eilte weiter den Hang hinauf, doch ich ließ nicht locker.

„Haben Sie wirklich so großes Vertrauen in mich, dass Sie sich auf mein Urteil verlassen wollen?"

„Nun, Sie sind ja nicht alleine hier", entgegnete der Sekretär und warf einen liebevollen Blick nach hinten zu Katja Iwanowitsch, die sich taktvoll ein paar Schritte hatte zurückfallen lassen. „Sie werden ja unabhängig voneinander Bericht erstatten", entgegnete er, „und ich bin mir sicher, dass uns Ihrer beider

Argumente eine solide Entscheidungsgrundlage liefern werden, um mit dem Rekrutierungsprozess fortzufahren."

Erneut erhöhte er sein Tempo, und während er auf das Haus zueilte, wurde der Abstand zwischen uns immer größer.

„Hier legen wir Sie hinein, sobald Sie tot sind."

Der Sekretär klopfte auf eine kühltruhenartige Kiste in einem der Räume der im Keller gelegenen Krankenstation, die im Übrigen wie ein richtiges kleines Feldlazarett eingerichtet war. Bestens geeignet zum Verarzten von Schnitt- oder Schürfwunden, ausgerenkter Schultern oder dem Stillen von Blutungen. Weniger hingegen für die Behandlung psychotischer Stressreaktionen. Vieles von dem, was dort in den Regalen stand, kannte ich noch von den Krankentransporten, die regelmäßig bei uns in Kysylkum eingetroffen waren. Ein bisschen zu gut vielleicht. Auf einem Regal standen verschiedene Angsthemmer sowie Schmerz- und Beruhigungsmittel feinsäuberlich aufgereiht. Mir fielen die „medizinischen Lösungen" wieder ein, von denen Katja Iwanowitsch vorhin gesprochen hatte, und als wir weiter im Haus herumgeführt werden sollten, musste ich meinen Blick regelrecht davon losreißen.

Meine Aufmerksamkeit wurde wieder auf die tiefe Kühlbox gelenkt, als der Sekretär urplötzlich hineinsprang und sich mit über dem Brustkorb gefalteten Händen auf deren Boden der Länge nach ausstreckte. Er sah aus wie Nosferatu.

„... und dann drücken Sie einfach hier!"

Er tippte auf etwas, das wie ein Kühlaggregat aussah, das seitlich in der Wand befestigt war. Offenbar bediente er einen versteckten Knopf, denn im selben Augenblick öffnete sich auf der Höhe seiner Füße lautlos eine Luke im Boden der Kühlbox. Mit erstaunlicher Wendigkeit drehte er sich auf den Bauch und schob sich mit den Füßen voraus durch die Öffnung.

„Ja, wenn Sie mir doch bitte folgen möchten!"

Katja und ich blickten einander an.

„Die Dame zuerst", sagte ich, und Katja warf mir einen irritierten Blick zu, kletterte dann jedoch gehorsam hinterher. Ich folgte ihr. Und als ich eine Etage tiefer den nächsten Raum erreichte, schnappte ich erst einmal nach Luft.

„Willkommen auf der Strategischen Ebene", sagte der Sekretär.

Dieser Ort war ausgesprochen merkwürdig. Es herrschte ein gelbliches Schummerlicht, wie ich es mir von Gaslaternen in früheren Zeiten vorstellte. Auch die Einrichtung und die Technik kamen mir veraltet vor, als stammten sie aus einer Telegrafenstation aus der ersten Hälfte des 20. Jahrhunderts. Dunkles Holz, blankpoliertes Kupfer, Details aus grün gefärbtem Leder. Die Decke war niedrig wie in einem U-Boot, und mir fiel auf, dass ich unwillkürlich den Kopf einzog, obwohl dies für mich im Grunde genommen nicht notwendig war. Die Luft in dem Raum war eiskalt, und es roch nach altem Erdkeller. Der Sekretär legte einen Stromschalter um, und mehrere Monitore erwachten zum Leben. Auf den körnigen, schwarz-weißen Bildern waren sämtliche Räume des Hauses zu sehen, aufgenommen von Kameras, die allem Anschein nach direkt unter den Zimmerdecken angebracht waren. Ich wandte mich dem Sekretär zu.

„Hatten Sie nicht gesagt, es gäbe keine Kameras?"

„Diese Kameras sind nicht mit Aufnahmegeräten verbunden. Sie sind glücklicherweise zu alt, um mit moderner Technik kompatibel zu sein. Wie schon erwähnt, wollen wir nicht das Risiko eingehen, dass die hiesigen Vorgänge dokumentiert werden. Hier können Sie lediglich sehen, was sich im aktuellen Augenblick jeweils abspielt, wobei der Ton nicht funktioniert und die Bildqualität ehrlich gesagt auch nicht sonderlich gut ist. Die Kameras dienen in erster Linie als Ergänzung. Unserer

Erfahrung nach sind direkte Beobachtungen wesentlich effektiver."

„Sie meinen, indem man die Leute durch die Wände ausspioniert?"

„Indem man sie professionell beobachtet", erwiderte der Sekretär zurechtweisend. „Und machen Sie sich wegen des Stroms keine Sorgen, selbst wenn er oben ausfallen sollte, läuft hier unten alles über ein eigenes Aggregat weiter."

Er ging in die eine Ecke des Raumes und zog einen Vorhang beiseite. Dahinter befanden sich eine kleine Kochnische samt Kühlschrank und Spülbecken sowie ein schmales Stockbett. Und das alles auf weniger als fünf Quadratmetern, man konnte fast meinen, dies alles wäre für ein Kind bestimmt. Ich musste an meine Vorgänger denken, die sich hier unten aufgehalten hatten. Rund um die Uhr ohne Tageslicht, den Blick auf das Leben anderer gerichtet. Über der kleinen Nische lag eine dicke Schicht Einsamkeit.

Der Sekretär setzte seinen Rundgang fort. Ein an der Wand befestigter Schrank mit Konserven. Eine Kiste Sturmlaternen und Leuchtraketen. Leichtere Schmerzmittel und Verbandszeug. Und schließlich, neben der Treppe, über die wir heruntergekommen waren, eine unnatürlich schmale Tür aus dunklem Holz, wie ein magisches Tor in eine andere Welt.

„Von hier aus gelangen Sie in das restliche Haus."

Der Sekretär reichte mir eine Taschenlampe, deren gedämpftes rotes Licht an eine Dunkelkammerleuchte erinnerte, und bedeutete mir mit einer Geste, vorauszugehen. Ich fand mich in einem engen niedrigen Gang wieder, und als ich die steile Treppe hinaufstieg, streifte ich mit dem Kopf an der Decke und mit den Hüften an den Wänden. Ringsum war der Gang mit einem schwammartigen, schalldämpfenden Material überzogen, in das meine Füße bei jedem Schritt einsanken und das alle Geräusche meiner Bewegungen absorbierte. Es war schon einigermaßen merkwürdig, sich so vollkommen lautlos fortzubewegen. Der Sekretär ging dicht hinter mir.

Plötzlich gelangte ich an einen Vorhang. Ich drehte mich um und leuchtete dem Sekretär mit meiner roten Lampe genau ins Gesicht. Sein Kopf sah aus wie ein Totenschädel.

„Vorhang bedeutet neuer Raum", sagte er mit gesenkter Stimme. „An den Wänden befinden sich kleine Schiebetüren. Wenn Sie diese beiseiteziehen, können Sie in das jeweilige Zimmer blicken. Achten Sie aber darauf, vorher das Licht zu löschen."

Ich leuchtete an der Wand entlang und entdeckte auf Augenhöhe den Schieber, löschte das Licht und öffnete ihn.

Durch zwei kleine Löcher konnte ich geradewegs in den Salon neben der breiten Treppe sehen. Es war seltsam, aus der totalen Finsternis, die mich umgab, hinaus in den von Tageslicht durchfluteten Raum zu blicken. Ich kam mir vor wie ein Gespenst. Dicht an meinem Ohr hörte ich den Sekretär weiterreden: „Durch sämtliche Räume verlaufen Induktionsschleifen, mithilfe derer Sie die Gespräche relativ gut mitverfolgen können", sagte er. „Wenn allerdings geflüstert wird oder die Anwesenden sich gegenseitig ins Wort fallen, wird es logischerweise schwieriger."

Ich schloss den Schieber, schaltete die Lampe wieder ein, und wir setzen unseren Weg über eine weitere steile Treppe fort, hoch zu den Schlafzimmern. Erst dort realisierte ich, dass ich absolut alles würde sehen können. Denn es gab sowohl Gucklöcher in die Schlafräume selbst, die mit Betten und Schränken ausgestattet waren, als auch in die Badezimmer mit den Toiletten.

„Es ist wichtig, dass Sie sie jederzeit beobachten können", fuhr der Sekretär fort, als hätte er meinen Widerwillen angesichts der Aussicht, fremde Menschen im Badezimmer zu bespitzeln, im gleichen Moment gespürt.

„Die meisten Leute fühlen sich an solchen Orten geschützter. Dort offenbaren sie ihr wahres Ich."

Ich zuckte im Dunkeln mit den Achseln, als wäre es mir letztendlich egal, dabei kam ich mir schon beim bloßen Gedanken daran, anderen Leuten auf der Toilette nachzuspionieren, vor wie eine Ratte.

„Gehen wir wieder hinunter. Ich habe genug gesehen."

Ich reichte ihm die Lampe, und nachdem er auf dem Absatz kehrtgemacht hatte, folgte ich dem mattroten Lichtkegel über die Treppen zurück in das unterirdische Kabuff, wo ich also nach meiner Ermordung die kommenden Tage verbringen sollte.

Wieder unten angelangt, holte der Sekretär die Planzeichnungen hervor, die ich bereits aus seinem Büro kannte. Inzwischen waren die Schlafzimmer von eins bis sieben durchnummeriert, sechs davon im ersten Stock und eines im Erdgeschoss. Letzteres war für diejenige Person bestimmt, die mitten in der Nacht geweckt werden und mein Ableben bestätigen sollte. Noch waren die Namen derer, die in den jeweiligen Zimmern unterkommen sollten, nicht auf dem Plan eingetragen worden. Im Schnelldurchlauf gingen wir erneut die einzelnen Etappen für den Ablauf durch. Wo ich ermordet und aufgefunden werden sollte (Küche), wohin man mich anschließend bringen würde (Kühlbox) und wohin ich mich daraufhin begeben sollte (Strategische Ebene). Plötzlich wurden wir vom Summen eines Satellitentelefons unterbrochen. Der Sekretär nahm den Anruf an, brummte kurz und legte wieder auf.

„Die anderen sind jetzt unterwegs, lassen Sie uns vors Haus gehen und sie in Empfang nehmen."

Wir kletterten über die schmale Treppe und durch die Luke wieder zurück in die Krankenstation, schlossen sorgfältig hinter uns ab, verließen das Haus und begaben uns zu der Felswand, an der die Leiter zum Steg angebracht war. Unten konnten wir ein Boot erkennen, etwas größer als das, mit dem wir selbst gekommen waren. Es hatte gerade angelegt. Als Erster kam der Vorsitzende persönlich die Leiter heraufgeklettert, staatsmännisch gekleidet in einem marineblauen Mantel und mit glänzenden Schuhen.

Als die Römer die Baukunst der Griechen imitiert hatten, war es ihnen nie gelungen, die Tempel in derselben magischen Weise zu errichten, mit sich nach oben hin verjüngenden Säulen und gewölbten Horizontalen, wodurch diese leicht, ja fast schon schwerelos wirkten. Vielmehr hatten sie ihre Tempel nach logischen Kriterien erbaut, mit einer geraden Linienführung, weshalb die römischen Tempel den Anschein erweckten, als könnten sie jeden Moment polternd in sich zusammenfallen. Und genau so sah auch der Vorsitzende aus, wie er dort in seinem dicken langen Mantel stand. Wie ein Mann, der kurz davor war, von seinem eigenen Gewicht erdrückt zu werden. Eilfertig stürzte ihm der Sekretär entgegen und schüttelte ihm auf seine typisch energische Art die Hand, und die beiden wechselten ein paar Worte miteinander. Als der Vorsitzende einen Schritt beiseitetrat und sich neben uns stellte, um für die Nachkommenden Platz zu machen, nickte er kurz in Katjas und meine Richtung.

Als ich die Person erblickte, die nach ihm die Leiter heraufgestiegen kam, war ich überrascht. Obwohl ich ihr noch nie persönlich begegnet war, erkannte ich die Frau um die fünfzig sofort. Franziska Scheele war eine der bekanntesten Moderatorinnen des Landes, und ihr Gesicht war schon tausendmal bei uns zu Hause durch Küche und Wohnzimmer geflimmert. Seit vielen Jahren moderierte sie für einen der zahlreichen staatlichen Fernsehsender die beliebteste Politsendung des Landes, die immer sonntagabends lief, und vermutlich hatte sie schon sämtliche Spitzenpolitiker der Union interviewt. In der Realität sah sie wesentlich zerbrechlicher aus als im Fernsehen, sie war groß und schlaksig wie ein männlicher Teenager und strahlte zugleich die leicht verlebte Eleganz einer alternden Schriftstellerin aus. Die schwarzen Haare hatte sie aus der Stirn nach hinten gekämmt und zu einem straffen Chignon hochgesteckt, genau wie auch in ihrer Sendung. Bekleidet war sie mit einem dunkelgrünen Mantel mit Pelzkragen, der offenbar maßgeschneidert war, warm und wetterfest, wie für die Jagd auf einem privaten Anwesen. Als sie das letzte Stück der Leiter erklomm, streckte sie eine schmale, ringgeschmückte Hand mit sauber manikürten Fingernägeln aus, als hielte sie es für selbstverständlich, dass jemand herbeistürzen und ihr heraufhelfen werde, was der Sekretär auch umgehend tat.

Als Nächstes kam ein Mann über die Leiter, auch er in Franziska Scheeles Alter. Er war ausgesucht teuer und leger gekleidet, trug bunte Turnschuhe, eine Schirmmütze, Importjeans und eine Art Steppweste, wie man sie nur noch bei Prinzgemahlen aus dem alten Westeuropa sah. Auch sein Gesicht kam mir bekannt vor, aber ich konnte ihn nicht einordnen. Vermutlich irgendein Wirtschaftsvertreter, ich meinte, sein Konterfei schon in den auf lachsrosa Papier gedruckten Wirtschaftsteilen diverser Tageszeitungen gesehen zu haben.

Nummer drei war ein alter Mann, den ich auf über siebzig schätzte. Ich ertappte mich bei der Überlegung, um welche Art von Stelle es sich hier handeln konnte, wenn dafür all diese Personen infrage kamen und man sogar einen Kandidaten in Erwägung zog, der das Rentenalter längst überschritten hatte und es kaum mehr die Leiter hinaufschaffte. Sein Händedruck jedoch wirkte wie der eines jungen Mannes, der lediglich im Körper eines alten Menschen steckte. Während sein weißes Haar und das zerfurchte Gesicht vom Gewicht der vielen Jahre zeugten, war sein Blick klar und neugierig wie der eines kleinen Jungen. Bei mir war es genau umgekehrt, musste ich unwillkürlich denken. Aus meinen Augen blickte ein alter Mensch heraus.

Anschließend kam eine weitere Frau, die ich auf mein eigenes Alter schätzte, scheinbar unbekümmert die Leiter heraufgeklettert. Ihr Handschlag war forsch und direkt. Sie wirkte gepflegt, trug flache Schuhe und eine praktische Kurzhaarfrisur. Ich tippte darauf, dass sie eine leitende Position im öffentlichen Sektor innehatte, vielleicht nicht unbedingt in der obersten Etage, aber auch nicht weit davon entfernt. Und als ich sie gerade begrüßt hatte, erklomm der siebte und letzte Teilnehmer des Experiments die obersten Sprossen und trat auf den Rasen. Ich schnappte nach Luft.

Es war Henry.

## *Henry*

Ich bemerkte Anna, lange bevor sie mich wahrnahm. Ich glaube, so ist das oft bei ihr, dass andere auf sie aufmerksam werden, noch bevor sie selbst Notiz von ihnen nimmt. Manche Menschen sind einfach so, sie scheinen eine dichtere Konsistenz zu haben. Wenn sie einen Raum betreten, sieht man sie unweigerlich an.

Im Büro erschien Anna meistens völlig abgehetzt, so als käme sie grundsätzlich zu spät. Völlig in Gedanken und verheddert in ihre Jacke oder einen Schal wühlte sie im Gehen in ihrer großen Handtasche. Mit raschen Schritten eilte sie durch den Korridor, und im Vergleich zu ihr wirkten die Bewegungen aller anderen geradezu langsam. Fortwährend schien sie irgendwohin unterwegs zu sein, sei es zur Morgenbesprechung, zur Kaffeemaschine oder zur Toilette. Ihr Schreibtisch glich einer Festung aus Akten und Ordnern, Berichten und halb vollen Kaffeebechern in unterschiedlichen Stadien der Schimmelbildung. Sie selbst saß in einer Senke mittendrin, als wollte sie sich gegen das übrige Büro verbarrikadieren. Ihre Stimme klang scharf und durchdringend, und jeder in der Abteilung wusste, wer sie war, auch wenn sie sich nicht unbedingt großer Beliebtheit erfreute. Denn obwohl sie ihren Job erwiesenermaßen gut machte, haftete ihr doch auch der Ruf an, anstrengend zu sein. Beispielsweise regten sich viele darüber auf, dass sie bei jeder Sitzung ununterbrochen kritische Fragen stellte, gerne auch ganz kurz vor Schluss, wenn die Leute bereits mit den Stühlen scharrten. Anscheinend konnte sie gar nicht anders, als immer alles infrage zu stellen, ob nun berechtigt oder nicht. Dieses

Verhalten spitzte sich noch weiter zu, als wir einen neuen Chef bekamen, der jung und unsicher war und derart von sich selbst und seiner eigenen Karriere eingenommen, dass er sich im Grunde kaum für unser Tun interessierte. Die angemessene Reaktion wäre zweifellos gewesen, gute Miene zum bösen Spiel zu machen, stattdessen aber zeigte Anna unverhohlen, dass sie ihn für einen Idioten hielt. In der Abteilung ging das Gerücht um, sie hätte den Chefposten gern selbst gehabt, ihn jedoch nicht bekommen, obwohl sie die Kompetentere war. Aber unabhängig davon, ob das stimmte oder nicht, nahmen unsere Abteilungsbesprechungen zunehmend den Charakter von informellen Gerichtsverhandlungen an, bei denen Anna sowohl als selbsternannte Anklägerin als auch als Richterin auftrat. Die Art, wie sie jeden Vorschlag unseres Chefs bis ins letzte Detail hinterfragte, hatte etwas geradezu Überhebliches, so als würde sie allen Ernstes glauben, sie hätte ihn als Einzige durchschaut. Anscheinend war sie noch nie auf die Idee gekommen, wir *alle* könnten ihn für eine Null halten und würden uns nur deshalb nicht mit ihm anlegen, weil wir es für unnötig, sinnlos und nicht zuletzt für unerfreulich erachteten. Doch je mehr fruchtlose Gefechte ich sie austragen sah, bei denen sie sich nur immer weiter selbst diskreditierte, desto klarer wurde mir, dass sie sich nicht absichtlich in den Mittelpunkt spielte, sondern es schlichtweg ihre Eigenart war. Nachdem ich begriffen hatte, wie sie tickte, wurde sie mir zunehmend sympathischer. Trotzdem fand ich sie nach wie vor anstrengend.

Ich weiß nicht, was genau ihr Interesse an mir geweckt hatte, doch es kam regelrecht über Nacht. Nachdem sie mich bis dahin so gut wie gar nicht gegrüßt hatte, suchte sie nun plötzlich meine Gesellschaft, verwickelte mich am Kaffeeautomaten in kleine Gespräche und wählte in der Kantine den Platz neben mir. Mehrmals ertappte ich sie dabei, wie sie mich quer durch den Raum hinweg anschaute, und zwar mit einem derart konzentrierten, unergründlichen Blick, als erhoffte sie sich davon eine Antwort auf eine mir nicht ersichtliche Frage. Kurz nachdem ich diese Veränderung bemerkt hatte, wurden wir demselben Projekt zugeteilt. Die Vorstellung löste bei mir zunächst keine Begeisterungsstürme aus, sah ich doch bereits vor mir, wie sie wieder sämtliche Ideen mit ihren andauernden kritischen Fragen zerpflücken und damit jegliches Vorankommen blockieren würde. Doch zu meiner Verwunderung musste ich feststellen, wie gut die Zusammenarbeit mit ihr lief. Die Rede von ihrer enormen Kompetenz erwies sich als zutreffend, außerdem war sie unprätentiös und hatte Humor. Die nervöse Energie, die sie normalerweise wie sirrend umgab, war wesentlich weniger störend, wenn sie sich auf ein konkretes Ziel richtete, und auch Anna wurde umgänglicher. Immer häufiger waren wir beide die Letzten im Büro. Für mich persönlich stellten Überstunden kein Problem dar, viel verwunderlicher fand ich, dass Anna Abend für Abend länger bleiben konnte. Meines Wissens war sie alleinstehend und hatte eine kleine Tochter, aber ich fragte sie nie, wer sich abends um das Kind kümmerte, und sie selbst sprach es nicht an. Wenn wir zusammen bei der Arbeit saßen und jeder mit seinen eigenen Aufgaben beschäftigt war, nutzte ich gern die Gelegenheit, sie zu betrachten. Die eckigen Schultern und ihr kurzes helles Haar mit den langen Stirnfransen, die Schatten auf ihre im wenig schmeichelhaften Licht der Leuchtstoffröhren scharfkantig und wächsern wirkenden Wangen warfen. Die meisten Menschen spürten, wenn sie beobachtet wurden, doch diesbezüglich bildete Anna eine Ausnahme, man konnte sie stundenlang anstarren, ohne dass sie etwas davon mitbekam. Stattdessen versank sie vollkommen in den Aufgaben auf ihrem Schreibtisch und schien selbst nach Stunden nicht die Konzentration zu verlieren. Doch zwischendurch hob sie den Blick und strahlte über das ganze Gesicht, wie um zu sagen: „Haben wir es hier bei der Arbeit nicht gemütlich zusammen?“ Und wenn ausnahmsweise einmal ich und nicht sie mit unserem geistlosen Chef in Konflikt geriet, ergriff sie vollkommen vorbehaltlos und ohne viel Aufhebens für mich Partei und verteidigte mich nicht nur vor ihm, sondern vor der gesamten Gruppe. Dankte ich ihr anschließend für den Rückhalt, zuckte sie bloß mit den Achseln, als wäre es keine große Sache für sie. Mit irgendetwas hatte ich mir anscheinend ihre Loyalität verdient, doch es störte mich ein wenig, dass ich nicht so recht wusste, womit.

Nachdem ich eine gewisse Zeit mit ihr verbracht hatte, fiel mir noch eine weitere Sache an ihr auf, nämlich dass es ihr anscheinend nicht so besonders gut ging. Was ich anfangs noch fälschlicherweise als Unzufriedenheit interpretiert hatte, erwies sich in Wahrheit als eine gewisse Trauer. Einmal erkundigte ich mich nach dem Vater ihrer Tochter, doch da verdunkelte sich ihr Blick, und ihre Antwort fiel ausweichend und knapp aus, er sei eigentlich nie wirklich präsent gewesen, meinte sie. Dafür schien sie einiges an Unterstützung von ihrer Mutter zu bekommen, über die ansonsten eher Stillschweigen bewahrt wurde, da sie wegen ihrer illoyalen Gesinnung aus der Partei ausgeschlossen worden war. Gelegentlich rief ihre Mutter auch in der Arbeit an, und dann verriet immer schon der Klang ihrer Stimme, wen Anna am Apparat hatte. Außerdem nahm sie das Telefon dann jedes Mal mit in einen anderen Raum. Wenn sie wieder zurückkam, hatte sie die Lippen fest zusammengepresst, und danach dauerte es selten länger als fünf Minuten, bevor sie einen Ausraster bekam und irgendjemanden zur Schnecke machte. Auf Personalfeiern trank sie meist wesentlich mehr als alle anderen und wurde nervig und aufdringlich. Ich war mir nicht sicher, ob sie unter einem Alkoholproblem litt oder es einfach nur schwer hatte.

Nachdem ich die Abteilung verlassen hatte, trafen wir uns nicht mehr. Gelegentlich sah ich sie noch auf den Zug stadteinwärts warten, stets in einer ihrer viel zu dünnen Jacken, und mit ihrer großen Tasche und dem vom Wind zerzausten hellen Haar erweckte sie auch da jenen getriebenen Eindruck, als würde es dort, wo sie stand, fortwährend stürmen. Doch ich gab mich nie zu erkennen.

Seitdem ich von ihrem Planungsprojekt abgesprungen war, herrschte eine etwas angespannte Stimmung zwischen uns, wobei ich mich offen gestanden von vornherein auf keinerlei Diskussionen hätte einlassen dürfen. Als Anna mich damals im Korridor abgefangen hatte und mir von dem Projekt zu berichten begann, war mein erster Gedanke gewesen, es würde sich um eine Strategie unseres Chefs handeln, um sie loszuwerden. Denn das Unternehmen war hoffnungslos. Ein regelrechtes Himmelfahrtskommando ohne Budget oder realistische Zielsetzung. Unmengen von Berechnungen und stumpfsinniger Schreibtischarbeit. Jeder Mensch mit einem noch so geringen Funken Berufsstolz in sich hätte das Projekt als utopisch abgewiesen. Bis auf eine einzige Person, und genau auf deren Schreibtisch landete das Ganze. Und als Anna mir dann bei einer Tasse Kaffee unten in der Kantine weiter in aller Ausführlichkeit die möglichen Stolpersteine des Projekts darlegte, wobei ihre Hände systematisch eine Papierserviette zerpflückten, bis auf dem braunen Kunststofftablett nur noch ein Haufen Schneeflocken übrig war, leuchteten ihre Augen wie die einer Fünfjährigen, die soeben den ersten Weihnachtsbaum ihres Lebens erblickt hatte.

„Dir ist natürlich schon klar, dass die Sache vermutlich total in die Binsen gehen wird?“, sagte sie mit ihrem breitesten Lächeln.

Annas Aussehen war insofern etwas merkwürdig. Manchmal wirkte sie fast schon hässlich und derb und erinnerte eher an die alten Statuen unseres Stockholmer Stadtgründers Birger Jarl, doch sobald sie sich für etwas begeisterte, war sie wirklich attraktiv. Wie wir dort saßen und ich ihr beim Planen künftiger Großtaten lauschte, fühlte ich mich an die Fantasiespiele zweier Kinder erinnert, wo absolut alles möglich war. Ihrem Enthusiasmus konnte man sich nur schwer entziehen, und daher unterbrach ich sie auch nicht, obwohl ich bereits zu diesem Zeitpunkt wusste, dass die Pläne, die sie gerade für uns beide schmiedete, niemals in die Tat umgesetzt werden würden. Allerdings schrieb ich noch am selben Abend eine E-Mail an sie, in der ich ihr mitteilte, was ich von Anfang an hätte sagen sollen, nämlich dass ich nicht im Traum daran dachte, mich an einem derart aussichtslosen Projekt ohne ausreichende Ressourcen zu beteiligen. Ganz so direkt drückte ich mich selbstredend nicht aus, sondern schob stattdessen eine entsprechende Ausrede vor, nämlich mir würden die erforderlichen Fachkenntnisse fehlen. Was natürlich nicht stimmte, aber das wusste sie ja nicht. Dies erschien mir trotz allem weniger verletzend, als ihr die Wahrheit zu sagen. Die Botschaft musste jedenfalls angekommen sein, denn danach sprach sie mich nie wieder darauf an. Aber es hatte sie merklich getroffen. Von da an schien sie das Interesse an mir zu verlieren. Sie plauderte zwar weiterhin freundlich an der Kaffeemaschine mit mir, doch ihr breites Lächeln bekam ich nicht mehr zu Gesicht. Sie behandelte mich von da an mit höflicher Distanz. Vermutlich war sie enttäuscht, und obwohl ich wusste, die richtige Entscheidung getroffen zu haben, belastete mich ihre kühle Haltung zu mir. Insofern empfand ich es als Erleichterung, als ich von unserer Abteilung auf die mir angebotene andere Stelle im F-Block wechseln konnte und ihr somit nicht mehr begegnete.

Wie sich herausstellen sollte, hatte ich sie natürlich unterschätzt. Da sie das Projekt nicht weiter erwähnt hatte, war ich davon ausgegangen, sie hätte es aufgegeben, doch das war mitnichten der Fall. Kurz nachdem ich die Abteilung verlassen hatte, erfuhr ich, dass sie trotz allem die Arbeit daran fortgesetzt und dabei nicht nur alle Erwartungen übertroffen, sondern zudem noch grünes Licht bekommen hatte, persönlich nach Kysylkum zu reisen. Und so brachen Anna und eine kleine Gruppe handverlesener Experten aus anderen Abteilungen nur wenige Monate, nachdem ich meine neue Stelle angetreten hatte, in das Grenzgebiet zwischen Turkmenistan und Usbekistan auf. Zur Überraschung vieler wurde das Projekt ein großer Erfolg. Anfangs wurde nur intern darüber gesprochen, dann sickerte die Nachricht allmählich auch nach draußen durch. Plötzlich wusste jeder, wer Anna Francis war, und selbst Leute, die ihr meines Wissens nie begegnet waren, redeten von ihr, als würden sie sie persönlich kennen. Je mehr es in der Region kriselte, desto ausführlicher wurde über Annas Hilfsprojekt berichtet, und zwar mit zunehmender Bewunderung. Von einer der staatlichen Nachrichtenagenturen kam ein Journalistenteam nach Kysylkum gereist und drehte eine lange Reportage über das riesige Zeltlager, in dem Anna als Koordinatorin stationiert war. Man begleitete sie auf ihren Rundfahrten im Jeep durch das Lager und berichtete, wie sie Kindern half, Militärangehörige instruierte oder Medikamente verteilte. Die Filmaufnahmen zeigten sie aus der Ferne, während sie als Frau allein mit schwer bewaffneten Guerillakämpfern verhandelte, und aus der Nähe mit einem armen Mann, dem sie einen Apfel schenkte. Genau wie bei ihren lästigen Fragen während unserer Arbeitsbesprechungen war auch hier nur schwer ersichtlich, ob sie sich ihrer Wirkung bewusst war oder nicht, ob sie eine Rolle spielte und der Presse lediglich präsentierte, was diese sehen wollte, oder ob sie sich tatsächlich nicht darüber im Klaren war, wie perfekt sie in das Drehbuch der Journalisten passte.

Die Hälfte der Reportage setzte sich aus Sequenzen zusammen, in denen Anna, das vom Wind gepeitschte Zeltlager im Rücken und eine grimmige kleine Furche auf der Stirn, über eine karge Wüstenlandschaft hinwegstarrte, während die Enden ihres achtlos um den Kopf gewickelten Schals, den sie trug, um die lokalen Milizen nicht zu provozieren, hinter ihr im Wind flatterten. Mit ihren markanten Gesichtszügen und dem hellen Haar, ihrem stechenden Blick und dem merkwürdig distanzlosen Ernst erweckte sie den Anschein eines Erzengels. Dazu kommentierte eine Stimme im Hintergrund unentwegt in bewunderndem Ton die ausgesprochen gefährliche Lage in Kysylkum, den herausragenden Charakter des Projekts und natürlich Anna. Immer wieder Anna. Es war das reinste Heldenepos. Kein Wunder, dass die Partei entzückt davon war.

Nach dieser Reportage sah man Anna Francis plötzlich ständig. Eine Abendzeitung hatte sie im Rahmen einer Umfrage zum Thema „FRAUEN ALS TRÄGERINNEN DER UNION – Wählen Sie die inspirierendste Frau des Jahres“ als Kandidatin aufgestellt, und sie bekam auch ziemlich viele Stimmen. (Gewonnen hatte dann allerdings seltsamerweise eine Prinzessin, die ihren längst obsoleten und völlig sinnlosen Adelstitel lediglich geerbt hatte.) Ich folgte der Berichterstattung über Anna genau, las alles, was über sie geschrieben wurde, und sah mir sämtliche Beiträge im Fernsehen ab, ich studierte ihr Gesicht mithilfe aller möglichen Monitore aus sämtlichen Perspektiven und recherchierte viel zu häufig ihren Namen. Zweifelsohne imponierten mir ihre Leistungen, aber es beschränkte sich nicht darauf. Vielmehr ertappte ich mich dabei, wie ich gezielt nach möglichen Schwächen oder Unzulänglichkeiten suchte, nach irgendeinem Hinweis darauf, dass sie scheiterte, sich einen Fehltritt geleistet oder jemanden vor den Kopf gestoßen hatte oder doch wenigstens in irgendeinem Leitartikel oder Diskussionsbeitrag kritisiert wurde. Außerdem grübelte ich auffällig ausgiebig darüber nach, vornehmlich nachts, wenn ich nicht schlafen konnte, inwiefern es richtig oder falsch gewesen war, die Teilnahme an ihrem Projekt abzusagen. Und obwohl ich jedes Mal wieder zu dem gleichen Ergebnis kam, nämlich dass ich die einzig richtige Entscheidung getroffen hatte, fühlte ich mich dennoch nicht recht wohl damit. Ausgehend von den damals bekannten Parametern war ich zur der richtigen Einschätzung gelangt und sie zu der falschen, doch aus irgendeinem unerklärlichen Grund hatte trotzdem sie gewonnen.

Was sicherlich ebenfalls zu meinem Interesse für Anna Francis mit beitrug, war die Tatsache, dass meine eigene zivile Karriere seit meinem Weggang aus der Abteilung zum Stillstand gekommen war. Zwar brachte meine neue Stellung neben einem eindrucksvolleren Titel auch ein höheres Gehalt und dergleichen mit sich, doch entpuppten sich meine vorwiegend administrativen Arbeitsaufgaben als eintönig, reglementiert und häufig schlichtweg langweilig. Was mir zunächst wie ein Schritt nach oben vorgekommen war, in ein ansprechenderes Büro, hatte sich letzten Endes als eine bloße Versetzung zur Seite erwiesen, eben nur ein Stück weiter nach hinten in einem langen grauen Korridor. Sprach ich meine Chefin auf die mir in Aussicht gestellten Herausforderungen an, auf größere Verantwortung und bessere Möglichkeiten zur Einflussnahme, wich sie meinem Blick aus und setzte ein neutrales, verhaltenes Lächeln auf, aus dem ich schloss, dass sie in dieser Sache nichts zu unternehmen gedachte. Das Gefühl der Stagnation in meinem Leben machte mir überraschend schwer zu schaffen. Bis dahin war es mit meiner Karriere kontinuierlich bergauf gegangen, es hatte immer Chancen und Perspektiven gegeben, sowohl beim Militär als auch im zivilen Sektor. Ich hatte stets hart gearbeitet, und das hatte sich ausgezahlt. Nun tat es das mit einem Mal nicht mehr. Meine Unzufriedenheit machte sich auch körperlich bemerkbar. Als Erstes nahm ich an Gewicht zu, schleichend, ein halbes Kilo nach dem anderen, und im Spiegel konnte ich beobachten, wie meine Gesichtszüge sukzessive an Schärfe verloren, sich ihre Konturen auflösten und schwammiger wurden. Die Kieferpartie verschmolz allmählich mit dem Hals, und auch der restliche Körper ging allmählich aus dem Leim. Ohne mir groß darüber Gedanken zu machen, fuhr ich häufiger mit dem Auto zur Arbeit, abends blieb ich öfter daheim. Und so setzte sich das weiter fort, bis ich mir dieser Vorgänge schließlich bewusst wurde. Von da an riss ich mich zusammen und begann mit dem Joggen. Abend für Abend und Kilometer für Kilometer quälte ich mich durch die Straßen und zog immer größere Runden um meine Wohnung. Einsame Abende mit lauter Musik in den Ohren, menschenleere dunkle Viertel, in denen man allenfalls mal einem Hundehalter oder Grüppchen von heimlich am Waldrand rauchenden Teenagern begegnete und ab und zu einem Auto, dessen Scheinwerfer einen Keil in die Dunkelheit zwischen den Straßenlaternen trieben.

Die Kilos purzelten, meine Konturen kamen zurück. Ich begann, mir Gedanken über meine Ernährung zu machen, las Rezepte und studierte Nährwerttabellen, kaufte vollwertige Nahrungsmittel und erstellte wöchentliche Speisepläne. Ich wog und vermaß mich auf jede nur erdenkliche Weise. Besorgte mir eine Waage, mit der man den Körperfettanteil bestimmen konnte, maß meinen Puls und erstellte Diagramme, bis ich schließlich behaupten konnte, besser als je zuvor in Form zu sein, sogar besser noch als während meiner Jahre beim Militär. Das gab mir zunächst ein wirklich gutes Gefühl, bis mir irgendwann klar wurde, dass mich all das nicht einen Schritt weitergebracht hatte. Ganz egal, wie viel ich auch joggte, ich kam einfach nicht vom Fleck, am Ende saß ich doch wieder in meinem Büro auf dem grauen Korridor.

Seit ich meine Karriere beim Militär beendet hatte, war ich peinlichst darauf bedacht gewesen, nach Möglichkeit allem aus dem Weg zu gehen, was irgendeine Form von persönlichem Engagement meinerseits hätte verlangen können. Ich hatte mich gegenüber Nachbarn und Arbeitskollegen auf Distanz gehalten und allzu enge Beziehungen vermieden, hatte mir weder Haustiere noch eine Familie noch sonstige Verpflichtungen zugelegt, die meinen Einsatz hätten erfordern können, wenn ich selbst keine Lust dazu hatte. Ich verdiente ausreichend Geld, um mir nebenbei (schwarz) eine Haushaltshilfe, frisches Obst, Fertiggerichte sowie ein eigenes Stromaggregat leisten zu können, das bei Stromausfall ansprang, und zuweilen auch die eine oder andere westimportierte Spirituose. Alles so bequem und mit so wenig Konfliktpotenzial wie möglich. Ich war unabhängig und ungebunden und unterlag weder Zwängen noch persönlichen Bindungen, die mir im Weg hätten stehen können. Daher konnte ich nach Herzenslust Überstunden machen oder mich ein ganzes Wochenende meinen Hobbys widmen. Diese Lebensweise hatte ich immer für ideal gehalten, doch nun erschien sie mir plötzlich defizitär. Ich hatte das Gefühl, man hätte mich hereingelegt, ich wusste bloß nicht, wer es gewesen war.

Und genau zu diesem Zeitpunkt kam der Anruf wegen des RAN-Projekts. Bereits beim ersten Gespräch (mit einem schnippischen Sekretär, dessen Stimme hochnäsig klang) wurde ich hellhörig. Es war, als hätte ich die ganze Zeit nur auf diesen Anruf gewartet, ohne mir dessen bewusst zu sein. Als Anna mir angeboten hatte, in ihrem Zug Platz zu nehmen, hatte ich dankend abgelehnt, nun musste ich ihre Triumphe von einem langweiligen Bahnsteig aus als Zuschauer verfolgen, und ich war fest entschlossen, nicht denselben Fehler noch einmal zu begehen, wenn nun so unerwartet ein neuer Zug in meinem Bahnhof einrollte. Also vereinbarten wir einen Termin, und ein paar Tage später betrat ich die Lobby eines der wenigen Fünf-Sterne-Restaurants der Stadt. Ich trug meinen teuersten Importanzug, in dem ich einen entsprechend respektablen Eindruck zu machen hoffte. Der Sekretär empfing mich in einem Separee des Restaurants und orderte für uns beide, ohne mich nach meinen Essenswünschen gefragt zu haben.

„Aha“, sagte er, „das heißt, Sie hätten also Interesse.“

Seine Behauptung überraschte mich, wusste ich doch kaum, worum es eigentlich ging.

„Ja, definitiv. Allerdings erhoffe ich mir von diesem Treffen noch einige Informationen.“

Der Sekretär zog eine Miene, als fände er dies im Grunde ziemlich unnötig, holte jedoch Luft und setzte zu einer Erklärung an.

„Wie Ihnen nach unserem Telefonat sicherlich klar sein dürfte, handelt es sich um einen einmaligen Auftrag. Dabei sollen Sie bei einem hochsensiblen Rekrutierungsprozess als Beobachter fungieren. Sehr viel mehr kann ich darüber im Moment aber leider nicht verraten, solange Sie mir keine Zusage geben. Nur so viel vielleicht, der Auftrag wird unter höchster Geheimhaltung durchgeführt, an einem abgeschiedenen Ort und in einer geschlossenen Gruppe. Wir werden mit V-Männern arbeiten, und die Situation kann bisweilen äußerst … sagen wir … angespannt sein. Wir hätten Sie gern als stabilisierenden Faktor vor Ort, sozusagen als Beistand und Unterstützung in kritischen Phasen der Operation, der im Notfall aber auch eingreifen kann, sollte die Lage dies erfordern. Ich habe mir Ihre Unterlagen angesehen und mir einen gründlichen Überblick über Ihren Werdegang beim Militär verschafft. Wir haben großen Respekt vor Ihren Kompetenzen. Diese werden Ihnen bei diesem Auftrag von Nutzen sein, so wie Sie uns von Nutzen sein werden.“

Ich war verwirrt. Eigentlich hatte ich damit gerechnet, dass man mir eine Stelle anbieten würde, möglicherweise innerhalb der geheimen operativen Einheiten der Behörde. Stattdessen wurde mir dieser einmalige und noch dazu diffuse Auftrag aufgetischt. Das entsprach ganz und gar nicht meinen Erwartungen.

„Entschuldigung, aber mir ist noch immer nicht ganz klar, was genau meine Aufgabe sein soll. Worum geht es hier?“

Der Sekretär holte einen großen Umschlag heraus und reichte mir diesen. Auf meinen fragenden Blick hin, nickte er in dessen Richtung.

„Öffnen Sie ihn.“

Ich folgte seiner Aufforderung und zog einen Stapel Unterlagen heraus, allem Anschein nach eine Personalakte, und als ich diese umdrehte, starrte mir von der Kopie eines Passes ein wohlbekanntes Gesicht entgegen. Anna Francis.

*Anna*

Henry musste den überraschten Ausdruck in meinen Gesicht blitzschnell erfasst haben, denn als sich unsere Blicke dort an der Böschung trafen, schüttelte er den Kopf, eine kaum merkliche Bewegung, deren Bedeutung gleichwohl sonnenklar war: *Lass nicht durchblicken, dass du mich kennst.* Und wie um einer möglichen Fehlinterpretation seines Verhaltens zuvorzukommen, trat er direkt einen Schritt auf mich zu und stellte sich mir mit vollem Namen vor, so als wären wir uns noch nie begegnet. Leicht irritiert folgte ich seinem Beispiel. Mein erster Impuls war Dankbarkeit. Aus Gründen, die ich selbst nicht benennen konnte, hätte ich das Gefühl gehabt, mir vor dem Vorsitzenden und dem Sekretär eine Blöße zu geben, hätten wir offen kundgetan, dass wir uns bereits von früher her kannten. Dann allerdings überlegte ich, dass sie darüber doch sicher im Bilde waren, weshalb unser Benehmen in ihren Augen einigermaßen merkwürdig erscheinen musste. Woraufhin mich ein noch viel beunruhigenderer Gedanke streifte: Wenn sie von unserer Bekanntschaft wussten und Henry sie unbedingt geheim halten wollte – *was genau tat er dann hier?*

In der Eingangshalle teilte der Sekretär uns die Schlüssel zu unseren Zimmern aus. Meines lag am Ende des Flurs im Obergeschoss, direkt neben dem von Katja. Dort stand auch schon meine zweite Tasche mit den wenigen unpersönlichen Habseligkeiten, die ich zum Schein hatte einpacken sollen. Meine richtige Tasche, die überwiegend Kleidung und Unterwäsche enthielt, befand sich auf der Strategischen Ebene. Ich ließ meine

Tür einen Spaltbreit offen, damit ich die anderen hören konnte. Im Zimmer gegenüber wohnte der vermeintliche Unternehmer, und als der Sekretär zu ihm hineinging und Telefone, Computer und andere Gerätschaften einsammelte, mit denen wir Kontakt zur Außenwelt aufnehmen könnten, hörte ich ihn lautstark über den Standard des Zimmers klagen. Der Sekretär entschuldigte sich unterwürfig, und in einem gänzlich anderen Ton als dem, den er mir gegenüber anzuschlagen pflegte, sowohl für die ungenügende Zimmerausstattung als auch für die Unannehmlichkeit, persönliche Wertgegenstände abgeben zu müssen. Anschließend kam er zu mir. Ich überreichte ihm mein privates Telefon.

„Treffen in einer Viertelstunde im Salon. Sind Sie bereit?“, fragte er mich.

„Das muss ich ja wohl, oder bleibt mir jetzt noch viel anderes übrig?“

Der Sekretär ging nicht auf meine Frage ein. „Wie gesagt, in einer Viertelstunde.“

Er zog die Tür mit einem leisen Knall hinter sich zu, und ich blieb allein im Raum zurück. Als ich mich umsah, konnte ich nur schwer nachvollziehen, worüber der Unternehmer sich beklagte. Das Zimmer war zwar nicht übertrieben luxuriös, doch es war sauber, gepflegt und geschmackvoll eingerichtet, mit Möbeln und Materialien, die bescheiden und unscheinbar wirkten, bei näherem Hinsehen jedoch eine hohe Qualität aufwiesen. Schafledersessel und Stoffe der Firma Svenskt Tenn, erlesene Tischchen aus exklusiven, glänzenden Hölzern. Nichts in diesem Raum war billig oder zufällig auswählt. In der Minibar gab es Mineralwasser, Nüsschen, Schokolade und kleine Flaschen mit Wein und anderen Spirituosen bekannter heimischer und ausländischer Hersteller. Jedes Detail atmete dieselbe dezente Botschaft: Stil und Geld. Schon eines dieser Möbelstücke allein hatte mehr gekostet als eine komplette Wohnungsausstattung für eine Familie in Kysylkum. Wahrscheinlich sogar mehr als deren gesamtes Haus.

Ich trat ans Fenster und blickte nach draußen. Hinter dem Gebäude fielen die Klippen steil zum Meer ab. Links konnte ich nicht einmal mehr das Gelände darunter erkennen, rechts war eine Bucht mit einem kleinen, geschützten Strand zu sehen. Weiter draußen ragten einige spitze Granitzähne aus dem Wasser. An die Bucht konnte ich mich noch aus dem Kartenmaterial von der Insel erinnern, wie auch an die Bemerkung des Sekretärs, dort könne man ebenfalls mit einem Boot anlanden, allerdings nur bei Windstille. Andernfalls lief man Gefahr, an den Felsen zerschmettert zu werden. Die Insel war in der Tat nicht groß. Es gab nicht viele Orte, wohin man seine Schritte hätte lenken können, geschweige denn viele Versteckmöglichkeiten. Ganz im Gegensatz zu dem Haus selbst, das voll davon war.

Ich zog meine feuchten Turnschuhe aus und stellte sie vor das an einer Schmalseite des Zimmers in einem offenen Kamin knisternde Feuer, das ich endlich in Gang gebracht hatte. Dann legte ich mich auf den cremefarbenen Bettüberwurf und starrte in Richtung Wand, wo ich versuchte, die Lage der Kamera und der Gucklöcher ausfindig zu machen. Entlang der Decke verlief eine dunkle Zierleiste, hinter der sich mit Leichtigkeit ein Kamerakopf verbergen ließ. Die Gucklöcher waren schwieriger zu lokalisieren, doch letztendlich entdeckte ich sie, kleine schwarze Löcher an der Unterkante des Gemäldes. Ich erhob mich vom Bett, ging zur Wand und spähte hinein, doch dahinter war alles dunkel. In meiner Vorstellung sah ich den Sekretär dort drinnen stehen und mit seinen bleichen Nachttieraugen zu mir zurückstarren. Anschließend legte ich mich wieder aufs Bett, und während ich meine Hand über das gewebte Rautenmuster des Überwurfs gleiten ließ und dessen Linien mit den Fingerspitzen folgte, versuchte ich mir über meine Situation klar zu werden. Henrys Anwesenheit auf der Insel bereitete mir Sorge. Informationen zurückzuhalten und Amateurtheater vor einer Gruppe von Fremden zu spielen, war eine Sache, dies jedoch gegenüber einem Bekannten zu tun, war etwas völlig anderes und weitaus schwieriger. Am meisten beunruhigte mich jedoch nach wie vor die Frage, weshalb er hier war. Gehörte er wirklich zu den Kandidaten? Über gemeinsame Kollegen hatte ich gehört, er würde sich auf seiner neuen Stelle recht gut machen, aber war er tatsächlich *derart* erfolgreich, dass man ihn für die RAN-Gruppe in Erwägung zog? Ich bekam einfach keine Ordnung in meine Gedanken, und je mehr ich nachdachte, desto unruhiger wurde ich. Deshalb stand ich vom Bett auf und kramte ein paar akzeptable Schuhe aus meiner Tasche, fuhr mir kurz mit der Bürste durchs Haar, verließ dann das Zimmer und ging nach unten in den Salon.

Die meisten hatten sich bereits eingefunden. In einer Ecke standen Franziska Scheele und der Unternehmer aus dem Zimmer gegenüber in ein Gespräch vertieft. Auf dem Sofa in der anderen Ecke saß der alte Mann und unterhielt sich mit Katja Iwanowitsch. Henry hatte auf einem Stuhl daneben Platz genommen und nickte interessiert. Bei meinem Eintreten hob er nicht einmal den Kopf. Ich blieb an der Tür stehen und betrachtete die Anwesenden. Von dort wanderte mein Blick weiter an den Wänden entlang, wo ich die Stelle zu lokalisieren versuchte, an der ich vor Kurzem noch selbst gestanden und durch die Wandverkleidung in den Raum hinausgespäht hatte. Hinter mir auf der Treppe waren Schritte zu hören, und als ich mich umdrehte, sah ich den Vorsitzenden zusammen mit dem Sekretär die Stufen herunterkommen und mit der Frau in meinem Alter plaudern. Während sie an mir vorbei in den Salon schlüpfte, nahmen der Vorsitzende und der Sekretär in dessen Mitte Aufstellung. Schlagartig verstummten die Gespräche ringsum, und alle erhoben sich von ihren Plätzen. Der Vorsitzende räusperte sich.

„Ich heiße Sie alle ganz herzlich willkommen! Im Namen des

Ministers möchte ich Ihnen unsere große Freude kundtun, dass Sie unserer Einladung hierher alle gefolgt sind und sich dazu bereit erklärt haben, an dieser ersten Phase des Rekrutierungsprozesses teilzunehmen. Ich werde sofort auf den Ablauf zu sprechen kommen, zuvor hätte ich aber noch ein Anliegen an Sie: Tauschen Sie sich untereinander bitte nicht über den eigentlichen Anlass Ihres Hierseins aus! Das mag befremdlich klingen, ich kann Ihnen jedoch versichern, dass wir gute Gründe für unsere Bitte haben. *Absolute Verschwiegenheit* ist eine entscheidende Voraussetzung für die Stelle, deretwegen Sie alle hier sind, deshalb nehmen Sie meine Worte bitte ernst: Keinerlei Gespräche bezüglich des Auftrags."

Wie zur Bekräftigung ließ er seinen Blick der Reihe nach vertrauensvoll auf jedem von uns ruhen und fuhr dann fort: „Darüber hinaus steht es Ihnen natürlich frei, sich nach Belieben miteinander bekannt zu machen. Schließlich sind Sie alle schillernde Persönlichkeiten, weshalb ich davon ausgehe, dass Sie eine gute Zeit miteinander verbringen werden. Nun, ich dachte, wir beginnen mit einer kleinen Vorstellungsrunde, die ich aber bewusst kurz halten will, später beim Abendessen haben Sie Gelegenheit, sich ausführlicher zu unterhalten."

Daraufhin wandte sich der Vorsitzende mit einer auffordernden Geste dem Sekretär zu, der das Wort ergriff.

„Dann hätten wir hier also zunächst eine Person, die wohl kaum einer weiteren Vorstellung bedarf, Sie alle kennen Sie aus dem Fernsehen. Herzlich Willkommen, Franziska Scheele!"

Franziska trat einen kleinen Schritt vor und lächelte huldvoll in die Runde, sah jedoch keinen wirklich an. Sie schien die Aufmerksamkeit in vollen Zügen zu genießen.

Der Sekretär betonte ihre herausragenden Verdienste, und als er dann mit der Vorstellung des Mannes aus dem Zimmer von gegenüber begann, wunderte ich mich, dass ich ihn nicht hatte zuordnen können. Jon von Post war einer der reichsten

Männer des Landes, unter dessen Führung sich seine Firma für billige Kunststoffmöbel zu einem der größten und einträglichsten Unternehmen von ganz Schweden entwickelt hatte. Noch vor wenigen Jahren tauchte er in sämtlichen Zeitungs-Rankings als einer der „erfolgreichsten", „bewundernswertesten" oder schlichtweg „reichsten" Männer des Landes auf. Doch vor einiger Zeit war er ziemlich überraschend von den meisten seiner Ämter zurückgetreten und saß meines Wissens mittlerweile nur noch in einem einzigen Vorstand. Es hatte Gerüchte über einen Skandal gegeben, und als ich den Mann jetzt vor mir sah, erschien mir das durchaus nicht unglaubhaft. Trotz seiner teuren Kleidung und der sonnengebräunten Haut wirkte er ausgebrannt, und seitdem er zuletzt ein Titelblatt geziert hatte, musste er zwanzig Kilogramm zugelegt haben. Mindestens zehn davon hatten sich offenbar in seinem Gesicht angelagert, das zudem einen besorgniserregenden rot-lila Farbton aufwies. Als hätte ihm gerade jemand die Vorfahrt gelassen, hob er die Hand zu einem gemessenen Gruß.

„Und dann hätten wir hier Katerina Iwanowitsch", fuhr der Sekretär fort. „Sie ist als Einzige von Ihnen nicht *wegen* des Jobs hier, sondern sozusagen *im* Job. Sie ist Ihretwegen anwesend, schließlich werden Sie einige Zeit auf der Insel verbringen, völlig isoliert von der Außenwelt …"

„*Ich* für meinen Teil kann ja ohnehin nicht nachvollziehen, wozu diese Isolation notwendig sein soll", unterbrach ihn Franziska Scheele mit dem autoritären Selbstverständnis einer Person, die seit Jahrzehnten dafür bezahlt wurde, anderen Leuten ins Wort zu fallen.

Der Sekretär warf dem Vorsitzenden einen nervösen Blick zu, woraufhin dieser sofort übernahm.

„Werte Franziska, glauben Sie mir, ich weiß Ihre Ansichten durchaus zu schätzen, aber dürfte ich Sie dieses eine Mal um etwas Vertrauen bitten? Und sei es nur mir zuliebe?"

Der Vorsitzende breitete die Arme aus und schenkte Franziska Scheele ein verbindliches Lächeln, und einmal wieder wurde mir bewusst, welch gutes Gespür er für die akuten Bedürfnisse seines jeweiligen Gegenübers hatte. Nun hatte er Franziska Scheele also erfolgreich mitgeteilt, dass er dieses Landschulheim-Spiel für Erwachsene, an dem sie sich hier beteiligen sollte, genauso albern fand wie sie, dies aber nun mal die Regeln seien, und diesem Zirkus müssten sie sich wohl oder übel beide unterordnen. Und es funktionierte. Franziska zuckte leicht mit den Schultern, warf einen nachsichtigen Blick in seine Richtung und gab sich damit zufrieden.

Der Sekretär fuhr mit seiner Vorstellung von Katja fort: „Wie schon gesagt, ist die Ärztin zu Ihrer aller Sicherheit hier. Im Keller befindet sich eine voll ausgestattete Krankenstation, in der wir auch unser einziges Funkgerät aufbewahren. Eventuell auftretende Probleme sollten nach Möglichkeit hier vor Ort behandelt werden, wenn jedoch ein medizinischer Notfall eintritt, der eine Krankenhausbehandlung unumgänglich macht, kann Katja natürlich jederzeit Hilfe von auswärts anfordern. Allerdings sind Sie ja nicht zum Klettern hier, somit … Lassen Sie mich dennoch betonen, dass Katerina Iwanowitsch unser vollstes Vertrauen genießt und seit den Anfängen im Umfeld des RAN-Projekts tätig ist."

Katja machte angesichts der Lobeshymne des Sekretärs einen recht verlegenen Eindruck. Im Gegensatz zu den anderen Teilnehmern vor ihr schien sie sich überhaupt nicht wohl dabei zu fühlen, derart in den Mittelpunkt gerückt zu werden.

Im Anschluss stellte der Sekretär Oberst Per Olof Ehnmark vor. Die Auflistung seiner Verdienste nahm einige Zeit in Anspruch: Geheimdienst während des Ersten und Zweiten Kalten Krieges, internationale Einsätze, diverse Entsendungen landauf, landab. Ich folgte den Ausführungen nur mit halbem Ohr und musterte den Oberst stattdessen mit diesem neuen Wissen, nachdem ich nun auch erfahren hatte, dass er in das Zimmer im Erdgeschoss einquartiert wurde. Er war es also, der mich in Bälde tot auffinden sollte, in gerade mal zwölf Stunden.

„Und damit kommen wir zu Henry Fall“, sagte der Sekretär plötzlich und riss mich aus meinen Gedanken.

„Mit seiner Strategiearbeit in der psychologischen Unternehmensführung hat er unserer Institution schon unschätzbare Dienste geleistet.“

Die sich daran anschließende Aufzählung seiner jüngsten Verdienste begleitete Henry mit dem für ihn typischen neutralen Lächeln. Da nun alle zu Henry schauten, konnte auch ich mir erlauben, ihn etwas genauer zu betrachten. Seitdem ich ihm zum letzten Mal begegnet war, waren mehr als zwei Jahre vergangen. Er sah im Grunde immer noch genauso aus, nur mit vielleicht etwas grauerem Haar und etwas dunkleren Schatten unter den Augen.

Der Sekretär räusperte sich verhalten und setzte erneut an: „Und zu guter Letzt, einige von Ihnen erkennen sie sicherlich wieder, Anna Francis.“

Er richtete den Blick auf mich, und während er meinen unermüdlichen und unschätzbaren Einsatz im Dienste der Union in Kysylkum regelrecht glorifizierte, stierte ich stur auf den Teppich. Wahrscheinlich war ich die Einzige, die seinen Tonfall durchgehend als zutiefst ironisch empfand. Nachdem er geendet hatte, sah ich auf, damit ich die Reaktionen der anderen mitbekam. Während der Oberst meinen Blick wohlwollend und freundlich erwiderte, wich Franziska Scheele ihm demonstrativ aus. Henry wiederum sah voller Erwartung zum Sekretär, der nun in die Hände klatschte.

„Und damit dürften wir am Ende sein?“

„Nein, noch nicht ganz.“

Die Augen aller wandten sich dem Sofa zu, vor dem sich die Frau mittleren Alters in einem Paar praktischer Schuhe aufgebaut hatte. „Vielleicht stelle ich mich am besten selbst vor, wenn Sie mich vergessen haben? Lotte Colliander mein Name. Oder werde ich etwa nicht mehr zur Gruppe gezählt? Soll ich vielleicht meine Sachen packen und gleich wieder nach Hause fahren?“ Ihr Lachen klang eher wie ein Bellen.

Der Sekretär warf dem Vorsitzenden einen hilflosen Blick zu, und augenblicklich fielen sich die beiden mit Entschuldigungen und Erklärungen gegenseitig ins Wort. Selbstverständlich solle sie nicht nach Hause fahren, und selbstverständlich bedauere man zutiefst, sie bei der Vorstellungsrunde vergessen zu haben. Lotte Colliander war sichtlich bemüht, einen ungerührten Eindruck zu erwecken, so als würde es sich lediglich um eine Lappalie handeln, doch die roten Stressflecken an ihrem Hals verrieten, dass sie ebenso wütend war, wie sie sich erniedrigt fühlte.

Auch der Katalog ihrer Verdienste war keineswegs zu verachten: Expertin für Personal- und Unternehmensführung, Personalchefin in diversen Konzernen, Marathonläuferin, zweifacher Doktortitel in Betriebswirtschaft und Psychologie, außerdem ein militärischer Dienstgrad. Noch nie war mir ein Mensch begegnet, der offenbar eine Begabung für so ziemlich alles mitbrachte.

„Und somit hoffe ich, Sie können sich trotz allem weiterhin vorstellen, hierzubleiben und an den kommenden vorbereitenden Tagen teilzunehmen, und bitte verzeihen Sie meinem Sekretär, ab und an kann er ein wenig vorschnell agieren“, sagte der Vorsitzende zum Abschluss. Neben ihm zuckte der Sekretär zusammen, als hätte er einen Schlag abbekommen.

Lotte Colliander nickte und setzte sich ohne ein weiteres Wort auf das Sofa, doch kaum hatte der Vorsitzende seinen Blick abgewandt, verschränkte sie defensiv die Arme vor dem Brustkorb.

„Und damit kommen wir zu einem kurzen Überblick über die bevorstehenden Tage.“

Der Sekretär nahm einen Stapel schwarzer, mit Namen versehener Mappen von einem Beistelltisch, die er nacheinander an die Anwesenden verteilte, während der Vorsitzende weitersprach.

„Sie finden alle notwendigen Informationen in den Mappen, die Sie soeben erhalten haben. Diese sind vertraulich, lassen Sie sie also bitte nicht unbeaufsichtigt im Haus herumliegen. Im Laufe des morgigen Tages werden Sie in Gruppen eingeteilt, in denen Sie verschiedene Übungen absolvieren, die meisten davon akademischer Art, manche jedoch auch etwas … handfester, wenn man so will. Alles Weitere können Sie in Ihren Unterlagen nachlesen. Den Rest des Tages sollten Sie darauf verwenden, sich gegenseitig besser kennenzulernen, das wird Ihnen bei den morgigen Aktivitäten zugutekommen, nutzen Sie also die Gelegenheit. Später werden Sie gemeinsam zu Abend essen, Lebensmittel und Getränke befinden sich in der Küche auf dieser Etage sowie in dem dazugehörigen Weinkeller. In der Küche finden Sie auch die Lebensmittel für die kommenden Tage, und ich kann Ihnen versichern, wir haben keinerlei Wünsche offengelassen, niemand wird hier hungern müssen. Für die Zubereitung sind Sie allerdings selbst zuständig – betrachten Sie es als gruppenstärkende Maßnahme! Und nun …“, der Vorsitzende wandte sich dem Sekretär zu, „… ist es für uns beide an der Zeit, uns ans Festland zurückzubegeben.“

Ich ging nicht mit hinunter zum Boot, sondern blieb oben im Salon zurück. Durch das Fenster konnte ich beobachten, wie der Vorsitzende in Begleitung von Franziska Scheele und Jon von Post auf die Leiter zum Landungssteg zumarschierte. So wie ich die zwei bisher erlebt hatte, beschwerten sie sich vermutlich weiter über das Gesamtkonzept. Franziska trippelte auf ihren hochhackigen schwarzen Stiefeletten dahin, und ich fürchtete, der Wind könnte sie jeden Moment erfassen und hoch über dem Meer mit ihr davonsegeln. Hinter diesem ersten

Grüppchen folgten der Sekretär und Katja. Der Oberst und die dünnhäutige Personalchef-Lotte waren nirgendwo zu sehen.

„Dann bist du also ebenfalls hier."

Ich hatte nicht gehört, wie er sich mir von hinten genähert hatte. Unwillkürlich wirbelte ich herum. Henry betrachtete mich mit seinem üblichen, nichtssagenden Gesichtsausdruck.

„Und du auch, lange nicht gesehen! Wie geht es dir?"

Henry ignorierte mein höfliches Geplänkel.

„Ich denke, die anderen sollten lieber nicht erfahren, dass wir beide uns kennen." Er schob die Hände in die Hosentaschen und blickte durch das Fenster in meinem Rücken nach draußen, die Miene noch immer ausdruckslos. Sein Tonfall war so normal, als würden wir lediglich ein bisschen plaudern.

„Warum nicht?"

„Das verschafft uns doch einen Vorteil, denkst du nicht?"

„Inwiefern?"

Henry lachte auf, er entblößte dabei seine gleichmäßigen weißen Zähne, und sah mich an.

„Du hast wohl noch nie ein Strategiespiel gespielt? Dabei sind geheime Allianzen das A und O."

„Du meinst also, wir beide sollten eine geheime Allianz bilden?"

„Genau das meine ich." Jetzt blickte Henry mir direkt in die Augen.

Als ich klein war, hatte ich von Nour einmal eine Postkarte bekommen, so eine kunterbunte Karte mit einer Art oszillierender Oberfläche, auf der ein leerer Liegestuhl an einem Strand abgebildet war. Kippte man die Karte leicht hin und her, sah man plötzlich eine grinsende Katze mit Sonnenbrille im Liegestuhl sitzen, die ihre Pfote zu einem lebhaften Winken erhoben hatte. Henry war genau wie diese Karte, ein leichtes Neigen zur Seite brachte etwas gänzlich anderes zum Vorschein, etwas Unbändigeres, das nur dann zu sehen war, wenn man zufällig im richtigen Moment aus dem richtigen Winkel hinschaute. Und genau wie früher, als wir noch zusammengearbeitet und er mir gelegentlich einen Einblick in sein verborgenes Ich gewährt hatte, schlug auch jetzt in meiner Brust ein kleiner Schmetterling mit den Flügeln.

„Es sei denn“, sagte Henry und wandte sich wieder dem Fenster zu, „du vertraust mir vielleicht nicht?“

Mein Mund wurde trocken, und für einen kurzen Moment blieb ich schweigend stehen und überlegte, was wohl die beste Antwort auf diese Frage wäre.

„Doch“, erwiderte ich schließlich. „Natürlich vertraue ich dir.“

„Damit wäre unsere geheime Allianz also besiegelt“, sagte Henry noch immer in demselben unbekümmerten Ton, als würde er scherzen.

„Okay“, antwortete ich und reckte den Daumen hoch. Er lachte auf, warf mir einen prüfenden Blick zu und erwiderte dann meine Geste. Mit erhobenen Daumen bekräftigten wir also leicht feierlich unser soeben geschlossenes Bündnis, dann schob er seine Hand zurück in die Hosentasche und starrte ohne ein weiteres Wort erneut aus dem Fenster. Ich blieb neben ihm stehen und blickte ebenfalls hinaus: Dabei musste ich an all die Dinge denken, die ich ihm nicht würde erzählen können.

Schließlich konnte ich mir die Frage nicht länger verkneifen: „Und was genau impliziert unser geheimer Pakt?“

Henry schaute weiter auf das graue Meer hinaus, wo in dem Moment das Boot mit dem Vorsitzenden und dem Sekretär ablegte und Kurs nach Hause nahm.

„Wir werden sehen“, entgegnete er. „Wir werden sehen.“

Ich entschuldigte mich und eilte in mein Zimmer zurück. Dort angelangt ließ ich mich mit Schuhen auf das Bett fallen und starrte zur Decke hinauf. Mit einem Schlag war alles noch viel verworrener, als ich es mir vorstellt hatte. Natürlich erschien es mir nach wie vor das Sicherste, mich tunlichst von Henry fernzuhalten, allerdings war es zugleich das Schwierigste, und womöglich noch nicht einmal das Cleverste. In gewisser Weise hatte Henry mit seiner Bemerkung recht, in der gegenwärtigen Situation konnte ein Verbündeter wohl tatsächlich nicht schaden, und wollte ich in den nächsten Stunden als glaubwürdige Teilnehmerin auftreten, spielte ich am besten mit. Hinzu kam, dass Henry mich aus irgendeinem Grund dazu brachte, mich in seiner Gegenwart wie ein krankhaft nach Bestätigung heischendes Kind aufzuführen, das mit der Hose auf dem Kopf herumtanzte, damit man es nur ja bemerkte. Und wenn ich ehrlich war, musste ich mir eingestehen, dass ich mich ihm gegenüber seit jener seltsamen E-Mail so verhalten hatte. Nach jedem Gespräch mit ihm begann ich hinterher alles, was ich gesagt und getan hatte, selbstkritisch zu analysieren. Hatte ich grantig geklungen? Oder zu glücklich gewirkt? Hatte ich zu viel gesagt? Oder gar zur wenig? Ich hatte jegliches Vermögen verloren, mich in seinem Beisein normal zu verhalten, weil ich nicht mehr einschätzen konnte, wie er mich sah. Möglicherweise hatte ich das noch nie wirklich gekonnt, und vielleicht bekam ich ihn gerade deshalb nicht mehr aus dem Kopf.

Ich angelte mir die Mappe, die ich von dem Sekretär erhalten hatte, und schlug sie auf. Sie enthielt vierzig schneeweiße Blätter. Ich betrachtete sie eine Weile und fragte mich, was die Mappen der anderen Gäste enthielten. Anschließend kramte ich einen Stift aus meiner Handtasche und notierte mir alles, an das ich mich von den vorbereitenden Unterlagen noch erinnern konnte, die der Sekretär mich hatte auswendig lernen lassen. Als ich damit fertig war, fügte ich den Notizen meine persönlichen Beobachtungen von der Zusammenkunft am Nachmittag hinzu. Ich rekonstruierte alles so detailliert als möglich aus der Erinnerung, sämtliche Stimmlagen und Blicke, aber auch meine eigenen Überlegungen zu dem Wenigen, was sich bis jetzt ereignet hatte, um es in meinem Gedächtnis zu verankern. Dabei stachen mir zwei Dinge ins Auge. Zum einen wie extrem heterogen die hier versammelte Runde war. Der Gedanke war mir durchaus schon früher gekommen, nun allerdings traf mich diese Erkenntnis mit voller Wucht. Sowohl der Vorsitzende als auch der Sekretär hatten sich völlig bedeckt gehalten, für welche Art von Stellung sie hier rekrutierten und welche konkreten Voraussetzungen dafür notwendig waren. Es fiel mir schwer, mir auch nur eine einzige Stelle auf dieser Welt vorzustellen, für die alle hier Anwesenden infrage kämen. Eine Moderatorin, ein ehemaliger Oberst, ein Unternehmer, eine Marathon laufende Spezialistin in Personalfragen ... Dann jedoch erkannte ich, dass es doch einen gemeinsam Nenner gab. Alle Kandidaten waren es gewohnt, Entscheidungsgewalt zu haben und Kontrolle über andere auszuüben. Und da wurde mir auch klar, wie Henry ins Bild passte. Was mich zu meiner zweiten Einsicht führte: In den Unterlagen, anhand derer ich mich im Büro des Sekretärs hatte einlesen sollen, hatte es keinerlei Hinweise auf Henry gegeben. Keine der Informationen, die ich im Vorfeld erhalten hatte, passte auf sein Profil. Somit wusste ich nun also weder mehr noch weniger, als mir ohnehin über ihn bekannt war. Was zweifellos ein Problem darstellte, doch mehr noch als alles andere fragte ich mich nun schon zum wiederholten Mal, was all das zu bedeuten hatte. War er erst später eingeladen worden? Oder gab es noch eine andere Erklärung? Warum war ich nicht über sämtliche Teilnehmer informiert worden? Der Umstand bereitete mir äußerstes Unbehagen. Ganz zuunterst in meine handschriftlich erstellte Akte über Henry schrieb ich: „WER IST ER? WARUM IST ER HIER?“ Die beiden Fragen unterstrich ich mit einer fetten Linie.

Mehrmals las ich meine Aufzeichnungen zu den anderen Teilnehmern durch, bevor ich die Blätter in dem offenen Kamin verbrannte. Als nur noch Asche davon übrig war, kehrte ich diese auf und spülte sie in der Toilette hinunter. Anschließend säuberte ich die Feuerstätte. Der Sekretär hatte sich diesbezüglich ziemlich deutlich ausgedrückt: Keinerlei Spuren, die den geheimen Charakter der Operation gefährden könnten.

## *Henry*

Als ich Anna auf dem braunen, gefrorenen Rasen vor dem Haus erblickte, war ich schockiert. Seit unserer letzten Begegnung schien sie um zehn Jahre gealtert zu sein. Sie war nun nicht mehr schmal, sondern mager, nicht mehr blass, sondern durchsichtig. Ihre Haut spannte sich stramm um ihren Schädel, und was früher einmal markante Züge gewesen waren, ähnelte nun einem Holzschnitt. Es war unübersehbar, dass das Projekt in Kysylkum kein Strandspaziergang gewesen war. Vielmehr schien sie einen hohen Preis dafür bezahlt zu haben. Und dabei sah sie nicht nur erschöpft aus, sondern regelrecht verstört, und zwar auf eine geradezu unheimliche Weise.

Ihrem Gesichtsausdruck nach zu urteilen, hatte sie ganz offensichtlich nicht mit meinem Auftauchen gerechnet. Doch irgendwie konnte ich ihr zu verstehen geben, dass wir unsere Bekanntschaft nicht publik machen sollten, denn innerhalb einer Viertelsekunde hatte sie ihre Mimik wieder im Griff und begrüßte mich in aller Förmlichkeit. Ich drückte ihre dünne, kalte Hand, und wechselte ein paar höfliche Worte mit ihr. Dabei bemerkte ich, wie der Sekretär die kleine Szene aus dem Augenwinkel beobachtete.

Irgendwie gelang es Anna, sich unbemerkt zurückfallen zu lassen und so als Letzte zum Haus hochzugehen, und es kostete mich einiges an Anstrengung, meinen Koffer hinter mir herzuschleppen, ohne mich dabei nach ihr umzudrehen. Das Gebäude sah genauso ungemütlich und behäbig aus wie auf den Bildern sonst auch, und als ich mich dem großen Haus näherte, lief mir ein kalter Schauer über den Rücken. Auf der Treppe gab ich Probleme mit meinem Koffer vor, und während ich mich damit abmühte, konnte ich mich endlich umdrehen und einen Blick nach hinten werfen. Am Horizont verschmolz der Himmel in verschiedenen dunklen Grautönen mit dem Meer, als träfen die Wolken auf Wellenkämme und Verwirbelungen. Unten am Landungssteg vollführte das Boot ruckartige Hüpfer in der Brandung. Man hatte es an einer derart idiotischen Stelle festgemacht, dass es am Steg scheuerte, und das Dröhnen, wenn es mit dem Bug dagegenschlug, war bis hoch auf die Vortreppe hörbar.

Anna kämpfte sich in ihrer schwarzen Lederjacke über den Kiesweg den Hang hinauf, vorbei an den niedrigen Büschen, die man ein wenig lieblos auf dem Rasen gepflanzt hatte. Dies war kein Ort zum Wohlfühlen.

Eine kalte Windbö zerrte auf der Treppe an mir, und ich konnte sehen, wie Anna unten an der Böschung schwankte. Wochenlang hatte ich die Wetterprognosen studiert und versucht, die optimalen Tage zu berechnen, doch zuletzt hatte ich aufgeben müssen. Zum gegenwärtigen Zeitpunkt konnte man unmöglich sagen, ob das Wetter mitspielen würde oder nicht, es schlug so schnell um hier draußen.

In der Eingangshalle bekam ich vom Sekretär den Schlüssel zu meinem Zimmer ausgehändigt, ging nach oben und schloss die Tür auf, ließ sie hinter mir zufallen und begann sofort mit dem Auspacken. Als ich gerade damit fertig war, riss der Sekretär die Tür ohne anzuklopfen wieder auf.

„Treffen in zehn Minuten. Kommen Sie nach unten und zeigen Sie sich von Ihrer besten Seite. Verhalten Sie sich unauffällig. Und behalten Sie alles im Blick."

Ich wollte ihn gerade fragen, wie es um Annas Zustand tatsächlich bestellt war, und anmerken, dass mich mein bisheriger Eindruck beunruhigte, doch da hatte er schon auf dem Absatz kehrtgemacht und die Tür wieder geschlossen.

Die Vorstellungsrunde im Erdgeschoss war im Grunde ziemlich uninteressant. Wie mir auffiel, ließ der Sekretär meinen militärischen Dienstgrad unerwähnt, allerdings leuchtete mir durchaus ein, dass die anderen lieber nichts davon wissen sollten. Keine unnötige Aufmerksamkeit, nicht als mögliche Bedrohung auftreten. Das einzig Bemerkenswerte, abgesehen von Lotte Collianders beleidigter Reaktion, weil man sie bei der Präsentationsrunde vergessen hatte, war Annas offenkundiges Unbehagen, als sie an die Reihe gekommen war. Der Sekretär war genau die Art von Autoritätsperson, mit der Anna sich schon immer schwergetan hatte, und mit Sicherheit hielt sie ihn für einen Armleuchter, deshalb hatte ich eigentlich erwartet, sie würde ihn sofort wegen irgendeines winzigen Details infrage stellen, wie damals, als wir noch Kollegen waren (etwa: „Na ja, streng genommen waren wir nicht direkt in Kysylkum stationiert, sondern etwas außerhalb oder jedenfalls an der Grenze …"). Doch während der Sekretär weiter ihre großen Taten rühmte, starrte sie lediglich schweigend vor sich hin und studierte mit verkrampften Kiefern ein Detail im Muster des Teppichs.

Als die Zusammenkunft beendet war und sich der Raum allmählich leerte, blieb sie am Fenster stehen. Ihre Schultern wirkten noch kantiger und schmaler als früher, und am liebsten hätte ich sie in eine Decke gewickelt. Stattdessen trat ich neben sie und versuchte, so natürlich wie möglich mit ihr ins Gespräch zu kommen. Zum einen wollte ich sicherstellen, dass sie weder mich noch sich vor den anderen entlarvte, zum anderen herausfinden, wie viel sie sich selbst schon zusammengereimt hatte. Anfangs lief alles gut, aber auf einmal, mitten im Gespräch, lächelte sie plötzlich wieder dieses Lächeln. Dann entschuldigte sie sich ziemlich abrupt, und ich blieb noch kurz stehen und blickte ihrer über die Treppe verschwindenden schmalen Gestalt nach, bis sie ganz außer Sichtweite war. Daraufhin schlug ich denselben Weg ein, allerdings in mein eigenes Zimmer, und legte mich der Länge nach auf das Bett. Ich wusste, weshalb ich diesen Auftrag angenommen hatte. Es war die richtige Entscheidung gewesen, absolut nachvollziehbar, und der Gedanke daran ließ mich ein wenig zur Ruhe kommen. Und dennoch wünschte ich mir inniglich, es gäbe einen anderen Weg.

## *Anna*

Erst als ich über die breite Treppe nach unten ging, um mich den anderen anzuschließen, bemerkte ich, dass es draußen längst dunkel geworden war. Ich überlegte, ob Henry sich wohl noch auf seinem Zimmer befand, und für einen kurzen Moment spielte ich mit dem Gedanken, anzuklopfen und ihn zu fragen, ob er mich begleiten wolle, entschied mich jedoch dagegen, um mir eine mögliche Abfuhr zu ersparen. Jeder Umgang mit ihm kostete mich unheimlich viel Kraft. Auf der Hälfte der Treppe blieb ich auf einem Absatz stehen, von dem aus große, raumhohe Fenster in Richtung Meer hinausgingen.

Das Haus hatte das Gepräge aller offiziellen Parteigebäude. An den Wänden hingen die Fotos von Parteigrößen und pastellfarbene Gemälde mit Motiven im Geiste der Nationalromantik, wie sie bei Parteimitgliedern offenbar ganz besonders beliebt waren – Wälder mit reißenden Bächen, blonde Kinder, die um landwirtschaftliche Maschinen herumtollten, und aus dem Waldrand hervorlugende Elche neben einem Wasserkraftwerk. Der Boden des Gebäudes war mit den obligatorischen Linoleumplatten ausgelegt. Einige Details zeugten aber davon, dass das Haus auch andere Zeiten erlebt hatte, ein alter Sekretär, ein gepolsterter Samtsessel mit Messingbeschlägen, dunkles Holz, üppig verschnörkelte Schnitzereien und alles ausnahmslos Handarbeit. Ich überlegte, wie alt dieses Gebäude sein mochte. Es musste bereits existiert haben, lange bevor wir der Union beigetreten waren, ein Relikt aus der alten Welt, Nours Welt. Die Treppe, auf der ich gerade stand, sah aus, als hätte man sie aus der Titanic geborgen, und als ich mit der Hand über ihr schwarz glänzendes Holzgeländer fuhr, fühlte ich mich sofort ein wenig sicherer, so als würde Nour über mich wachen. Diese Empfindung überraschte mich, hatte Nour mich doch nie sonderlich behütet. Statt einer Glucke hatte sie eher einer Dinosauriermutter geglichen, die ihr Ei irgendwo ablegte und dann ihrer Wege ging. Ich fragte mich, was sie und Siri wohl gerade machten. Vielleicht aßen sie zu Abend oder sahen fern, vielleicht lag Siri aber auch schon unter ihrer Decke mit dem blauen Seifenblasen-Muster und fragte sich, was ich wohl gerade machte. Vielleicht dachte sie aber auch überhaupt nicht an mich. Unwillkürlich sah ich durch das Fenster hinaus in die Dunkelheit, als erhoffte sich mein Unterbewusstsein, dort einen Blick auf ihre momentane Beschäftigung erhaschen zu können, dann allerdings wurde mir bewusst, dass das Fenster ohnehin zur falschen Seite hinausging, weg vom Festland, aufs offene Meer. Ich beugte mich vor, um in der Dunkelheit etwas erkennen zu können. Mein Atem hinterließ einen Kondenswasserfleck auf der Scheibe, draußen war es offenbar ziemlich kalt. Ich konnte das Tosen des starken Windes hören, der die Fensterscheiben mit einem dumpfen, unterirdischen Grollen erbeben ließ. Am Horizont hing wie gemalt ein großer gelber Mond und warf eine glitzernde Straße aufs Wasser. Dort draußen gab es nichts als das offene blanke Meer. Kalt, nass, dunkel und tief. Keine weiteren Inseln, keine Schiffe, nichts.

Plötzlich flog etwas auf die Scheibe zu und knallte genau vor meinem Gesicht dagegen. Mit einem Aufschrei machte ich einen Satz zurück, stolperte über meine eigenen Füße und spürte, wie meine Absätze über die Kante hinter mir rutschten. Ich drohte die Treppe hinunterzufallen. Meine Hände griffen nach dem Geländer und bekamen es zu fassen. Als mir klar wurde, dass es sich um einen Zweig gehandelt haben musste, der da direkt vor meinem Gesicht gegen die Scheibe geschlagen war, verflüchtige sich das Adrenalin wieder genauso schnell aus meinen

Adern, wie es hineingepumpt worden war. Allerdings war es draußen zu dunkel, als dass ich irgendwelche Details hätte ausmachen können, und die Beleuchtung im Inneren des Hauses verwandelte die Fenster in dunkle Spiegel. Außer meinem erschrockenen Gesicht, das auf der ungleichmäßigen Oberfläche der mundgeblasenen Scheiben verschwamm, war darin nichts weiter zu erkennen. Ich rieb mir die Wangen, und sobald ich das Gefühl hatte, mich wieder im Griff zu haben, setzte ich meinen Weg nach unten fort.

Als ich in die geräumige Küche trat, waren die Vorbereitungen für das Abendessen bereits in vollem Gange. Ich blickte mich um und traute kaum meinen Augen. Vor mir offenbarte sich ein Überfluss, wie ich ihn noch nie gesehen hatte. Die Küchenbänke bogen sich regelrecht unter den Lebensmitteln: Fleisch, Pasteten, Piroggen, Sülze, alles nach Tagen sortiert und mit entsprechenden Anweisungen gekennzeichnet. Das heutige Abendessen schien aus verschiedenen warmen Gerichten zu bestehen, die von den anderen in just diesem Moment auf großen Blechen in den Backofen geschoben wurden. Auf den Serviertellern erkannte ich das wohlbekannte Signet des Parlamentsrestaurants. Offensichtlich war man dort für das Catering zuständig. Ich überlegte, ob diese Fülle möglicherweise den Ansprüchen der prominenteren Kandidaten geschuldet war. Vermutlich war es für Jon und Franziska vollkommen normal, ihr Mittag- und Abendessen in Restaurants einzunehmen, zu denen gewöhnliche Bürger gar keinen Zutritt hatten. Ich für meinen Teil war selbstredend noch nie in einem solchen Lokal gewesen, aber vermutlich hätte ich das Essen vor lauter Unwohlsein auch gar nicht genießen können, weil mir allein schon die Tatsache, dort zu sitzen, so beobachtet und übersehen zugleich, meine ganze Kraft beansprucht hätte. Auf dem Tisch stand ein großer Korb mit frischen Früchten: Bananen, Ananas,

Papayas, Weintrauben, Passionsfrüchte und Kokosnüsse. Beim Betrachten der Kokosnüsse wurde mir bewusst, dass ich nicht die geringste Ahnung hatte, wie sie eigentlich schmeckten.

Die anderen waren bereits eifrig bei der Sache. Die einen holten Lebensmittel aus den Kühlschränken, die anderen schoben sie in den Ofen, wobei sie alle munter miteinander plauderten. Ich blieb in der Türöffnung stehen, und wie schon so häufig hatte ich das Gefühl, zwischen mir und dem Rest der Welt befände sich eine dünne Plastikfolie. Alle anderen schienen sich in ihren Körpern wohlzufühlen, sie wirkten so entspannt und natürlich in ihren Menschenkostümen. Für mich hingegen bedeutete Gesellschaft stets einen Kraftaufwand, und ich beneidete die anderen zutiefst um diese Leichtigkeit im Umgang miteinander, derer sie sich selbst wahrscheinlich nicht einmal bewusst waren. Andererseits, was wusste ich schon, welche Anstrengungen es sie kosten mochte? Vielleicht verhielt es sich mit ihnen ja wie mit Turnern, die sich scheinbar mühelos im Salto mortale durch die Lüfte schraubten, während in Wahrheit Tausende Stunden Training, Tränen, Misserfolge und Schmerzen hinter ihnen lagen. Trotzdem beneidete ich sie.

„Rot oder weiß?"

Ich fuhr herum. Hinter mir stand der Oberst mit mehreren Weinflaschen im Arm, die aussahen wie die Requisiten für einen Piratenfilm. Einige davon waren völlig verstaubt.

„Was für ein grandioser Weinkeller! Ausgesprochen gut bestückt. Es gibt sogar französische und italienische Weine! Und der Vorsitzenden meinte ja, es sei völlig in Ordnung, wenn wir dort ein wenig herumstöbern und uns bedienen."

Er hielt eine Flasche in die Luft und betrachtete sie mit einem derart liebevollen Blick, wie ihn die meisten Männer ihrer Frau oder zur Not noch ihrem Auto schenken.

„Bordeauxweine … Das ist weiß Gott schon eine Weile her", murmelte er mehr zu sich selbst. Dann blickte er mich aus seinen strahlend blauen Augen an, die ihm seinen so jungenhaften Ausdruck verliehen.

„Unter uns gesagt, Schwarzmeerweine in allen Ehren, aber das hier … Das ist eine ganz andere Liga, müssen Sie wissen. Kann man Sie vielleicht mit einem trockenen Sancerre locken? Oder doch lieber etwas Kräftigeres?“

„Ich habe keine Ahnung, wovon Sie reden. Aber Rot klingt wunderbar“, antwortete ich.

„Aha! Sehr gut. Und haben Sie irgendwelche Präferenzen? Leicht? Fruchtig? Trocken?“

„Nein, suchen Sie aus. Sie scheinen für diese Aufgabe genau der richtige Mann zu sein.“

Der Oberst lächelte zufrieden, machte auf dem Absatz kehrt und verschwand wieder in dem geschäftigen Treiben in der Küche. Er wirkte durchaus sympathisch. In Anbetracht der Strapazen, denen ich ihn in Kürze aussetzen würde, erfüllte mich diese Feststellung mit Unbehagen.

Kurz darauf kehrte der Oberst mit zwei absurd großen Weingläsern in der Hand zurück, von denen er mir eines entgegenstreckte. Obwohl die Gläser nicht mehr als einen Tropfen zu enthalten schienen, vermutete ich, dass er bestimmt eine halbe Flasche hineingegossen hatte.

„Wollen wir doch mal sehen, ob Ihnen der hier schmeckt!“

Ich nahm das Glas entgegen und trank einen Schluck. In meinem Mund entfalteten sich die Aromen in schneller Folge: zuerst fruchtig und holzig, dann eher erdig und frisch. Das war der beste Wein, den ich jemals getrunken hatte. Verwundert starrte ich den Oberst an, und er nickte hocherfreut.

„Dachte ich mir schon. Nun. Kysylkum also?“

Automatisch wich ich seinem Blick aus, wie immer, wenn dieses Thema zur Sprache kam. Der Oberst war offenbar ein aufmerksamer Beobachter, jemand, der durch ein langes Berufsleben geschult darin war, das Verhalten anderer Menschen zu analysieren und zu bewerten, was sie sagten (und was nicht). Ich bemühte mich um eine möglichst ungerührte Miene.

„Genau."

Der Oberst schwenkte den Wein ein wenig in seinem Glas und fuhr dann in demselben gedämpften Tonfall fort, so leise, dass nur ich seine Worte hören konnte.

„Ich hoffe, Sie nehmen mir meine Frage nicht übel. Mein Interesse ist aufrichtig. Ich war im letzten Jahrhundert selbst in der Region stationiert."

Diese Gemeinsamkeit zwischen dem Oberst und mir war mir während der Vorstellungsrunde ebenfalls aufgefallen, allerdings war ich nicht darauf vorbereitet, dass er mich so direkt darauf ansprechen würde.

„Ich kann verstehen, wenn Sie sich nicht dazu äußern wollen oder vielleicht auch gar nicht können. Über solche Erfahrungen zu sprechen fällt einem oft sehr schwer, zumal die meisten sie nicht nachvollziehen können."

Sein Tonfall war weder wertend noch verurteilend, sondern einfach nur freundlich. Wir ließen unsere Blicke über die anderen Kandidaten in der Küche schweifen. Henry stand auf der gegenüberliegenden Seite des Küchentischs und schnippelte Gemüse, offenbar in ein ziemlich fesselndes Gespräch mit Lotte vertieft, während Franziska gerade ein Blech aus dem großen glänzenden Umluft-Backofen zog, und ich beglückwünschte mich insgeheim dafür, dass ich mir das Anklopfen bei Henry verkniffen und mir somit erspart hatte, wie ein Idiot vor verschlossener Tür zu stehen. Wahrscheinlich hatte ich in unsere Begegnung von vorhin allzu viel hineininterpretiert.

„Danke", erwiderte ich lediglich. Ich hatte das Gefühl, noch etwas sagen zu müssen, doch mir fiel nichts Passendes ein, und so blieb ich mit meinem Weinglas schweigend neben dem Oberst stehen. Die Stille war aber nicht unangenehm, sondern eher erholsam. Unter anderen Umständen wäre er vielleicht sogar jemand gewesen, mit dem ich mich tatsächlich hätte unterhalten können.

„Wie kommt es, dass Sie hier sind?", fragte ich ihn. Auch wenn ich nicht ganz so geschickt wie Henry darin war, so hatte ich dennoch sein Prinzip durchschaut, nämlich statt eines Themenwechsels das Gespräch auf mein Gegenüber zu lenken. Menschen sprechen sehr gern über sich selbst, jedenfalls die allermeisten.

Der Oberst blickte mich mit einer amüsiert hochgezogenen Augenbraue an.

„Sie denken wohl, ich wäre schon ein bisschen alt für derartige Aufträge? Und sollte längst im Ruhestand sein und auf Rügen meinen Gelenkrheumatismus pflegen? Damit könnten Sie sogar richtig liegen. Aber wissen Sie, jemand, der sein ganzes Leben lang Order erhalten und gegeben hat, kann nur schwer Nein sagen, wenn man ihn irgendwo hinbestellt. Und außerdem bin ich ja immer noch im Dienst. Nicht wie früher versteht sich, aber ich arbeite noch. An einem Schreibtisch. Im Laufe der Jahre habe ich festgestellt, dass man auch von dort eine ganze Menge ausrichten kann, nicht wahr?"

„Und wo dienen Sie nun?"

„Im Stab. Mehr kann ich leider nicht dazu sagen."

„Verstehe", erwiderte ich.

„Ach ja?" Er sah noch immer amüsiert aus, als ob er mir nicht recht glauben wollte.

„Heutzutage mag diese ganze Heimlichtuerei natürlich etwas lächerlich wirken. Zweifellos gibt es Fälle, bei denen sie berechtigt ist, aber meistens wollen sich die Leute damit doch nur interessant und wichtig machen. Aber vielleicht sind Sie da ja anderer Meinung?", fuhr er fort. „Vielleicht gehören Sie ja zu denen, die gern so viel wie möglich zur Geheimsache erklären würden?"

„Ist das hier ein solcher Fall?", fragte ich zurück.

„Was meinen Sie mit ein solcher?"

„Ein Fall, bei dem die Heimlichtuerei ihre Berechtigung hat?"

Eine Weile stand der Oberst schweigend da und fuhr sich nachdenklich mit der Hand übers Kinn.

„Ja", sagte er schließlich. „Diesmal halte ich sie in der Tat für berechtigt."

Bevor ich meine nächste Frage stellen konnte, trat Lotte Colliander zu uns heran und streckte mir einen Stapel Teller entgegen. Ich reichte dem Oberst mein Weinglas, damit ich sie ihr abnehmen konnte.

„Wären Sie so gut und würden den Tisch decken?"

Ohne meine Antwort abzuwarten, packte sie noch einen Stoß Leinenservietten darauf. Ich balancierte den wackligen Turm vor meiner Brust.

„Wo essen wir?"

„Im Salon. Die anderen stellen bereits den Tisch auf."

Ich sah mich erneut in der Küche um. Es fehlten Jon von Post und Katja. Ich überlegte, ob Katja sich vielleicht bewusst schon im Salon aufhielt und damit den Weg für den nächsten Schritt unseres Auftrags ebnete und ob ich sie in dem Fall nicht doch unterschätzt hatte. Ich folgte Lotte, die in ihrem gerade geschnittenen, dunkelblauen Rock und den Schuhen mit den praktischen Absätzen – nicht zu hoch und nicht zu flach – bereits emsig vorausmarschierte. Obwohl sie ziemlich klein war und vermutlich nur ein Jahr älter als ich, kam ich mir vor, als würde ich meiner Lehrerin die Bücher hinterhertragen. Sie gehörte zu der Art Menschen, die vermutlich schon erwachsen zur Welt kamen. Als hätte sie meine Gedanken gehört, warf sie, wie um zu dementieren, den Kopf in den Nacken.

Jon von Posts tiefe Stimme war bereits vor der Tür zum Salon deutlich zu hören.

„... und da habe ich zu ihm gesagt, damit würde er nie und nimmer durchkommen. Aber er ist stur geblieben. Er wollte natürlich nicht auf mich hören, dabei ...“

Noch im Anklopfen öffnete Lotte auch schon die Tür, dann allerdings hielten wir inne. Jon und Katja standen auf der gegenüberliegenden Seite des Raumes, Katja an die Wand gelehnt und Jon, die eine Hand gegen die Wand gestützt, leicht über sie geneigt, sodass er ihr den Weg versperrte. Er stand gerade einen Tick zu nah, und Katja war die Erleichterung über unser Erscheinen deutlich anzusehen.

„Sehr schön, da kommen die Teller!“

Im Gegensatz zu Katja wirkte Jon alles andere als unangenehm berührt. Viel eher zufrieden. Er hatte offenbar kein Problem damit, einer Frau gegen ihren Willen zu nahe zu kommen. Aber das war ja eine alte Geschichte.

Ich konnte Lottes Gesicht nicht sehen, doch sie streckte mit einem tiefen Seufzer den Rücken durch, als wären ihr Szenen wie diese nur allzu bekannt. Waren sie wahrscheinlich auch. Von Konferenzen, Geschäftsessen, Empfängen. All die zunehmend alkoholisierten Herren mit ihren dicken Brieftaschen und den Privilegien, die sich ein Glas Wodka nach dem anderen reinschütteten und dabei immer unberechenbarer, übermütiger und in ihrer Geilheit immer besitzergreifender wurden, und die Schuld dann am Ende den Frauen zuschoben, denen, die Nein gesagt hatten, und denen, die Ja sagten. Sie habe ja regelrecht darum gebettelt. Diese elende versoffene Hure. Trotz aller Gleichstellungsmaßnahmen und staatlichen Richtlinienpapiere zur Chancengleichheit war doch immer noch alles beim Alten.

„Lassen Sie sich von uns bitte nicht stören, aber wir würden jetzt gern den Tisch decken.“

Mit entschlossenen Schritten trat Lotte an die Tafel, schnappte sich ein zusammengefaltetes Tischtuch von der wunderschön glänzenden Palisandertischplatte und schüttelte es auf. Katja ergriff die Gelegenheit und schlüpfte an Jon vorbei, nahm das andere Ende der Decke und half Lotte dabei, sie gleichmäßig über den Tisch auszubreiten. Ich durchquerte den Raum und stellte meinen wackligen Tellerturm mit einiger Mühe auf einem kleinen Serviertischchen ab. Währenddessen stand Jon noch immer mit einem Glas in der Hand an der Wand und wippte auf seinen Absätzen. Offensichtlich kam es ihm nicht einmal in den Sinn, dass er mithelfen könnte.

Katja warf mir einen kurzen, prüfenden Blick zu, ob sie auf mich zählen konnte, und sagte dann laut: „Weiß irgendjemand, wo die Weingläser sind? Ich finde hier nur die kleinen für den Dessertwein."

Lotte, die anscheinend unter einem geradezu krankhaften Zwang litt, immer und überall das Kommando zu übernehmen, stieg sofort darauf ein.

„Ich weiß es, sie sind in der Küche. Kommen Sie, Sie können mir beim Tragen helfen."

Dabei blickte sie Jon gebieterisch an, und endlich schien auch er zu begreifen, dass hier sein Einsatz erwartet wurde. Ich folgte den beiden ein paar Schritte, und nachdem sie das Esszimmer verlassen hatten, schloss ich hinter ihnen so leise wie möglich die Tür. Dann wandte ich mich Katja zu.

„Holen Sie die Gläser aus dem Schrank?", flüsterte sie. „Ich habe alle anderen Utensilien hier. Erledigen Sie das." Sie streckte mir das dünne Röhrchen entgegen.

*Der Sekretär holte eine durchsichtige Ampulle mit einer kleinen Pipette an deren oberen Ende heraus und reichte sie mir. Im gelblichen Licht auf der Strategischen Ebene schimmerte die Flüssigkeit ebenfalls gelb.*

*„Das ist ein Schlafmittel. Es ist geschmacksneutral und farblos, und man benötigt lediglich einen Tropfen, um damit Schläfrigkeit hervorzurufen. Diese Substanz hat den Vorteil, dass*

*ihre volle Wirkung erst mit einigen Stunden Verzögerung einsetzt."*

*Er sah zu Katja, als erhoffte er sich von ihr eine Bestätigung für seine Ausführungen, und wandte sich daraufhin wieder mir zu.*

*„Sie sollten also tunlichst den Überblick über Ihre eigenen Gläser behalten."*

*„Wir werden das Mittel in die Gläschen für den Dessertwein geben", erklärte Katja. „Wenn die Leute nach dem Essen ein paar Gläser intus haben, werden sie nicht mehr darauf achten, wer noch mittrinkt und wer nicht."*

*„Sehr gut", erwiderte der Sekretär, „das heißt, jetzt müssen Sie die Gläser also nur noch unbemerkt mit je einem Tropfen präparieren. Dadurch werden die anderen zwar nicht vollständig lahmgelegt, was ja auch gar nicht unser Ziel ist, aber es wird Ihnen beiden etwas Ruhe verschaffen, wenn Sie ... Na ja, wenn Sie eben tun, was Sie tun sollen. Und nicht vergessen, zwei Tropfen in das Glas unseres Hauptzeugen!"*

Als nur noch das Glas des Obersts fehlte, hörten wir gedämpfte Schritte und Stimmen näher kommen.

„Los, schnell!", zischte Katja, während ich ganz vorsichtig eine doppelte Dosis in das Glas tröpfelte, zwei winzig kleine Tropfen, die man nicht einmal sehen würde. Ruhig und gefasst setzte ich die Kappe auf die Pipette und schob sie mir schnell durch den Ausschnitt in den BH. Katja starrte zur Tür. Vorhin hatte sie noch so selbstsicher und ruhig gewirkt, jetzt hingegen war sie geradezu panisch vor Stress, und ich fragte mich, wie viele Feldeinsätze sie eigentlich tatsächlich schon verzeichnen konnte.

„Jetzt gucken Sie nicht so schuldbewusst, und decken Sie weiter den Tisch", flüsterte ich, wobei ich ihr alle Tischkärtchen reichte, bis auf zwei, von denen ich eines an meinen Platz stellte und das andere vor den Stuhl daneben. Anschließend ging ich den Stapel Teller vom Serviertischchen holen und hatte ihn gerade mit beiden Händen hochgehoben, als die anderen durch die Tür hereinkamen. Der Oberst und Franziska vorneweg und direkt dahinter Henry. Er blieb einen kurzen Augenblick in der Türöffnung stehen und blickte sich um.

„Wo kann ich helfen?"

„Sie könnten mir einige Teller abnehmen", erwiderte ich.

Er kam mir entgegen und hob die Hälfte des Stapels ab.

„Klassisches Anna-Francis-Gebaren, immer schön alle Teller auf einmal", sagte er leise und grinste.

„Was für ein überaus aufmerksamer Beobachter Sie doch sind, eine derart grundlegende und fundierte Analyse meiner Persönlichkeit vorzulegen, wo wir uns doch erst vor ein paar Stunden zum ersten Mal begegnet sind", gab ich ebenso leise zurück.

Er lächelte erneut und sagte dann in Normallautstärke: „Wie soll ich sie hinstellen?"

„Einen großen und einen kleinen auf jeden Platz. Sie schaffen das schon."

Mit einem Nicken machte Henry sich daran, den Tisch vom Kopfende her einzudecken. Ich begann am anderen Ende. Meine Augen blieben wie immer an seinen Händen hängen, die nun mit den Tellern hantierten. Seine Bewegungen waren präzise, sie folgten einer gewissen Ökonomie. Nichts daran war zu viel, und nichts zu wenig. Rasch wandte ich den Blick wieder ab und konzentrierte mich auf meine eigene Arbeit.

Als ich noch klein war, hatte Nour mich immer Fräulein Bruch genannt, weil mir so häufig Gläser und Teller kaputtgegangen waren. Dabei gehörte es zu ihrem pädagogischen Ansatz, um mir den Wert von Arbeit und Geld zu vermitteln, dass ich das Schlamassel hinterher selbst wieder aufräumen musste. Außerdem wurde das wöchentliche Taschengeld gekürzt. „Du musst lernen, was Dinge kosten", lautete ihr Standardsatz.

Diesmal jedoch fiel mir nichts hinunter. Henry und ich tänzelten wortlos umeinander herum, mit großen und mit kleinen Tellern, mit Servietten, Messern, Gabeln, weiterem Besteck und schließlich auch mit den Weingläsern (die dank Lotte und Jon unterdessen eingetrudelt waren). Gleichsam einer stummen und harmonischen Choreografie folgend, bewegten wir uns in einem Reigen um den Tisch. Dieser füllte sich zunehmend mit Speisen und Getränken, bis schließlich alles bereitstand und wir Platz nehmen konnten.

Die seltsame Runde, die sich um den Tisch versammelt hatte, begann die Vorspeisen herumzureichen. Appetitliche Kanapees und Häppchen aus schwer identifizierbaren Zutaten. Eine rötliche Paste, und eine grünliche, irgendein Blattgemüse, gewürfeltes Räucherfleisch, Scheibchen hellen Fischs. Es sah aus wie die herzhafte Antwort auf „sieben Sorten Gebäck". Der Oberst, dem ich den Platz neben mir zugedacht hatte, reichte die Servierplatten nacheinander an mich, und ich gab sie Henry über den Tisch. Neben ihm saßen zunächst Lotte und dann Franziska, und bei einem Blick auf deren Teller fiel mir auf, dass sie natürlich, anstatt sich von jeder Sorte zu bedienen, lediglich zwei mikroskopisch kleine Happen ausgewählt hatte, die sie nun lustlos auf ihrem Teller herumschob. Ich konnte es ihr nicht verdenken. Es gelang nicht vielen älteren Frauen, sich Jahr um Jahr im Fernsehbetrieb zu behaupten. Die meisten wurden irgendwann, wenn sie die fünfzig überschritten hatten, gegen eine hübschere Jüngere ausgetauscht. Eine, die unkomplizierter und weniger teuer war. Umgänglicher. In Franziskas Fall half sicherlich, dass sie die Schwägerin des Innenministers war, worüber sie sich in der Küche bereits ausgiebig verbreitet hatte. Kontakte bedeuteten Macht, mit ihnen konnte man sich einige Forderungen erlauben. Aber offensichtlich keine Gewichtszunahme.

Franziska bemerkte, wie ich ihren Teller studierte, und ihr Blick schwenkte unwillkürlich auf meinen völlig überladenen.

„Sie haben wohl Hunger?"

Ihr Lächeln war so scharf, man hätte in ihren Mundwinkeln Papier zu Streifen schreddern können. Ich wollte etwas erwidern, ihr Kontra geben, zeigen, dass ich ihren Versuch einer Retourkutschte durchaus durchschaut hatte, sah jedoch ein, dass ein Kräftemessen mit ihr die Mühe nicht lohnte. Abgesehen von heute Abend würde ich ohnehin nichts mehr mit ihr zu tun haben. Deshalb senkte ich den Blick stattdessen auf mein Essen hinab und brummte etwas Unverständliches. Doch es ärgerte mich, dass sie jetzt sicher dachte, sie hätte mich in Verlegenheit gebracht.

*Der Sekretär wandte mir den Blick zu.*

*„Ihre Aufgabe wird es sein, unseren Zeugen unter den Tisch zu trinken."*

*In Erwartung einer weiteren Erklärung fixierte ich meinerseits den Sekretär.*

*„Unseren Zeugen, also denjenigen, den Katja wecken wird, sobald Sie tot sind", fuhr er fort. „Der Ihr Ableben bestätigen soll. Sorgen Sie dafür, dass Sie beim Abendessen neben ihm sitzen. Momentan wissen Sie zwar noch nicht, um wen es sich handelt, aber es wird die Person sein, die wir in dem Zimmer im Erdgeschoss unterbringen."*

*Der Sekretär deutete auf die ausgebreitete Planzeichnung auf dem Tisch.*

*„Wir werden einige Zimmer im Obergeschoss zuschließen und einen Wasserschaden vorschieben, damit eine Person sozusagen notgedrungen im Erdgeschoss schlafen muss. So ergibt sich quasi von selbst, wen die Ärztin wecken wird, nachdem sie Sie ‚entdeckt' hat."*

*„Und ich soll den Betreffenden während des Abendessens also regelrecht abfüllen."*

*„Genau, er soll schließlich nicht allzu aufmerksam sein, wenn er eine lebende Leiche in Augenschein nimmt und sie woanders hinträgt.“*

*„Heißt das, wir werden ihn sowohl medikamentös als auch mit Alkohol zudröhnen?“*

*Der Sekretär schürzte angesichts meines missbilligenden Tonfalls leicht den Mund.*

*„Ganz genau, in Situationen wie diesen ist es besser, auf Nummer sicher zu gehen. Die Wirkung des Medikaments verstärkt sich, je mehr er trinkt, und je benebelter er ist, wenn er geweckt wird, desto besser. Im Übrigen sollte dies keine allzu schwierige Aufgabe sein. Er ist Alkoholiker.“*

„Möchten Sie noch etwas Wein?“

Ich wartete seine Antwort gar erst nicht ab, sondern griff nach der Flasche und füllte das Glas des Obersts wieder auf.

„Besten Dank!“

Dieser führte es umgehend an den Mund und nahm einen großen Schluck. Rasch ließ ich meinen Blick über die übrigen Gläser gleiten, und ganz richtig, der Oberst hatte seines lange vor allen Übrigen geleert. Die meisten Menschen legten bei den ersten drei Gläsern noch eine Art Herdenverhalten an den Tag. Sie tranken in etwa so schnell wie die Leute an ihrem Tisch. Danach allerdings, wenn der Rausch allmählich das Bewusstsein trübte und die Selbstkontrolle schwand, nahm dieser Effekt in der Regel ab. Insofern war es eher ungewöhnlich, dass jemand wie der Oberst gleich von Beginn an schneller trank als der Rest der Gesellschaft. Außer er hatte ein Alkoholproblem.

Das Tischgespräch gestaltete sich merkwürdig zurückhaltend. Alle Teilnehmer waren außergewöhnliche, interessante und kompetente Persönlichkeiten, die es gewohnt waren, im Mittelpunkt eines jeden Fests zu stehen. Obendrein konkurrierten sie hier um denselben Posten. Und auch wenn ich keine Ahnung hatte, um welche Art Stellung sie sich eigentlich bewarben, war diese anscheinend immerhin so begehrenswert, dass es sämtliche Beteiligten für lohnend erachteten, ein paar Tage auf einer gottverlassenen Insel in den äußeren Schären zu verbringen. Zudem hielten sich bis jetzt offenbar alle an die Anweisung des Vorsitzenden und sprachen untereinander nicht über den Auftrag. Wahrscheinlich wollten sie ihre eigenen Chancen nicht mindern, indem sie sich verplapperten. Jon und Franziska hatten sich in einer Gesprächsform eingependelt, bei der sie abwechselnd über sich selbst redeten, sobald der andere Luft holte. Somit gestaltete sich die Unterhaltung eher schleppend, da keiner dem anderen wirklich zuhörte. Unablässig verwiesen sie auf bekannte Persönlichkeiten aus Politik und Wirtschaft, die sie stets beim Vornamen nannten, so als würden sie einen unsichtbaren Parnass wahnsinnig wichtiger Personen heraufbeschwören, mit dem sie sich voreinander zu legimitieren glaubten. Katja saß am Kopfende dazwischen und verfolgte das Gespräch. Ihre wenigen Versuche, sich in die Unterhaltung einzuschalten und selbst das Wort zu ergreifen, gab sie schnell wieder auf.

An unserem Tischende hatte unmerklich Henry die Regie übernommen, und zwar so, wie er es stets zu tun pflegte, nämlich indem er die anderen reden ließ. Da er dem Oberst abwechselnd animierende Fragen stellte und dessen Weinglas regelmäßig auffüllte, kam mir die Vermutung, er hätte den Schwachpunkt des Obersts ebenfalls erkannt und versuchte nun, genau wie ich, diesen auszunutzen. Einerseits war das gut, denn so konnte ich mich zurücklehnen und die Arbeit ihm überlassen, andererseits fragte ich mich, welche Veranlassung Henry haben mochte, den Oberst betrunken zu machen. Vielleicht offenbarte sich hier sein Wettbewerbsgeist, vielleicht wollte er seine eigenen Chancen auf den Auftrag steigern, indem er den Oberst außer Gefecht setzte oder ihn zumindest in ein schlechteres Licht rückte. Ab und zu mischte Lotte sich in das Gespräch ein, und während sie sich allmählich entspannte, nahmen ihr Drang zur prahlerischen Selbstdarstellung ab und ihr Interesse für uns zu. Plötzlich wandte sie sich direkt an mich.

„Und was tun Sie nun, seitdem Sie wieder zurück sind?“

Ich zögerte mit meiner Antwort.

„Ich bin wieder an meine alte Arbeitsstelle zurückgekehrt“, sagte ich schließlich.

Lotte wirkte überrascht.

„Damit hätte ich jetzt nicht gerechnet. Ich dachte, man würde Ihnen irgendeine Spitzenposition anbieten, nach all dem Aufheben, das um Sie gemacht wurde.“ Ich bin mir nicht sicher, ob sie meine Reaktion bemerkt hatte, aber wie um ihrer spöttischen Bemerkung die Spitze zu nehmen, fuhr sie in freundlicherem Tonfall fort: „Wie es scheint, haben Sie fantastische Arbeit geleistet. Schwierige vor allem. Ich stelle es mir als eine unheimliche Herausforderung vor, an einem solchen Ort zu arbeiten.“

Mit einem leisen Brummen kaute ich weiter, wobei mir das Essen fast im Hals stecken blieb.

„Zum Glück haben Sie wenigstens keine Familie, auf die Sie Rücksicht nehmen müssen. Mein Mann und meine Kinder würden mich nie im Leben an einen solchen Ort reisen lassen.“

„Ich habe eine Tochter“, entgegnete ich, bevor ich mich eines Besseren besinnen konnte, und bereute es sofort.

Lotte sah erstaunt aus.

„Ach so? Und wie alt ist sie?“

„Neun.“

„Aber … Aha. Okay. Hat sie Sie dorthin begleitet? Nein, das kann ich mir jetzt aber nicht vorstellen?“

„Sie hat währenddessen bei meiner Mutter gewohnt.“

Lotte schien auf eine Fortsetzung meinerseits zu warten. Mein Hirn suchte fieberhaft nach möglichen Gesprächsthemen, die mir keine weiteren qualvollen Erklärungen abverlangen würden.

„Wie viele Kinder haben Sie denn selbst?"

Das war Henry, der mir rettend zur Seite sprang. Möglicherweise hatte er ja die Panik in meinen Augen bemerkt. Lotte wandte sich ihm zu.

„Inzwischen sind sie natürlich schon etwas größer und brauchen nicht mehr rund um die Uhr meine Aufmerksamkeit, allein aus diesem Grund konnte ich diese Stelle überhaupt in Betracht ziehen, aber sie sind jetzt zwölf und vierzehn Jahre alt, beides Jungs, und der eine …"

Sie verfiel in einen Redeschwall über Hockeytrainings und die Qualität verschiedener Schulen. Ich wagte es nicht, zu Henry zu sehen, sondern konzentrierte mich weiter auf Lotte, und irgendwann fühlte ich mich auch wieder zu ein paar vereinzelten Frage imstande, die sie aber nur zu weiteren Monologen über sich selbst anspornten, und allmählich glitt das Gespräch wieder in sicherere Fahrwasser.

Bevor ich Nour von meiner Schwangerschaft erzählte, wartete ich absichtlich so lange ab, bis es für eine Abtreibung bereits zu spät war. Wahrscheinlich hatte ich schon geahnt, dass sie mir eben die vorschlagen würde, und genau so kam es dann auch. Als ich meinen Besuch angekündigt hatte, hatte Nour zwar überrascht gewirkt, sich jedoch nicht nach dem Grund für mein Kommen erkundigt, sondern mich lediglich willkommen geheißen. Nun saßen wir an einem Sonntag in ihrer Küche, und sie hatte sogar Kaffee auf dem Küchentisch bereitgestellt sowie ein paar trockene Hefeteilchen, die vermutlich schon monatelang bei ihr im Schrank gelegen hatten. Ich fragte mich, wer sie wohl mitgebracht haben mochte, denn soviel ich wusste, bekam

Nour nicht mehr allzu häufig Besuch. Und es erschien mir unwahrscheinlich, dass sie sie selbst gekauft hatte, geschweige denn selbst gebacken.

Im Vorfeld hatte ich mir einen perfekten Satz zurechtgelegt, einen Satz, der in einer eleganten Formulierung alle Informationen transportieren und zugleich sämtliche Fragen beantworten würde und dabei alle Lösungen ausschließen, außer der, für die ich mich bereits entschieden hatte. „Ich habe festgestellt, ich bin schwanger, und da es für eine Abtreibung schon zu spät ist, werde ich das Kind behalten." Das hätte funktionieren können, tat es aber nicht, denn Nour reagierte mit Schweigen. Dann griff sie nach ihrer vermaledeiten Zigarilloschachtel, angelte sich die Zündhölzer vom Küchentisch und paffte, bis ihr kleiner brauner Zigarillo ordentlich brannte. Dann nahm sie einen tiefen Zug und sah dem ausgeblasenen Rauch nachdenklich hinterher.

„Ist das dein Ernst, willst du jetzt wirklich rauchen?", fragte ich entgeistert.

„Das ist meine Küche, du bist aus freien Stücken hier", entgegnete Nour und stand auf, um einen Aschenbecher zu holen. Nachdem sie sich wieder gesetzt hatte, blickte sie mich an. „In der wievielten Woche bist du?"

„In der neunzehnten. Wie du siehst, ist es also definitiv zu spät für eine Abtreibung."

„Und wenn ich dir sagen würde, dass es doch nicht zu spät ist?"

„Wie meinst du das?"

Ich spürte, wie mir der kalte Schweiß ausbrach. Der Kaffeeduft in der Küche vermischte sich mit dem Zigarillogestank, und in meiner Kehle stieg Übelkeit auf.

„Möglicherweise kenne ich da jemanden, der das trotzdem in Ordnung bringen kann. Früher durfte man noch bis zur zweiundzwanzigsten Woche abtreiben, musst du wissen, in besonders schwerwiegenden Fällen. Nach einer Vergewaltigung oder bei Krankheit oder einer Sinnesverwirrung. Wenn man die Mutter für unfähig hielt. Solche Sachen."

Die Übelkeit wurde immer schlimmer, ich hatte einen sauren Geschmack im Mund, und in meinen Ohren hämmerte der Puls.

„Das ist also deine Meinung dazu? Dass ich als Mutter unfähig bin und es deshalb wegmachen lassen sollte?"

„Ich sage nur, dass es mit einem Kind nicht ganz einfach ist, so allein."

Nours Ton war schnippisch und hart. Sie lehnte sich über den Tisch nach vorn.

„Willst du dieses Kind wirklich bekommen, Anna? Willst du, dass es dir ergeht wie mir? Ganz allein auf dich gestellt mit einem Kind, das dir immer im Weg stehen wird, bei der Arbeit, und wenn du …"

Sie verstummte jäh. Meine Wangen glühten und fühlten sich an, als hätte Nour mich soeben geohrfeigt. Schwerfällig erhob ich mich und blieb auf wackligen Beinen stehen. Das war nicht gerade die Art entschlossener Geste, die mir vorgeschwebt hatte. Nour weigerte sich, meinem Blick zu begegnen, und sah stattdessen trotzig zum Fenster hinaus.

„Ich sage nur, dass es nicht ganz einfach ist", wiederholte sie schließlich.

„Nour, es tut mir schrecklich leid, wenn ich dein spannendes Leben und deine Karriere durch meine Geburt zerstört habe, und dafür bitte ich vielmals um Entschuldigung …" Meine Stimme steigerte sich in ein schrilles Falsett, und ich merkte selbst, wie lächerlich ich mich anhörte, doch es war mir egal. „Aber das ist mein Kind, und ich denke gar nicht daran, es abzutreiben, ich werde mich darum kümmern und es lieben, und bloß weil es für dich anscheinend so wahnsinnig schwierig war, muss es für mich ja noch lange nicht genauso werden. Ich werde dieses Kind behalten, und damit wirst du dich wohl oder übel abfinden müssen."

Nour starrte noch immer zum Fenster hinaus, die Lippen leicht gereizt gekräuselt, dann sagte sie mit sarkastischer Stimme: „Schön, dann bleibt mir wohl nichts anderes übrig, als zu gratulieren und dir Glück zu wünschen. Wir sprechen uns wieder, wenn du auf die Schnauze gefallen bist. Denn genau das wird passieren. Da kannst du dir sicher sein."

Ich riss meine Strickjacke an mich, die über meiner Stuhllehne gehangen hatte, während sich in meinem Kopf inzwischen alles drehte, doch bevor ich ging, beugte ich mich über den Küchentisch zu ihr.

„Weißt du, was überhaupt die allergrößte Ironie ist, Nour? Dass ausgerechnet *du* Ratschläge zur Mutterschaft erteilst. An deiner Stelle würde ich in diesen Dingen lieber die Klappe halten."

Erhobenen Hauptes ging ich in die Diele hinaus und versuchte, mir mit vor Wut zitternden Händen die Schuhe zuzubinden. Bereits zu diesem Zeitpunkt reichte ich nicht mehr ganz unbeschwert zu meinen Füßen hinab, obwohl von meinem Bauch noch nicht allzu viel zu sehen war. Anschließend zog ich meine Jacke an, verließ die Wohnung und eilte über die Treppe nach draußen. Ich wusste, ich würde dieses Gespräch in den nächsten Tagen, Wochen und Monaten immer wieder aufs Neue im Geiste durchspielen, meine Worte tausendfach bereuen, sie zurücknehmen wollen und mir Vorwürfe machen, nicht etwas ganz anderes gesagt oder überhaupt geschwiegen zu haben. Doch in diesem Moment platzte ich fast vor aufrichtigem Zorn. Ich flog regelrecht über den Asphalt. Es war die reinste Befreiung.

Nour und ich trafen uns während meiner gesamten Schwangerschaft nicht mehr, sondern erst wieder nach Siris Geburt. Da tauchte sie dann plötzlich mit ihrem Oligarchenkleidchen auf der Endbindungsstation auf, und ein neues Kapitel begann.

Speisen wurden auf- und wieder abgetragen, neue Flaschen entkorkt und herumgereicht. Es gab Käse und Nachtisch. Und noch mehr Wein. Am Tisch hatte man sich inzwischen umgruppiert. Franziska hatte mit Katja die Plätze getauscht, und nun waren sie und Jon in ein Gespräch vertieft, das zunehmend einem Vorspiel ähnelte. Franziska warf beim Lachen den Kopf zurück und befingerte fortwährend ihr Schlüsselbein, während Jon breitbeinig und so weit vorgebeugt auf seinem Stuhl saß, als wollte er jeden Moment mit dem Gesicht in ihren Ausschnitt abtauchen. Katja und Lotte unterhielten sich offenbar über das Langlaufen, ein Interesse, das sie wohl miteinander teilten. Der Geräuschpegel um den Tisch stieg. Mittlerweile waren die meisten merklich angetrunken und ich ebenso, wie ich zu meinem Schrecken feststellte. Als Katja die kleinen Gläser mit dem Portwein auftischte, war diesem niemand abgeneigt, und es nahm auch keiner Notiz davon, dass weder sie noch ich aus unseren Gläsern tranken. Inzwischen zeigte die Uhr fast zehn, womit es bis zu meinem bevorstehenden Tod nur noch fünf Stunden waren.

Während des Abendessens ertappte ich Henry mehrmals dabei, wie er mich beobachtete. Wenn ich zurückschaute, wich er meinem Blick nicht aus. Und als sich die Gesellschaft allmählich vom Tisch zu erheben begann, stand auch er plötzlich auf, umrundete den Tisch und legte mir eine Hand auf die Schulter.

„Kann ich Ihnen irgendetwas bringen? Whiskey, Cognac, Wein?“

„Ein großes Glas Wasser, bitte.“

Ich überlegte, ob Henry es heute wieder genauso halten würde wie auch früher bei den wenigen Personalfesten, an denen er dann doch teilgenommen hatte. Da war er plötzlich aufgestanden, hatte sich bedankt und war dann eilig verschwunden. Doch jetzt kehrte er mit zwei Gläsern in der Hand zurück und setzte sich wieder mir gegenüber. Als er mir mein Glas reichte, berührten sich unsere Hände kurz, und ich fragte mich, ob das Zufall war. Kurz darauf spürte ich seinen Fuß an meinem. Ich suchte seinen Blick, doch er hörte mit aufmerksamer Miene dem Oberst zu und tat, als ob er mich nicht sähe, schob dabei aber sein Bein etwas weiter zwischen meine. Das Tischtuch reichte an unserem Kopfende weit hinab, weshalb niemand sehen konnte, was sich darunter abspielte. Ich drückte meine Knie zusammen, und er erwiderte den Druck.

Also doch. Dann hatte mich mein Gefühl nicht getrogen. Er empfand ebenfalls etwas für mich. Diese Erkenntnis erfüllte mich gleichzeitig mit Erleichterung wie mit Kummer. Der Zeitpunkt hätte kaum schlechter sein können.

Sobald der Oberst das Gespräch nicht mehr allzu sehr dominierte, beugte sich Henry zu mir vor. Seine Augen waren groß und die Pupillen geweitet.

„Wissen Sie, ob es auf der anderen Seite der Insel noch eine Möglichkeit gibt, mit einem Boot anzulegen?“

„Keine Ahnung, wieso?“, log ich.

„Jetzt wo der Wind auffrischt, wäre es doch nicht uninteressant zu wissen, ob uns das Boot außer an der Vorderseite notfalls auch an einer anderen Stelle abholen kann.“

Fragend blickte ich ihn an, bis ich verstand, worauf er hinauswollte.

„Vielleicht sollten wir einmal nachsehen?“

Henry blickte mich an, als käme mein Vorschlag für ihn völlig überraschend, und ich musste einmal mehr erkennen, wie gut er darin war, sich zu verstellen.

„Das wäre vielleicht klug. Sollen wir eine Runde drehen?“

Wir erhoben uns zeitgleich.

„Wollen Sie etwa schon zu Bett?“

Der Oberst sah enttäuscht aus. Der Alkohol und vermutlich auch das Medikament aus seinem inzwischen leeren Dessertweinglas machten sich bei ihm mittlerweile deutlich bemerkbar.

Der wache Geist, den ich tagsüber kennengelernt hatte, war verschwunden, stattdessen saß dort nun ein von sich selbst eingenommener alter Mann, der mit zunehmend nach innen gekehrtem Blick ununterbrochen von sich selbst redete. Und mittlerweile leerte und füllte er sein Glas in immer kürzeren Abständen.

„Wir wollen nur kurz draußen nachsehen, wie stark es windet, wir sind sofort wieder zurück!"

Der Oberst schob seinen Stuhl zurück, und ich befürchtete schon, er wollte uns begleiten, was Henry aber geschickt abwehrte.

„Sie könnten in der Zwischenzeit doch die Weinbestände sichten? Wenn ich es richtig verstanden habe, kennen Sie sich mit Jahrgängen und Rebsorten ziemlich gut aus. Anna meinte, den fantastischen Wein, den es zum Abendessen gab, hätten wir Ihnen zu verdanken."

Geschmeichelt versprach uns der Oberst, sein Bestes zu tun und bis zu unserer Rückkehr ein paar erlesene Flaschen bereitzustellen. Noch bevor er weiter ausholen konnte, hatten wir den Salon auch schon verlassen.

In der Eingangshalle reichte Henry mir meine Jacke vom Haken, und schweigend zogen wir uns an. Draußen blies ein scharfer Wind, und Henry musste sich mit der Schulter gegen die Türe stemmen, um sie zu öffnen. Er war kein großer Mann, doch schließlich gelang es ihm, sie aufzudrücken. Wortlos gingen wir nebeneinander zum Strand hinter dem Haus hinunter. Draußen in dem starken Wind schien unser Flirt wie weggeblasen. Henry hatte die Hände tief in den Taschen seines Jacketts vergraben, und ich sinnierte hin und her, ob er seinen Vorstoß etwa bereute oder ob er womöglich gar keinen gewagt hatte und ich sein Verhalten missverstanden hatte.

Unten am Strand blieben wir stehen. Henry blickte sich um.

„Völlig aussichtslos, bei dem starken Wind hier anzulanden", sagte er nach einer Weile. „Sieh dir die Felsen dort draußen an. Wenn das so weitergeht, wird das Boot nicht einmal an der Vorderseite anlegen können, auch wenn diese mehr im Lee liegt. Falls ein Sturm aufzieht, sind wir hier draußen vollkommen isoliert."

Ich hatte den eigentlichen Grund für unseren Spaziergang fast vergessen gehabt, da ich ja davon ausgegangen war, es würde sich lediglich um einen Vorwand handeln, doch nun richtete ich meine Aufmerksamkeit auf die Umgebung. Henry wandte sich mir zu.

„Und es wird einen Sturm geben. Sieh dir die Wolken an, wie schnell sie sich bewegen."

Wie in einer Animation jagten die grauen Wolken in einer unwirklichen Geschwindigkeit am Mond vorbei. Ich sah wieder zu Henry. Unsere Gesichter waren sich jetzt ganz nah. Seine Augen wirkten verschleiert. Unsere Blicke verfingen sich ineinander. Ich konnte mich nicht mehr losreißen, ihm aber auch nicht näher kommen.

„Wieso bist du eigentlich hier?", flüsterte er.

„Was willst du von mir?", flüsterte ich zurück.

Da brach Henry den Zauber.

„Wir sollten lieber wieder zurückgehen", sagte er knapp, wandte sich zum Haus um und marschierte los.

Ich schleppte mich hinterher. Mit jeder Sekunde, die verging, kam ich mir dümmer vor, hinters Licht geführt, bloßgestellt und entlarvt. Ich hatte meine Deckung aufgegeben und eine Schwäche gezeigt, mich genauso idiotisch und peinlich aufgeführt, wie man es eben von einer in Geheimaufträgen unerfahrenen Amateurin erwarten musste. Wie ein liebestoller Teenager hatte ich mich benommen, was genau jenes peinliche Verhalten war, von dem ich immer befürchtet hatte, es in Henrys Gegenwart an den Tag zu legen. In meinem angetrunkenen Zustand meldete sich jener Teil meines Ichs zu Wort, der sich an einer Ungerechtigkeit, einer Formulierung oder einer Kränkung aufhängen konnte und anschließend stundenlang darüber brüten – und ich hasste ihn. Ich spürte den Kloß in meinem Hals immer dicker werden und Tränen in meine Augen drängen. Gerade als ich ansetzen wollte, etwas zu Henry zu sagen, packte er mich am Arm und zog mich unsanft hinter einen Felsen. Behutsam legte er mir die Hand auf den Mund und deutete mit einem leisen „Pst!" auf Lotte, die in diesem Moment den steilen Pfad hinunterkam. Hinter der Hausecke, ganz in der Nähe unseres Verstecks, blieb sie stehen und öffnete ihre Handtasche, aus der sie zu meiner großen Überraschung ein klobiges und allem Anschein nach vollkommen funktionstüchtiges Satellitentelefon zog. Sie wählte eine Nummer, und ich konnte hören, wie sie jemanden begrüßte. Angestrengt versuchte ich ein paar Gesprächsfetzen aufzufangen, aber Lotte stand zu weit entfernt, und der Wind riss ihre Worte mit sich fort.

Henry stand dicht hinter mir. Ich konnte seinen Atem in meinem Nacken spüren, zwischen meiner Jacke und dem Haaransatz. Er hatte seinen Körper gegen mich gepresst, und seine Lippen streiften mich zärtlich hinterm Ohr. Es war ein wunderbares Gefühl, und als er mir auch noch den Arm um die Taille legte, war mir mit einem Mal alles egal. Mein Auftrag, wer Henry nun letztendlich war, und wohin das alles führen würde. Alles war unerheblich, nur das hier nicht.

Am Rande meines Bewusstseins konnte ich hören, wie Lotte ihr Gespräch beendete und wieder nach oben in Richtung Haus verschwand. Regungslos blieb ich in Henrys Armen stehen.

„Komm", flüsterte er in mein Ohr. „Hier können wir nicht bleiben."

Sein Körper wirkte schmächtiger, als ich erwartet hatte, irgendwie schmaler. Er hatte ein leicht rundliches Gesicht, und vermutlich hatte ich deshalb angenommen, er hätte den typischen Bürojob-Körper eines Mannes in mittleren Jahren, mit einer zusätzlichen Fettschicht zur Wattierung, weichen Pölsterchen rechts und links des Kreuzes und einen kleinen Kugelbauch. Doch als sich meine Hände und Augen in der bläulichen Dunkelheit seines Zimmers vortasteten, erkannte ich, dass er fast schon mager war. Sein Brustkorb war flach, die Schlüsselbeine warfen Schatten, und ich ließ meine Finger an ihnen entlang von außen nach innen und am Brustbein hinuntergleiten. Sein Körper, den ich mir nie hatte vorstellen können, wurde unter meinen Händen geradezu unwirklich real. Ihn jetzt aus so großer Nähe zu sehen, mit jedem Härchen und jedem Detail, war, als würde mir jemand mit einer Taschenlampe direkt in die Augen leuchten. Deshalb schloss ich sie und ließ zuerst meine Hände auf Wanderschaft gehen. Auch seine Hände bewegten sich über meinen Körper wie über einen Text in Blindenschrift, erkundeten die Linien meiner Schulterblätter, fuhren über meine Wirbelsäule und den harten Bogen meiner Hüftknochen.

Als Kind hatte ich ein „magisches Malbuch" besessen, mit lauter schneeweißen Seiten darin, wenn man jedoch mit einem feuchten Pinsel darüberfuhr, kamen Figuren, Farben und Blumen zum Vorschein. Ganz genauso fühlte ich mich jetzt, während Henry seine Hände über meinen Körper gleiten ließ, so als würde dieser unter seinen Berührungen Stück um Stück wie kleine Kohlensäurebläschen zum Leben erwachen.

Weder ich noch er schrien, als wir kamen, dies war nicht die Art von Sex, bei der man übertreiben musste. Und es war auch nicht der beste Sex, den ich je gehabt hatte, aber doch nicht weit davon entfernt.

Hinterher, als wir im Bett nebeneinander auf dem Rücken lagen, strich er mir zerstreut mit dem Zeigefinger über die Wange. Im Zimmer war es nahezu dunkel, obwohl die Vorhänge vor dem Fenster noch immer nicht zugezogen waren, und am Nachthimmel trieben die Wolken weiter in unvermindertem Tempo am Mond vorbei.

„Woran denkst du, Anna?“, fragte er leise.

„An Verrat“, erwiderte ich. Verdutzt drehte er mir den Kopf zu.

„Was sagst du?“

„Verrat. Ich kenne das Gefühl.“

Ich wandte mein Gesicht der Decke zu und studierte die kleinen Risse in der Farbe, die sich im bleichen Mondlicht wie Äderchen abzeichneten. Erinnerungen wallten in mir auf, rapide und überwältigend. Sobald ich mir auch nur ansatzweise Gefühle erlaubte, hatte ich wieder den Geschmack von Eisen auf der Zunge, den Geschmack von Verrat und Verratenwerden, den Geschmack des Scheiterns und der Fehlentscheidungen. So durfte ich aber nicht denken, ich wusste, das war nicht gut für mich. Doch meine Gedanken gingen ihre eigenen Wege, und plötzlich befand ich mich wieder in dem zugigen Zeltlager.

Ich wurde von der jähen Sehnsucht erfasst, Henry einfach alles zu erzählen, über Kysylkum und was dort wirklich zum Schluss geschehen war, aber auch von diesem Auftrag und dem Verrat, den ich gerade im Begriff war zu begehen, dem Verrat, den ich im Grunde längst begangen hatte.

Henry strich mir erneut mit dem Finger über die Wange.

„Versuch zu schlafen“, sagte er und küsste mich auf die Wange, dann drehte er mir den Rücken zu, zog sich die Decke über den Kopf und war bald weggedämmert. Während ich weiter zur Decke starrte, konnte ich hören, wie seine Atemzüge gleichmäßig lang und tief wurden. Beim Einatmen war jedes Mal ein leises Röcheln zu hören, und ich blieb noch eine Weile liegen, nur um ihm noch einen letzten gestohlenen Moment lang nahe zu sein. Dann stand ich auf, zog mich an und schlich barfuß durch den dunklen Raum, drückte leise die Klinke hinunter, öffnete die Tür und schlüpfte vorsichtig durch den Spalt hinaus, um mich ermorden zu lassen.

Als ich hinunter in die Küche kam, war Katja bereits da. Gereizt und rastlos ging sie auf und ab.

„Machen Sie die Küchentür hinter sich zu und schließen Sie ab. Ich dachte schon, Sie tauchen überhaupt nicht mehr auf!"

Katja kniete sich auf den Boden. Sie trug eine Art Trainingsanzug, und als sie sich über ihre Tasche beugte, erkannte ich das Logo des Leningrader Balletts auf ihrem Rücken. Das erklärte ihre gute Haltung, allerdings ging ich davon aus, dass sie in recht jungen Jahren mit dem Tanzen aufgehört haben musste, bevor der Verschleiß ihr dauerhafte Schäden hatte zufügen können, denn selbst jetzt, mitten in der Nacht, verrieten ihre Bewegungen keine Anzeichen von Schmerz oder Steifheit.

„Wann haben Sie mit dem Tanzen aufgehört?", fragte ich, mehr um die Stille zu überbrücken.

„Wollen Sie jetzt wirklich plaudern?", fauchte Katja leise.

Ohne ein Wort setzte ich mich neben sie auf den Boden und ließ sie in Ruhe ihre Utensilien aus der Tasche packen. Spritzen, Kanülen, beschriftete Glasfläschchen, Kompressen, die sie in Reih und Glied auf einer vermutlich krankenhausgrünen Decke platzierte, deren genaue Farbe in der Dunkelheit jedoch schwer zu bestimmen war. Beim Anblick der Instrumente überlief mich ein Schauer.

„Legen Sie sich auf den Rücken", flüsterte Katja, und ich folgte ihrer Aufforderung.

Und dann ging es los. Katja zog sich ein Paar Einweghandschuhe über, nahm ein eigenartiges Stempelkissen zur Hand und legte nacheinander alle Finger darauf. Anschließend umfasste sie meinen Hals und drückte leicht zu, bis sich ihre Nägel ein wenig in meine Haut bohrten.

„Bewegen Sie den Kopf etwas hin und her, sonst werden die Blutergüsse nicht authentisch."

Ich folgte wieder ihrer Anweisung, und sie hielt sanft, aber bestimmt dagegen. Als sie fertig war, holte sie eine kleine Taschenlampe hervor, leuchtete damit auf meinen Hals und nickte zufrieden.

„Sieht gut aus", sagte sie.

Wie aus einem Reflex heraus wollte ihr fast schon danken, konnte mich aber gerade noch zurückhalten. Stattdessen blieb ich schweigend liegen, während Katja neben mir mit verschiedenen Spritzen hantierte. Sie beugte sich über mich.

„Ich werde Ihnen jetzt eine Spritze oben in die Zunge geben, damit es aussieht, als hätte man sie erwürgt, nur für den Fall, dass jemand einen Blick in Ihren Mund werfen sollte. Ihre Atemwege bleiben frei, Sie bekommen also problemlos Luft."

Ich nickte.

„Bereit?", fragte Katja und fasste ohne meine Zustimmung abzuwarten mit einem beherzten Griff um meinen Kopf. „Mund weit auf, und Zunge herausstrecken."

Ich gehorchte. Doch als sie gerade zustechen wollte, begriff ich, dass dies meine letzte Gelegenheit sein würde, noch etwas zu sagen.

„Katja?"

„Ja?" Sie blickte mich gereizt an.

„Sind Sie sicher, dass das funktionieren wird?"

„Natürlich. Ich bin Ärztin, Sie können mir vertrauen."

Wieder beugte sie sich vor, um mir die Spritze zu geben, doch ich hob leicht den Kopf und legte ihr die Hand auf den Arm.

„Versprechen Sie mir, dass ich wieder aufwachen werde."

Sie seufzte, doch ich ließ nicht locker.

„Sie sagen, ich solle Ihnen vertrauen, und das tue ich, aber nicht Sie müssen hier liegen, sondern ich. Deshalb versprechen

Sie mir jetzt bitte, zuverlässig wie Sie zu sein behaupten, dass ich wieder aufwachen werde.“

Vergeblich versuchte ich, in der Dunkelheit ihren Blick zu deuten, und als sie sich erneut über mich beugte, konnte ich anstatt ihrer Augen lediglich zwei dunkle Löcher erkennen.

Einen kurzen Moment schwieg sie, dann sagte sie: „Ich verspreche Ihnen, dass Sie wieder aufwachen werden. Sie haben mein Ehrenwort als Ärztin.“

„Gut.“

Ich legte den Kopf wieder auf den Boden.

„Könnten Sie jetzt bitte den Mund aufmachen?“

Ich öffnete meinen Mund, streckte die Zunge heraus und spürte ein Stechen. Sofort begann meine Zunge anzuschwellen. Panik stieg in mir auf.

„Ganz ruhig, atmen Sie einfach durch die Nase weiter. Ja, genau, lange und tiefe Atemzüge durch die Nase. Denken Sie an Säuglinge, die atmen beim Schlafen auch immer durch die Nase. Ja, sehr gut.“

Als meine Atmung sich normalisiert hatte, ließ meine Panik merklich wieder nach.

„Nun werde ich Ihnen Augentropfen verabreichen, um Ihre Pupillen ruhigzustellen. Dadurch werden auch leichte Blutungen im Augapfel auftreten. Aber das geht vorüber. Ich hebe jetzt Ihr Augenlid an und … In Ordnung, halten Sie die Augen geschlossen, dann fühlt es sich nicht so komisch an.“

Ich tat, was sie sagte, und sie redete weiter auf mich ein. Die Gereiztheit war inzwischen aus ihrer Stimme gewichen, und sie sprach nun im beruhigenden Tonfall der Ärztin.

„Ich werde Ihnen jetzt die letzte Spritze verabreichen, Anna. Dabei handelt es sich um ein Muskelrelaxans in Kombination mit einem Schlafmittel. Ihre Atmung wird dadurch auf ein Minimum reduziert, und Ihr Körper entspannt sich. Sie werden sich sehr schnell schläfrig fühlen. Während Sie weg sind, werden

Sie unter Umständen etwas sehen oder hören können, allerdings nichts Zusammenhängendes, und Sie können nicht sprechen. Ich werde so lange hier warten, bis Sie ganz sicher eingeschlafen sind, anschließend poche ich beim Oberst an die Tür, genau wie abgesprochen. Und wenn er mit mir hier herkommt, hat er hoffentlich ausreichend Alkohol und Drogen intus, damit er uns Ihren Tod abkauft. Dann tragen wir Sie gemeinsam in die Kühlbox auf der Krankenstation, wo ich Sie so bald als möglich mit einer Injektion wieder aufwecken werde. Das wird einigermaßen unangenehm, aber Sie schaffen das, Anna. Danach gehe ich die anderen wecken und …" Ihre Stimme klang immer entfernter, als würde sie sich in einem großen Saal von mir wegbewegen.

„Zählen Sie rückwärts, Anna", hörte ich die Stimme am anderen Ende des Saals sagen und begann in Gedanken vor mich hin zu zählen, mit jedem Atemzug eine Zahl. *Zehn, neun, acht,* der Boden unter mir fühlte sich kalt und klebrig an, *sieben, sechs, fünf*, da war Siri in ihrem Bett, umringt von knopfäugigen, glotzenden Kuscheltieren, der Geruch oder vielleicht auch der Geschmack von Schnee, *vier, drei*, ihr schmaler Arm, mein Zeigefinger, der ihr das vom Schlaf verklebte Haar von der zarten Wange zu streichen versuchte, *zwei, eins*, tschüss.

Ich wurde von einem Gefühl geweckt, als würde ein Elefant sich auf meinen Brustkorb setzen. Der Schmerz war jäh und unbeschreiblich. Schwer zu sagen, ob meine Brust zusammengepresst oder geweitet wurde, aber es tat entsetzlich weh. Ich konnte nur mit großer Mühe etwas Luft in meine Lungen saugen. Vergeblich versuchte ich, den vor mir herumtanzenden hellen Fleck scharf zu stellen, und es dauerte ein paar Sekunden, bis ich darin Katjas bleiches Gesicht und ihr blondes Haar zu erkennen glaubte.

„Anna! Anna! Hören Sie mich?"

Ich wollte antworten, doch aus meinem Mund kamen nur unartikulierte Laute. Da war irgendwas in meinem Mund. Ich drehte den Kopf und wollte es ausspucken, realisierte jedoch, dass ich mich gerade meiner eigenen Zunge entledigen wollte. Speichel rann an meiner Wange hinab. Katja wirkte dennoch zufrieden.

„Sehr gut. Sie kommen allmählich wieder zu sich. Ich habe Ihnen eine Injektion gesetzt, aber gehen Sie es langsam an, Sie stehen noch immer unter dem Einfluss der Medikamente."

Ich versuchte mich aufzusetzen, doch mein Körper wollte mir nicht gehorchen. Katja griff nach meinem Arm und gab mir eine weitere Spritze.

„Sie werden sich gleich besser fühlen", sagte sie und leuchtete mir unvermittelt mit einer kleinen Taschenlampe in die Augen.

„Ihre Pupillen sind noch immer ein wenig träge, aber das ist völlig normal. Können Sie sich aufsetzen?"

Beim zweiten Versuch ging es schon etwas besser. Ich schaffte es, meinen Oberkörper aufzurichten und mich in eine sitzende Position zu bringen. Sofort drehte sich alles um mich herum, und ich tastete nach einem Halt. Katja stützte mich, und der Raum kam allmählich wieder zur Ruhe. Ich spürte, wie sie selbst kurz ins Schwanken geriet, als ich mich an ihren Armen festklammerte.

„Anna, hören Sie. Ich weiß, dass Sie sich im Moment nicht sonderlich wohlfühlen, aber die Zeit drängt. Ich muss die Kühlbox versiegeln, und Sie müssen hinunter auf die Strategische Ebene, bevor hier jemand klopft. Der Oberst ist gerade oben und weckt die anderen, wir treffen uns in zehn Minuten im Salon. Er ist immer noch sturzbesoffen und somit nicht der Allerschnellste. Meinen Sie, Sie können jetzt nach unten klettern?"

Erst da realisierte ich, dass ich nicht etwa auf einer Pritsche lag, sondern in der Kühlbox. Und schlagartig konnte ich auch die Kälte spüren. Als hätte sie meine Gedanken gelesen, holte

Katja eine glänzende Rettungsfolie von einem der Regale hinter ihr.

„Nehmen Sie die mit nach unten! Aber Sie müssen jetzt wirklich gehen!"

Sie drückte auf das Aggregat in der Wand der Kühlbox, woraufhin sich die Luke zu meinen Füßen öffnete. Heute sah Katja weitaus weniger frisch und gesund aus als bei unserer ersten Begegnung auf dem Pier. Ihre Lider waren geschwollen und die Augen blutunterlaufen.

„Wie hat der Oberst es aufgenommen?", brachte ich hervor.

„Nicht gut. Aber darüber müssen wir uns später unterhalten."

Es war ein Wunder, dass Katja mich überhaupt verstanden hatte. Sie warf einen beunruhigten Blick über die Schulter, als hätte sie dort ein Geräusch gehört. Ich drehte mich schwerfällig auf den Bauch und versuchte, mit meinen zitternden Füßen unter mir die Treppenstufen zu ertasten.

„Ich werde die Truhe jetzt verschließen, damit niemand sie mehr öffnen kann. Sie können sie mithilfe des Zahlencodeschlosses von innen entriegeln, aber bitte nur im Notfall."

Ich nickte, nahm die Rettungsdecke und warf sie durch die Luke nach unten. Als ich gerade selbst verschwinden wollte, legte Katja mir die Hand auf den Arm.

„Viel Glück."

Damit klappte sie den Deckel der Kühlbox zu, und ich konnte hören, wie die Verschlussmechanik mit einem Klicken einrastete. Jetzt war ich in der Dunkelheit allein.

Vorsichtig tappte ich die Treppe hinab. An deren Fuß hüllte ich mich in die Rettungsfolie und tastete an der Wand hinter mir nach dem Lichtschalter. Das gelbliche Licht vermittelte eine Abendstimmung, dabei war es kurz vor Tagesanbruch. Auf wackligen Beinen steuerte ich auf den Kühlschrank zu, nahm mir eine Flasche mit einem Sportgetränk heraus und stürzte es in großen Schlucken hinunter. Meine Lippen fühlten sich taub an, die Zunge lag mir noch immer wie ein Klumpen Zement im Mund, und mir rann ein dünner Faden des künstlich süßen Getränks aus dem Mundwinkel den Hals hinab. Ich wischte ihn mir mit dem Ärmel ab, wie man es nur tut, wenn man ganz sicher allein ist.

Anschließend trat ich an das kleine Handwaschbecken und spritzte mir kaltes Wasser ins Gesicht, bis ich mich etwas munterer fühlte. Allmählich schrumpfte meine Zunge wieder auf ihre normale Größe zusammen. Ich legte die Rettungsdecke ab, kramte ein Funktionshemd aus meiner bereitgestellten Tasche und zog es über. Dann ging ich zu der Tür, die in die geheime Welt dieses Hauses führte, in das Land zwischen den Wänden, und trat hindurch. Noch immer vor Kälte bibbernd tastete ich mich die schmale Treppe hinauf und erreichte den Vorhang, der mir anzeigte, dass ich nun die Wand zum Salon betrat. Ich fand den Schieber mit den Löchern dahinter, zog ihn beiseite und blickte in den Raum hinein.

Noch hatten sich nicht alle eingefunden. Katja stand mit dem Rücken zu mir ganz in der Nähe der Gucklöcher in der Wand. Vermutlich hatte sie sich absichtlich dort positioniert, damit ich so viel wie möglich von den anderen sehen konnte. Jon hockte in einem lächerlichen gestreiften Flanellpyjama auf einem Stuhl und blickte schlaftrunken um sich. Neben ihm saß Franziska in einem eleganten orangefarbenen Rüschenmorgenrock, die Haare genauso straff hochgesteckt wie sonst auch, und anscheinend hatte sie sogar noch genügend Zeit gehabt, sich ein wenig zu schminken, vielleicht war sie aber auch noch nicht dazu gekommen, das Make-up vom Vortag zu entfernen. Als Jon gerade nicht hinsah, konnte ich beobachten, wie sie schnell den Kragen um ihr Dekolleté ordnete. Zu Jons anderer Seite hatte Lotte sich in einem Frotteemorgenmantel und dicken Wollsocken niedergelassen und strich sich mit der Handfläche zerstreut die Haare aus der Stirn, sodass sie in alle Richtungen abstanden. Neben Lotte saß der Oberst in Trainingshosen und Fleecepullover und mit geröteten Augen. Und dann trat Henry in den Raum. Ich rang nach Luft. Vor nur wenigen Stunden hatte er noch nackt neben mir gelegen, und meine Finger tasteten unwillkürlich über meine Lippen. Unschlüssig sah er sich im Salon um, setzte sich dann auf einen Stuhl und richtete den Blick aufmerksam zur Tür. Ich hatte den Eindruck, er würde auf jemanden warten, vermutlich auf mich. Mit erhobener Stimme, damit es auch ja alle mitbekamen, wetterte Franziska umgehend los, warum sie zu dieser Stunde hatte aufstehen müssen.

Katja unterbrach sie und ergriff das Wort: „Danke, dass Sie alle gekommen sind. Es tut mir leid, Sie mitten in der Nacht derart aus dem Bett zu holen, aber die Sache ist die … Es ist etwas vorgefallen."

„Sollten wir nicht auf Anna warten?"

Der Einwurf kam von Henry. Erneut blickte er sich im Raum um, so als müsste ich längst dort irgendwo sein und er hätte mich bloß übersehen. Katja wandte sich an ihn.

„Genau darum geht es. Ich weiß nicht recht, wie ich es sagen soll, aber …" Sie holte einmal tief Luft und fuhr fort: „Anna ist tot."

Obwohl ich auf einen Satz wie diesen vorbereitet gewesen war, überlief mich dennoch ein eisiger Schauer. *Anna ist tot.* Sollte ich hier draußen nun tatsächlich zu Tode kommen, würde sich niemand mehr dazu veranlasst fühlen, noch nach mir zu suchen. Jetzt war ich tot, jedenfalls für die hier Anwesenden. Diese Vorstellung bereitete mir mehr Unbehagen, als ich erwartet hatte. Daher versuchte ich mich stur auf die Vorgänge im Salon zu konzentrieren. Alle starrten verständnislos auf Katja. Mit ihren verwirrten Mienen und der Nachtbekleidung wirkten sie wie gealterte Kinder.

„… und ich muss leider hinzufügen, dass sie allem Anschein nach ermordet wurde.“

Ich ließ meinen Blick von einer Person zur nächsten wandern und versuchte mir ihre jeweiligen Reaktionen einzuprägen. Jon starrte Katja bloß entgeistert an, als würde sie eine unverständliche Sprache sprechen. Neben ihm schien Franziska fieberhaft nach der richtigen Frage zu suchen, konnte sie aber nicht finden. Lotte ließ ihren Blick beunruhigt durch den Raum schweifen und knabberte dabei abwesend an ihrem Daumennagel. Der Oberst wirkte wie am Boden zerstört. Er war der Einzige in der Runde, für den die Nachricht nicht überraschend kam, schließlich hatte er meinen Körper erst vor Kurzem hinunter in die Kühlbox getragen. Ich überlegte, wie sein Gesicht da wohl ausgesehen haben mochte.

Am interessantesten war aber selbstverständlich die Reaktion von Henry. Nicht nur, weil es sich um ihn handelte, sondern weil sie sich so grundlegend vom Verhalten der anderen unterschied. Er war wie nach einem Schuss in den Rücken in sich zusammengesunken und saß nun weit vornübergebeugt und so schwer atmend auf seinem Stuhl, dass seine Schultern bebten. Katja setzte ihren Bericht über die jüngsten Ereignisse in knappen Worten fort. Wie sie mich, als sie sich ein Glas Milch hatte holen wollen, in der Küche gefunden und daraufhin den Oberst geweckt hatte, und wie sie meinen Leichnam anschließend gemeinsam in die Kühlbox getragen und diesen dort eingeschlossen hatten. Plötzlich stand Henry auf, ging zu Katja und flüsterte ihr mit leiser Stimmte etwas ins Ohr. Was, konnte ich nicht verstehen, doch aus ihrer Antwort schloss ich, dass er darum gebeten hatte, mich sehen zu dürfen. Denn an alle im Raum gerichtet erwiderte sie: „Ich fürchte, das wird nicht möglich sein. Ich habe bereits den Sekretär kontaktiert und sehr klare Anweisungen erhalten. Wie schon gesagt, befindet sich der Körper nun in einer versiegelten Truhe unten auf der Krankenstation, und niemand darf diese Truhe öffnen oder den Körper berühren, bevor nicht geschultes Personal eingetroffen ist, um die Leichenschau vorzunehmen."

Erst jetzt schienen auch die restlichen Anwesenden im Raum zu begreifen, was sie da gerade gehört hatten, und sofort erhob sich ein Wirrwarr von Fragen und Spekulationen. Alle redeten durcheinander, was es mir schwer machte, den Aussagen gleichzeitig zu folgen. Franziska hatte endlich ihre Sprache wiedergefunden und bombardierte Katja mit Fragen: Was war denn nun eigentlich genau vorgefallen? Und wie hatte sich das Ganze abgespielt? Könnte es sich nicht auch um einen Unfall handeln? Und war Katja überhaupt qualifiziert, solche Fälle zu beurteilen? Und wann würde endlich Hilfe eintreffen? Sie gedenke nämlich ganz sicher nicht, auf dieser Insel zu verweilen, solange sich hier derartige Dinge zutrugen, außerdem verlange sie, umgehend selbst mit dem Vorsitzenden zu telefonieren.

„Ich fürchte, auch das wird nicht möglich sein", wiederholte Katja mechanisch, und ich fragte mich, wie oft sie diesen Satz noch würde sagen müssen, bevor die Zusammenkunft beendet war. „Das Funkgerät im Keller scheint defekt zu sein."

„Was sagen Sie da?" Zum ersten Mal schaltete sich der Oberst ein.

„Als ich den Sekretär zum ersten Mal kontaktiert habe, war es noch völlig intakt, aber die Verbindung wurde unterbrochen, und als ich ihn erneut anrufen wollte, hat es nicht mehr funktioniert. Das könnte am Wetter liegen."

Dieser Umstand war auch für mich neu, und ich fragte mich, was er zu bedeuten hatte. Hatte der Sturm tatsächlich die Verbindung lahmgelegt, oder log Katja, damit Franziska nicht sofort losrannte und den Vorsitzenden anrief? Ich versuchte mich selbst von Letzterem zu überzeugen, konnte mich jedoch nicht gegen den Gedanken wehren, dies als unheilvolles Zeichen zu deuten. Offenbar war der Oberst derselben Ansicht, denn schlagartig sah er wesentlich nüchterner aus als noch gerade eben.

„Das ist nicht gut“, stellte er fest.

„Könnte sie sich nicht auch das Leben genommen haben?“, fragte Lotte plötzlich in den Raum hinein. Als sie merkte, dass aller Augen sich auf sie richteten, sprach sie weiter, wobei sie nervös die Hände im Schoß rang. „Ich kenne Anna zwar nicht, aber nach unserer kurzen Begegnung zu urteilen ... Also sie machte ja schon einen ziemlich eigenartigen Eindruck, irgendwie unglücklich. Vielleicht hat sie bei ihrem Auslandseinsatz ja ein Trauma erlitten, und dann ist sie hierhergekommen und ...“

Lotte sprach zunehmend schneller und lauter, als müsste sie sich selbst von ihrer Argumentation überzeugen.

„Sie hat mir erzählt, für diesen Einsatz hätte sie ihr Kind daheim zurückgelassen und dann lange Zeit in diesem Krieg verbracht, und als ich mich weiter erkundigen wollte, hat sie bloß geschwiegen und wirkte verstört, und ...“

„Nein, sie hat sich nicht das Leben genommen“, unterbrach Katja ihren Redeschwall.

„Woher wollen Sie das wissen? Depressionen sind bei Menschen, die so etwas miterlebt haben, keine Seltenheit. Hat das nicht sogar einen Namen ... posttraumatische Belastungsstörung? Vielleicht war es ja so, dass ...“

„Man kann sich nicht selbst erwürgen“, erwiderte Katja schlicht.

„Aber ...“

Lotte sank ein wenig in sich zusammen und verstummte.

„Das würde nicht zu ihr passen“, sagte Henry, aber mehr zu sich selbst.

Ich weiß nicht, ob ihn außer mir noch jemand gehört hatte, jedenfalls schwiegen nun alle, und abgesehen von dem leisen Schluchzen Lottes, die sich mit dem Ärmel ihres Morgenmantels ein paar Tränen wegwischte, wurde es still im Raum.

Allmählich spürte ich, wie mir in dem engen dunklen Zwischenraum, von wo ich die beunruhigten Gesichter der anderen beobachtete, die Beine einzuschlafen drohten und mir der kalte Schweiß auf die Stirn trat.

„Könnte sich noch jemand anderes auf der Insel aufhalten?"

Das war Jon. Dabei blickte er zuerst Katja und dann den Oberst an. Offensichtlich erhoffte er sich von diesen beiden eine brauchbare Antwort.

Der Oberst schien kurz zu überlegen, bevor er antwortete: „Das wäre selbstverständlich denkbar. Wir müssen die Insel so bald wie möglich absuchen, aber zuvor sollten wir uns ein klares Bild davon verschaffen, was gestern Abend genau passiert ist. Wer hat Anna zuletzt gesehen?"

Jetzt blickte ich ausschließlich Henry an. Nachdem er von Katja verlangt hatte, mich sehen zu dürfen, war er wieder auf seinen Stuhl gesunken, wo er seitdem mit hängendem Kopf saß. Nun antwortete er, noch immer ohne den Blick zu heben.

„Das dürfte wohl ich gewesen sein", sagte er. Und daraufhin murmelte er noch etwas Unverständliches.

„Was?", fragte der Oberst.

„Ich sagte, dass ich schon geschlafen habe, als sie gegangen ist. Zuletzt habe ich sie in meinem Schlafzimmer gesehen. Als ich eingeschlafen bin, war sie noch da, aber als Sie mich dann wecken kamen, war sie eben verschwunden."

Jetzt sah er auf. Er wirkte zutiefst niedergeschlagen, was mich auf seltsame Weise glücklich stimmte. Ich musste mich zwingen, nicht nur auf ihn zu starren, sondern auch die anderen im Auge zu behalten. Jon feixte, als ihm der eigentliche Sinn von Henrys Worten aufging, schien sich dann jedoch zusammenzureißen, und das Grinsen verschwand. Mir selbst war die Vorstellung, dass nun alle auf der Insel von unserer gemeinsamen Nacht wussten, schrecklich unangenehm, und ich überlegte, was wohl der Vorsitzende von dieser kleinen Improvisation halten würde.

Vermutlich wäre er nicht eben begeistert, aber nun war es zu spät, um noch etwas daran ändern zu können.

Der Oberst verzichtete auf einen Kommentar zu dieser Enthüllung. Stattdessen sagte er in neutralem Ton: „Und haben Sie eine Ahnung, um wie viel Uhr Sie eingeschlafen sind?“

„Es muss definitiv nach zwei gewesen sein, aber vermutlich eher gegen drei.“

„Damit bleibt uns also ein offenes Zeitfenster bis etwa vier Uhr, als Katja Anna im Erdgeschoss aufgefunden hat.“

So wie der Oberst Henry weiterhin anblickte, schien er eigentlich noch mehr Fragen an ihn zu haben, doch er ging dazu über, der Reihe nach abzuklären, wie jeder aus der Runde den Abend und die Nacht verbracht hatte. Er selbst war kurz nach Mitternacht zu Bett gegangen, Lotte ebenso, Katja behauptete dasselbe von sich. Als die Frage an Jon und Franziska gerichtet wurde, schienen beide seltsamerweise nur äußerst widerstrebend genauere Angaben machen zu wollen, bis sich herausstellte, dass auch sie die Gesellschaft gemeinsam verlassen und sich, wie sie es ausdrückten, „auf einen Schlummertrunk“ auf Jons Zimmer zurückgezogen hatten. Franziska sei dann gegen zwei auf ihr Zimmer gegangen. Bei dieser Auskunft rang ich nach Atem. Ich hätte ihr im Flur über den Weg laufen können, und dann wäre alles nur noch komplizierter geworden.

„Ja, verhalten sich hier denn jetzt alle wie die Teenager?“, rief Lotte aus.

„Ich dachte, man hätte auch auf dieser Insel ein Anrecht auf ein Privatleben“, fauchte Franziska zurück. Mich streifte der Gedanke, dass sie von allen Anwesenden am wenigsten betroffen zu sein schien, sie echauffierte sich noch immer vor allem darüber, wie die Angelegenheit sie persönlich in Mitleidenschaft zog.

Nachdem alle ihre Aussage gemacht hatten, wurde es wieder still im Raum. Alle Augen waren auf den Oberst gerichtet, und ich notierte mir in Gedanken, dass also er derjenige war, der das Kommando über die Lage übernommen hatte. Vielleicht hatten ihm die anderen das Kommando aber auch vielmehr überlassen. Hoffentlich würde ich mich später noch an den Verlauf des Gesprächs erinnern können, mein Gehirn war nach wie vor von Medikamenten umnebelt, und meine Beine zitterten inzwischen – vor Anstrengung. Ich fragte mich, wie lange ich wohl noch in der Wand würde ausharren können, ohne dass ich in Ohnmacht fiel, und flehte innerlich, dass das Treffen bald beendet wäre.

„Okay, dann machen wir es so", erklärte der Oberst, nachdem er eine Weile schweigend dagesessen hatte. Er rieb sich über die stark geröteten Augen. Eingedenk des Schlafmittels und seines starken Alkoholkonsums vom Vorabend machte er einen überraschend wachen und konzentrierten Eindruck. „Draußen wird es allmählich hell. Wir werden uns in zwei Gruppen aufteilen, und dann suchen wir die Insel ab, damit wir wissen, ob wir hier allein sind oder nicht. Aber zuvor möchte ich noch zwei Dinge anbringen."

Die anderen blickten ihn wie ihren Lehrer an.

„Zum einen müssen wir alle unbedingt Ruhe bewahren. Wir dürfen uns keine Angst einjagen lassen, denn Angst ist das Gefährlichste überhaupt. *Keine gegenseitigen Anschuldigungen.* Wir wissen nicht, was passiert ist, und bis wir es herausgefunden haben, ziehen wir keine voreiligen Schlüsse."

Er ließ seinen Blick vom einen zum anderen wandern, und ich hatte den Eindruck, dass er Franziska ganz besonders lange fixierte.

„Zweitens müssen wir vorsichtig sein. Ich habe Annas Leichnam ebenfalls gesehen, und aufgrund meiner, wenn auch bescheidenen Kenntnisse in Rechtsmedizin kann ich Katja nur zustimmen. Anna wurde erwürgt." Eine Weile hielt er den Blick gesenkt und schwieg, bevor er schließlich fortfuhr: „Somit halten sich also entweder noch mehr Personen auf der Insel auf oder aber …"

Er verstummte mitten im Satz. Ich konnte beobachten, wie Lotte sich mit angstgeweiteten Augen im Raum unter den potenziellen Mördern umsah. Offenbar realisierte sie erst in diesem Moment, dass dies das wahrscheinlichste Szenario darstellte. Es überraschte mich, dass sie derart schlecht mit der Situation zurechtkam. Sie war emotional aufgewühlt und halb blind für das Offensichtliche. In Kysylkum hatte ich die Erfahrung gemacht, dass es in der Regel eher die Mütter waren, die dem Druck am besten standhielten, während die aufgeblasenen Kerle, wie beispielsweise Jon, zusammenbrachen. Ich überlegte, ob sie wohl anders reagiert hätte, wenn sich ihre Kinder mit auf der Insel befinden würden, und machte mir eine Gedankennotiz, diesen Aspekt in meinen Abschlussbericht einfließen zu lassen.

„Aber was sagen Sie denn da?", warf sie nun mit matter Stimme ein.

Der Oberst wandte sich ihr zu.

„Ich will damit sagen, keiner von uns geht allein hinaus. Wir bleiben die ganze Zeit über zusammen. Wir können uns in Gruppen aufteilen, aber keiner geht ohne Begleitung los. Wir werfen ein Auge aufeinander. Mehr können wir im Moment nicht tun."

In der Enge der Wand zitterten meine Beine inzwischen völlig unkontrolliert, und an Hals und Rücken lief mir der Angstschweiß hinunter. Vor meinem Gesichtsfeld tanzten dunkle Flecken. Wenn ich mich nicht bald hinsetzte oder etwas trank, würde ich ohnmächtig werden. Die Stimme des Obersts drang zunehmend wie aus weiter Ferne zu mir. Er erhob sich von seinem Stuhl.

„Ich würde nun Folgendes vorschlagen: Jetzt gehen alle auf ihre Zimmer hinauf und ziehen sich etwas an, keiner wird seine

Tür dabei ganz schließen, damit wir uns fortlaufend gegenseitig hören können. In fünf Minuten treffen wir uns wieder hier unten und gehen gemeinsam raus."

Keiner erhob irgendwelche Einwände, und die Gruppe trottete langsam und geschlossen aus dem Salon. Der Oberst bildete das Schlusslicht. Einen kurzen Moment lang blieb ich noch stehen und starrte in den leeren Raum, bevor ich mich auf wackligen Beinen wieder auf den Weg durch die Wand zurück in meine unterirdische Höhle machte.

Der Sekretär hatte von Anfang an eingeräumt, dass das antiquierte Überwachungssystem eine erhebliche Schwachstelle aufwies, insofern als ich den Kontakt zu den von mir überwachten Personen verlor, sobald diese das Haus verließen. Außerhalb hatte ich keinerlei Möglichkeit, ihnen zu folgen.

„Es gibt eine Kamera direkt neben dem Eingang, aber in der Umgebung ist es schlichtweg unmöglich, welche anzubringen. Sie würden vom Wind einfach heruntergerissen werden", hatte der Sekretär mir erläutert. Doch anstatt dagegenzuhalten, er müsse seine Kameras eben besser befestigen, erkundigte ich mich, womit ich mich befassen sollte, falls die Gruppe das Haus verließ.

„Diese Gelegenheiten sollten Sie dazu nutzen, sich zu erholen", hatte er erwidert. Und auf meinen skeptischen Blick hin hatte er noch hinzugefügt: „Ich würde Ihnen wirklich empfehlen, meinen Rat diesbezüglich zu befolgen. Sie werden in den nächsten Tagen nicht viel Schlaf bekommen, deshalb sollten Sie ihn sich portionsweise holen, sobald sich die Möglichkeit dazu bietet. Nutzen Sie diese Momente also zum Ausruhen, wenn die Gruppe nach draußen geht. Solange Sie es können."

Auf der Treppe zurück zur Strategischen Ebene wäre ich beinahe Kopf voran gestürzt. Plötzlich erschienen mir die Ratschläge des Sekretärs weitaus plausibler als noch am Vortag. Ich wankte zum Kühlschrank, riss einen weiteren der süßen Energydrinks heraus, mit denen die Fächer zur Hälfte gefüllt waren, und trank ihn in einem Zug leer. Anschließend legte ich mir die Rettungsdecke um und setzte mich mit dem Rücken zur Wand auf den Fußboden, in der Hoffnung, dass sich mein Zustand bald etwas besserte.

Allmählich klang das Zittern in meinen Beinen ab, mein Kopf fühlte sich jedoch weiterhin schwer und träge an, und durch das gedämpfte Licht und die gedeckten Farben in meinem kleinen Bunker kam mir jede meiner Bewegungen noch langsamer vor, so als befände ich mich unter Wasser.

Als ich mir sicher war, dass meine Beine mich wieder tragen würden, stand ich auf und entkleidete mich bis auf die Unterwäsche, rollte mich in meiner kleinen Koje zusammen und wollte die jüngsten Ereignisse aus dem Raum über mir gerade noch einmal rekapitulieren, um sie mir dauerhaft einzuprägen, als ich bereits in einen Halbschlaf abdriftete.

Ich träumte davon, wie ich oder möglicherweise auch Siri an einem See Krebse fing, wo ich als Kind einmal an einem grässlichen Sommerlager teilgenommen hatte. Nour hatte mich dazu gezwungen, aber ich hatte jeden Tag weinend zu Hause angerufen, bis sie sich schließlich widerstrebend darauf eingelassen hatte, mich wieder abzuholen. Ich kann mich nicht einmal mehr erinnern, ob ich mich dort tatsächlich so unwohl gefühlt hatte, vermutlich hatte es sich eher um einen Machtkampf zwischen ihr und mir gehandelt.

Ihr Einlenken, mich endlich wieder nach Hause zu holen, hatte ich als eine Art Sieg empfunden. Doch als sie dann auf dem Schotterparkplatz, auf dem ich mit meiner Tasche und einem resignierten Betreuer auf sie wartete, aus ihrem alten Trabi stieg, der Mund ein einziger gerader Strich, begriff ich, dass mein vermeintlicher Sieg wohl keiner war. Nour war schon damals fürchterlich nachtragend. Die größte Niederlage war aber eigentlich, dass das Ferienlager genau in dem Moment richtig Spaß zu machen begann, als ich meinen Willen endlich durchgesetzt hatte. In der letzten Nacht, bevor Nour mich abholen kam, durfte ich die anderen zum Krebsefangen begleiten. „Wenigstens eine schöne Erinnerung sollst du aus dem Sommerlager mit nach Hause nehmen“, hatte Ivan zu mir gesagt, ein netter Betreuer mit großen braunen Augen.

Wir gingen mit unseren Taschenlampen durch den dunkel um uns herum aufragenden Wald zum Strand und leerten in deren Lichtschein Reuse um Reuse. Als wir schließlich mit kalten Füßen zum Haus zurückkehrten, dämmerte es bereits.

In meinem Traum war ich nun Siri und ich selbst zugleich, doch jedes Mal, wenn ich meine Hand nach den Krebsen in die Reuse steckte, schien sich diese unendlich groß auszuweiten. Ich konnte die Krebse zwar an meinen Handrücken entlangstreifen spüren, bekam jedoch keinen zu fassen. Als ich daraufhin mit meiner Taschenlampe hineinleuchtete, sah ich, dass die Reuse angefüllt mit übereinanderkletternden schwarzen Krebsen war, aber sobald ich meine Hand zu ihnen hineinsteckte, waren sie auf einmal weg. Dieses Szenario wiederholte sich, bis ich von lauten Geräuschen in die Wirklichkeit zurückgeholt wurde. Es klang, als wäre in der Etage über mir, auf der kleinen Krankenstation, etwas zu Boden gefallen.

Stockholm,
Protektorat Schweden,
Mai 2037

Als der Vorsitzende den Verhörraum betrat, erhob sie sich hastig wie zum Appell. Nachdem sie ihrem Partner einen auffordernden Blick zugeworfen hatte, folgte er ihrem Beispiel.

„Da sind Sie jetzt überrascht, nicht wahr?“ Der Vorsitzende lächelte breit und wedelte abwehrend mit der Hand. „Aber so setzen Sie sich doch bitte wieder!“ Dann wandte er sich um. „Würden Sie uns bitte allein lassen? Ganz allein?“

Der Wachmann verließ mit einem Nicken den Raum, um das Abhörsystem abzuschalten. Sie warteten alle schweigend, bis er ihnen durch das kleine Sichtfenster in der Tür seinen hochgereckten Daumen zeigte. Daraufhin ließ sich der Vorsitzende ihnen gegenüber auf dem Platz nieder, auf dem normalerweise die Verhörten saßen.

„Es war nicht meine Absicht, Sie durch mein unangemeldetes Erscheinen derart zu schockieren. Eigentlich wollte ich Ihnen lediglich Glück wünschen und mich noch einmal vergewissern, dass wir hinsichtlich dieser Verhöre alle auf einer Linie sind.“

Gedankenverloren strich er sich mit der Hand über das Revers seines Jacketts, als wollte er ein paar unsichtbare Staubkörner oder Krümel wegbürsten.

„Auf einer Linie?“ Ihr Kollege war hörbar um eine feste Stimme bemüht, doch sie überschlug sich und ließ ihn wie einen Teenager klingen. Er räusperte sich. Der Vorsitzende betrachtete ihn wohlwollend.

„Keine große Sache, ich möchte mich lediglich mit Ihnen abstimmen, damit wir mit denselben Vorstellungen in diese Endphase der Untersuchung eintreten.“

„Und wie sehen Ihre Vorstellungen diesbezüglich aus, Herr Vorsitzender?“

Im Gegensatz zu ihrem Kollegen war sie besser darin, den Vorsitzenden zu hofieren, der schon immer eine Schwäche für sie gehabt hatte. Was ihnen beiden ebenso bewusst war wie die Tatsache, dass sie die Unwissende spielte. Aus ihrer Perspektive hatte diese Übereinkunft durchaus Vorteile. Wieder lächelte der Vorsitzende, offensichtlich erfreut über die erhoffte Rückfrage.

„Eigentlich ist die Sache doch ganz einfach. Es liegt ja im Grunde auf der Hand, wer für all das hier verantwortlich zeichnet. Nämlich jene Person, die nicht getan hat, was sie hätte tun sollen. Oder wie ist Ihre Meinung?"

Genau das hatte sie sowohl erwartet als auch befürchtet. Jemand musste als Bauernopfer herhalten. Natürlich.

„Ich denke", fuhr der Vorsitzende mit unbekümmerter Stimme fort, „es geht auch ganz deutlich aus den Ermittlungsunterlagen hervor, dass einige Anweisungen nicht so befolgt worden sind, wie sie hätten sollen. Und die Sache schlichtweg fehlgeschlagen ist."

„Aber …", entgegnete ihr Kollege nun mit erhobener Stimme. Sie stieß ihn unter dem Tisch mit dem Knie an, und er verstummte. Der Vorsitzende machte keinerlei Anstalten, den Faden wieder aufzunehmen, und für einen Moment herrschte Schweigen.

„Und wie würden Sie Ihre eigene Rolle bei dem Ganzen bewerten, Herr Vorsitzender?", fragte sie endlich.

Der Vorsitzende erwiderte ihren Blick.

„Nun, geht das nicht ebenfalls deutlich aus den Unterlagen zur Voruntersuchung und den vorläufigen Befragungen hervor? Ich habe von nichts gewusst!"

Neben ihr sog ihr Kollege scharf die Luft ein, und sie stieß ihn vorsorglich noch einmal unter dem Tisch an.

„Sie haben von nichts gewusst?" Sie sprach langsam und betonte jede einzelne Silbe.

„Nichts!", entgegnete der Vorsitzende und klang dabei fast schon heiter. „Was zwar bedauerlich ist, aber nicht rechtswidrig. So ist das eben gelegentlich, wenn man für so viele Menschen und Projekte gleichzeitig die Verantwortung trägt. Man kann nicht alles wissen." Er ließ seinen Blick zwischen ihnen beiden hin und her wandern. „Also. Sind wir uns einig?"

Sie bemerkte die zögerliche Miene ihres Kollegen, ignorierte sie jedoch und nickte.

„Absolut, Herr Vorsitzender."

Der Vorsitzende erhob sich und streckte erst ihm und dann ihr seine große Pranke entgegen. Sie kam sich vor, als würde sie ein Ruder umfassen.

„Ausgezeichnet, dann bleibt mir also nur noch, Ihnen beiden bei den heutigen Vernehmungen Glück zu wünschen! Ich freue mich schon auf Ihren Bericht. Und wenn Sie mich nun bitte entschuldigen würden, ich habe noch einige andere Verpflichtungen."

Sie erhoben sich ebenfalls, und der Vorsitzende verließ den Raum. Eigentlich hatte sie ihn nach Anna Francis fragen wollen, wo sie sich derzeit aufhielt und wie es ihr ging, und sie war sich nicht ganz sicher, ob sie gut oder schlecht daran getan hatte, darauf zu verzichten. Wahrscheinlich eher gut, da der Vorsitzende das Thema nicht von selbst angesprochen hatte. Hätte er gewollt, dass sie beide darüber Bescheid wüssten, hätte er sie informiert. Mittlerweile arbeitete sie lange genug im Umfeld des RAN-Projekts, um zu wissen, welche Funktion Anna Francis in diesem ganzen Spiel zukam, und sie fragte sich, ob man Anna diesbezüglich inzwischen endlich in Kenntnis gesetzt hatte. Doch die Aufgabe, sie darüber aufzuklären, fiel vermutlich dem Vorsitzenden zu.

Den Blick noch immer auf die Tür gerichtet, durch die der Vorsitzende soeben verschwunden war, blieben sie und ihr Kollege nebeneinander stehen. Als sie sich ihm zuwandte, verdrehte er die Augen.

„Großer Gott", sagte er leise und ließ sich im gleichen Moment schwer auf seinen Stuhl fallen.

Der Vorsitzende steuerte weiter den Korridor entlang. Kaum hatte er den Verhörraum verlassen, verschwand das Lächeln von seinem Gesicht. Seine beiden in Anzüge gekleideten Leibwächter schlossen sich ihm wie zwei Schatten an. Vor ihm öffneten sich geräuschlos die Türen und schlossen sich hinter ihm wieder.

„Holen Sie den Wagen“, befahl er einem der beiden Männer, der daraufhin unverzüglich die Treppe nach unten nahm, während der andere mit ihm zusammen auf den Fahrstuhl wartete. Er merkte, wie seine Anzughose leicht an Bund und Oberschenkeln spannte, und überlegte, in Zukunft vielleicht auch lieber die Treppe zu nehmen.

Der Fahrstuhl kam, und sie stiegen ein. Sein Leibwächter stand rechts vor ihm, er selbst unmittelbar dahinter, den Rücken an die Wand gelehnt. Wie in einem Vakuum sauste die Kabine lautlos nach unten, und als sich die Türen wieder öffneten, fuhr sein anderer Leibwächter gerade mit dem Wagen vor. Man hielt ihm die Tür zur Rückbank auf, und beim Einsteigen streifte ihn der flüchtige Gedanke, wann er eigentlich zum letzten Mal eigenhändig eine Tür geöffnet hatte. Sein Leibwächter schloss hinter ihm die Tür und setzte sich selbst auf den Beifahrersitz.

Der Vorsitzende ließ sich tief in die schwarzen Ledersitze sinken. Und als sie aus der Unterwelt des Parkhauses auftauchten und an den Kontrollen vorbei in Richtung Stadt fuhren, wanderte sein Blick aus dem Fenster. Die graue Wolkendecke vom Morgen hatte sich verzogen und einem jener herrlichen Frühlingstage Platz gemacht, wie man sie sich normalerweise vorstellte, von denen es aber eigentlich nie mehr als zwei, drei pro Jahr gab. Die wenigen Bäume, die im Stadtkern noch verblieben waren, erstrahlten regelrecht in frischem Grün.

Der Vorsitzende war nicht unbedingt ein Mann, der zu Selbstkritik neigte, doch in diesem Fall verfluchte er sich. Am Endergebnis der Operation, *also am eigentlichen Endergebnis*, gab es fürwahr nichts auszusetzen, dennoch musste er einräumen, dass die Situation aus dem Ruder gelaufen war. Das hätte er vorhersehen müssen. Bei so vielen starken Charakteren mit Hang zur Eigeninitiative. Doch er verfluchte nicht nur sich, er verfluchte die Menschen im Allgemeinen. Wenn sie statt selbst zu denken einfach seine Anweisungen befolgen würden, wäre alles wesentlich leichter. In dieser speziellen Situation sah er sich allerdings gezwungen, zumindest seine Mitschuld einzuräumen, zumindest im Stillen. Auf keinen Fall jedoch offiziell, versteht sich, denn wenn der Fehler erst einmal *formell* ihm zugeschrieben wurde, würde er ihn nicht mehr korrigieren können. Erneut fuhr er sich mit der Hand über die Brust, wo er die Konturen des Inhalts seiner Anzuginnentasche spüren konnte. Es stand viel auf dem Spiel, doch er würde alles wieder geraderücken. Es lag jetzt ganz an ihm.

Der Wagen schwenkte auf ein eckiges, graues Hochhaus zu. Früher hatte der Komplex den Namen *Karolinska* getragen, allerdings war es schon geraume Zeit her, seitdem zuletzt jemand auf die Idee verfallen war, man müsse die schwedischen Könige und ihre Karoliner ehren. Nicht einmal etliche Hundert Jahre nach dem eigenen Tod war man davor gefeit, seiner Regalien beraubt zu werden, überlegte der Vorsitzende, während der Wagen langsam über das Krankenhausgelände rollte. Etwa Karl XII. Erst wurde er jahrhundertelang als Nationalheld verehrt, dann zum Feind der Union umdeklariert. Seine Statue war schon vor langer Zeit aus dem Unionsgarten im Stadtzentrum entfernt worden. Der Vorsitzende konnte sich noch an die Krawalle der 1990er-Jahre erinnern, als sich die Skinheads regelmäßig um die Statue versammelt und jenem alten Kriegerkönig gehuldigt hatten, der sein gesamtes kurzes Erwachsenendasein damit verbracht hatte, mit einem riesigen Heer durchs Land zu ziehen und Streit vom Zaun zu brechen. Wobei dieses Gebaren der Führung der Union ja eigentlich auch nicht ganz fremd war, ging es dem Vorsitzenden durch den Kopf. Allerdings würde er so etwas natürlich niemals laut aussprechen.

Der Wagen passierte die Sicherheitsschranke, rollte an der Notaufnahme des alten Karolinska-Krankenhauses vorbei und auf einen der flacheren Seitenflügel zu, die aus dem großen, eckigen Korpus herausragten wie die Beine eines Krebses. Dort blieb der Wagen vor einem nicht beschilderten Eingang stehen, und sofort sprang einer der Leibwächter heraus, um dem Vorsitzenden in derselben routinierten Bewegungsabfolge wie bereits vorhin die Tür aufzuhalten. Dicht gefolgt von seinem Leibwächter steuerte der Vorsitzende auf den Eingang des Gebäudes zu, dessen Türflügel so unvermittelt und mit einer solchen Wucht lautlos automatisch nach außen hin aufschwang, dass er ihn beinahe ins Gesicht traf.

Im Foyer blieb der Vorsitzende vor einem Landschaftsgemälde stehen, das er so lange studierte, bis der Leibwächter sie am Empfang angemeldet hatte. Sein anderer Leibwächter musste unerwartet schnell einen Parkplatz gefunden haben, denn nach nur wenigen Minuten schloss er sich ihnen an. Kurz darauf erschien ein Hausmeister, der die kleine Gruppe durch eine ganze Reihe verschlossener Türen lotste. Sie durchquerten helle Korridore mit lindgrünen Bordüren an den Wänden. Da und dort standen kleine Sitzgruppen aus hellem Holz, über deren Tischplatten weiche Decken gebreitet waren. Nichts war spitz oder scharfkantig hier, der Vorsitzende kam sich vor, als würde er durch eine Welt aus Butter schwimmen.

Auf einmal blieb der Hausmeister stehen und klopfte an eine Tür. Als sie geöffnet wurde, blickte ein Mann mit grau meliertem Bart heraus, der beim Anblick des Vorsitzenden zusammenzuckte.

„Schönen guten Tag“, begrüßte ihn der Vorsitzende fast schon übertrieben beschwingt, „ich wollte nur mal eben vorbeischauen und nachsehen, wie es unserer Patientin geht. Darf ich hereinkommen?"

Ohne eine Einladung abzuwarten, trat er entschlossenen Schritts an dem Mann vorbei in dessen Büro. Die Leibwächter schlossen hinter ihnen die Tür und ließen sie beide in dem Raum allein. Der Graumelierte war sichtlich darum bemüht, sich mit der Situation zu arrangieren.

„Das kommt ein wenig überraschend ... Aber nun gut. Nehmen Sie doch bitte Platz, dort drüben steht ein Stuhl ..."

Der Vorsitzende ignorierte seine Geste in Richtung des hölzernen Sprossenstuhls in der Ecke und setzte sich stattdessen auf den Schreibtischstuhl des Mannes, der unschlüssig mitten im Raum stehen blieb.

„Ich hoffe, ich störe nicht", begann der Vorsitzende, „aber ich fand es an der Zeit, dass ich unserer Kranken selbst einen Besuch abstatte. Ich würde mit der Patientin gern ein paar Worte wechseln, wenn das geht?"

Der Graumelierte schüttelte bereits den Kopf, noch bevor der Vorsitzende zu Ende gesprochen hatte.

„Ich glaube, das ist kein guter Zeitpunkt. Die Patientin hat starke Medikamente bekommen und ist noch immer ziemlich angeschlagen."

Der Vorsitzende betrachtete ihn mit zusammengekniffenen Augen.

„Physisch oder psychisch?"

„Sowohl als auch. Was den körperlichen Heilungsprozess anbelangt, ist sie auf einem guten Weg, aber die Psyche ..." Er schüttelte erneut den Kopf. Der Vorsitzende schlug sich mit beiden Händen auf die Knie.

„Aber dann ist es doch nur gut, wenn ich sofort mit der Patientin spreche, ich bringe nämlich positive Nachrichten! Danach wird es ihr sicherlich besser gehen."

Der Graumelierte wirkte nicht überzeugt.

„Ich weiß nicht, ob das eine so gute Idee ist …"

„Aber ja doch, das ist es. Wenn man Ihrer Patientin nach wochenlanger Behandlung noch nicht einmal in einem simplen Gespräch ein paar gute Nachrichten überbringen kann, muss ich mir wohl überlegen, ob wir Fälle wie diese in Zukunft nicht lieber an eine andere Klinik überstellen. Und damit natürlich auch die Zuschüsse umlenken. Aber lassen Sie uns jetzt nicht über derart unschöne Dinge sprechen. Ich möchte die Patientin sehen!"

Schwungvoll erhob sich der Vorsitzende von dem Stuhl und schloss den obersten Knopf seines Jacketts. Der Graumelierte schien kurz zu überlegen, dann nickte er schnell, griff nach einem Schlüsselbund und klopfte von innen an seine eigene Tür. Sie wurde geöffnet, und die Leibwächter ließen sie wieder hinaustreten. Der Vorsitzende folgte dem Mann durch den Korridor, bis er vor einem Zimmer stehen blieb. Dort klopfte der Graumelierte abermals an, diesmal jedoch zaghafter. Als er keine Antwort erhielt, steckte er den Schlüssel ins Schloss, sperrte auf und trat ein. Bis auf ein Bett, auf dem unter der Decke die Konturen eines mit dem Rücken zur Tür liegenden Körpers zu erkennen waren, war das Zimmer so gut wie leer. Neben dem Kopfende des Bettes stand lediglich ein Tisch mit ein paar verwelkten Blumensträußen. Der Graumelierte ging zu dem Bett und berührte die dort liegende Person sanft an der Schulter. Dann wandte er sich mit erleichterter Miene dem Vorsitzenden zu.

„Die Patientin schläft. Vielleicht kommen Sie lieber an einem anderen Tag wieder?"

„Ich bleibe hier. Jeder wacht irgendwann einmal auf."

Der Graumelierte stieß einen tiefen Seufzer aus.

„Warten Sie kurz", sagte er dann, verschwand nach draußen und kam eine Minute später mit einem Stuhl zurück. Dessen Rahmen bestand aus einem stahlähnlichen Material, während die Sitzfläche aussah, als wäre sie mit dem gleichen dunkelgrünen Linoleum überzogen wie der Fußboden. Der Mann stellte den Stuhl neben dem Bett ab, kippte das Fenster und blieb dort mit unschlüssiger Miene stehen. Der Vorsitzende wedelte mit der Hand leicht abwehrend in seine Richtung.

„Schon in Ordnung. Ich melde mich, wenn ich gehe. Sie haben doch bestimmt noch anderes zu tun."

Nach einem kurzen Zögern verließ der Graumelierte sichtlich widerstrebend den Raum.

Der Vorsitzende setzte sich auf den Stuhl, strich erneut über die Konturen dessen, was sich in seiner Innentasche befand. Dann betrachtete er mit gerunzelter Stirn das schlafende Gesicht in dem Bett vor ihm.

Isola,
Protektorat Schweden,
März 2037

## *Anna*

Ich lag regungslos in meiner kleinen Koje und lauschte auf die Geräusche in der Krankenstation, deren Fußboden meine Zimmerdecke bildete. Eine Frauenstimme (Katja?) schrie NEIN, NEIN, dann folgten mehrere Schritte und dumpfe Schläge und schließlich noch ein Schrei. Mehrfach ein lautes Knallen, wie von schweren Gegenständen, die zu Boden fielen, und darauf Stille. Anschließend Schritte, die den Raum zu verlassen schienen.

Einen kurzen Augenblick überlegte ich, was ich nun tun sollte, dann stand meine Entscheidung fest. Auf wackligen Beinen kämpfte ich mich von der Pritsche hoch, stolperte durch den Raum und die schmale Treppe hinauf, öffnete die Luke und kletterte in die Kühlbox. Hatte sich bereits der Abstieg auf diesem Weg als schwierig erwiesen, so stellte es sich als schier unmöglich dar, hier hinaufzuklettern, ohne dabei einen Heidenlärm zu veranstalten oder stecken zu bleiben. Doch schließlich gelang es mir, eine Position einzunehmen, von der aus ich den Entriegelungscode auf dem Kontrollpanel eingeben konnte, das sich zusammen mit dem Schalter für die Luke in dem vermeintlichen Kühlaggregat verbarg. Ich hob so vorsichtig, wie ich konnte, den Deckel der Kühlbox einen Spaltbreit an und spähte in den Raum.

Dort herrschte ein einziges Chaos. Alle möglichen Gegenstände lagen kreuz und quer im ganzen Raum verteilt, als hätte hier eine Schlägerei stattgefunden. Das Krankenhausbett war umgestürzt, und darunter konnte ich Katja liegen sehen, allem Anschein nach leblos. Unter ihrem Kopf breitete sich in beunruhigender Geschwindigkeit eine dunkelrote Pfütze aus.

Ich hob den Deckel noch ein Stückchen weiter an, und da der Raum einen verlassenen Eindruck machte, beschloss ich, das Risiko einzugehen. Ungelenk kletterte ich aus der Kühlbox, schloss den Deckel und taumelte auf Katja zu.

„Katja", flüsterte ich. „Katja? Hören Sie mich?" Sie reagierte nicht.

Ich rüttelte sie leicht mit der Hand an der Schulter. Noch immer keine Reaktion. Um zu überprüfen, ob sie noch atmete, kniete ich mich neben sie in die glitschige, klebrige Blutlache, doch ich konnte keinerlei Atemzüge spüren oder hören, wagte es aber auch nicht, ihren Kopf anzuheben und die Wunde zu untersuchen, solange ihr Rumpf noch von dem über ihr liegenden Bett zu Boden gedrückt wurde. Daher wollte ich versuchen, es von ihr wegzustemmen, und stand auf.

Vielleicht lag es daran, dass ich noch immer einen schweren Kopf von den Medikamenten hatte, jedenfalls war ich zu langsam. Sowie ich die Schritte hinter mir vernahm, drehte ich mich zwar um, allerdings viel zu behäbig, als dass ich die Person noch hätte erkennen können, geschweige denn mich schützen. Der Schlag traf mich schwer an der Schläfe, und alles um mich herum wurde schwarz.

## *Henry*

Ich fand den Oberst auf der Rückseite der Insel an dem schmalen Strand, dem Anna und ich am Vorabend gemeinsam einen Besuch abgestattet hatten. Dort stand er und blickte über das Wasser hinaus. Der Wind hatte mittlerweile eine Stärke von mindestens sechs oder sieben erreicht, dennoch schien sich der Oberst mit seiner großen Statur problemlos aufrecht zu halten. Beim Näherkommen sah ich jedoch, dass seine Schultern schlaff herunterhingen.

„Können Sie irgendetwas erkennen?“, rief ich, damit er mich von hinten kommen hörte. Er wandte sich zu mir um. Seine wässrigen Augen waren rot gerändert und geschwollen, und als er mich mit leerem Blick anstarrte, kam mir der Gedanke, dass er bestimmt einen fürchterlichen Kater hatte. Vielleicht hatte er aber dieses Stadium, in dem man einen dicken Kopf bekam, auch längst hinter sich gelassen. Chronische Alkoholiker litten am nächsten Morgen in der Regel nicht mehr ganz so schlimm, andererseits befanden sie sich ohnehin die meiste Zeit in einer schlimmen Verfassung.

Der Oberst wandte sich wieder dem Meer zu.

„Diese ganze Angelegenheit ist wirklich entsetzlich“, sagte er, als ich an seine Seite trat. „Sie war eine eigenartige Frau.“

Auch wenn das Wort „eigenartig“ nicht unbedingt die Beschreibung war, die ich selbst für Anna gewählt hätte, war die Trauer in seiner Stimme nicht zu überhören. Eigentlich war es nur logisch, dass jemand wie der Oberst Zuneigung zu Anna entwickelt hatte. Sie waren beide Arbeitstiere.

Ich wollte etwas erwidern, wusste jedoch nicht was, deshalb

blieb ich schweigend neben ihm stehen. In dem Versuch, mich gegen den starken Wind und die beißende Kälte zu schützen, vergrub ich die Hände tief in meinen Taschen und zog die Schultern hoch, doch das Unterfangen war hoffnungslos. Im grauen Licht des anbrechenden Tages peitschte der Wind winzige Salzwassertropfen vor sich her, die sich auf meinem Gesicht anfühlten wie Schmirgelpapier.

„Irgendetwas stimmt hier nicht!“, schrie der Oberst plötzlich gegen den Wind an.

„Was meinen Sie?“ Auch meine Augen tränten inzwischen von dem starken Wind. Ich wischte mir mit dem Handrücken darüber. Meine Fingerspitzen dufteten immer noch nach Anna, und binnen einer Sekunde zog vor meinem inneren Auge eine ganze Serie von Bildern ihres Körpers im Halbdunkel meines Zimmers vorbei. Ihre geschwungenen Augenbrauen. Die Silhouette ihrer Hüfte. Die dunkle Kuhle oberhalb des Schlüsselbeins.

„Das hier. Alles zusammen. Diese Insel. Der Todesfall. Die Menschen, die sich hier wegen dieses Auftrags versammelt haben.“

Er wandte sich mir zu und bohrte den Blick in mich, als erwartete er, dass ich darauf etwas entgegnen würde, ihm die Informationen geben würde, die ihm im Moment noch fehlten. Aber als ich nichts sagte, wandte er sich wieder ab.

„Das passt einfach alles nicht zusammen“, bemerkte er knapp, während sein Blick jetzt Lotte folgte, die in ihrem Wollmantel und mit ihrer leicht schiefgelegenen praktischen Frisur planlos weiter oben am Hang herumsuchte, wo sich die spärlichen Büsche zu einem steilen, undurchdringlichen Gestrüpp verdichteten. Gelegentliche Windböen rissen sie mehrfach fast ein Stück mit sich die Böschung hinab. Ich überlegte, ob es sicher war, sie dort oben herumklettern zu lassen, oder ob ich sie lieber zu uns rufen sollte. Im Schatten des großen Hauses, das sich mit seinen seltsamen Proportionen über ihr erhob, wirkte sie eher wie ein kleines Mütterlein, das seine Brieftasche verloren hatte, als wie jemand auf der Suche nach einem Mörder.

„Und dann diese Sache mit dem Funkgerät“, fuhr der Oberst fort. „Dass es nicht funktioniert, kommt noch erschwerend hinzu. Äußerst erschwerend. Apropos, wissen Sie, um was für einen Ort es sich hier eigentlich handelt?“

Ich schüttelte den Kopf

„Ich auch nicht, und das bereitet mir ebenfalls Sorgen. Ich war eigentlich davon ausgegangen, dass ich über Orte wie diesen im Bilde sein müsste. Man fragt sich ja schon, wozu diese Insel einmal gedient haben mag. Wozu sie wohl einen unzugänglichen Felsen mit einem Haus darauf benötigen.“

„Was ist Ihre Vermutung?“, wollte ich wissen.

„Ich habe überhaupt keine Vermutung. Ich frage mich bloß.“

„Kennen Sie den Vorsitzenden?“

Der Wind riss meine Worte mit sich fort, doch der Oberst schien sie dennoch verstanden zu haben.

„Wie man’s nimmt. Ich kenne ihn noch von früher. Er ist ein Emporkömmling.“ Das letzte Wort spuckte der Oberst regelrecht aus. „Ein Emporkömmling mit Ambitionen. Das sind in der Regel die Schlimmsten.“

„Vertrauen Sie ihm?“

„Nicht mehr als Ihnen. Oder irgendjemand anderem hier. Wird bei Ihnen sicherlich nicht anders sein, oder?“ Als ich keine Antwort gab, fuhr der Oberst fort: „Bloß weil ich ein Suffkopf bin, muss ich noch lange nicht dumm sein. Ich registriere so einiges. Was Sie anbelangt, zum Beispiel. Ich sehe, was Sie tun. Sie machen es geschickt. Aber dass Sie es tun, sehe ich trotzdem.“

Ich spürte meinen Puls steigen. *Das hat nichts zu bedeuten, er ist ein alter Geheimdienstler, die sehen überall Gespenster, haben alle und jeden im Verdacht.* So neutral wie möglich fragte ich ihn, was er damit sagen wollte.

„Ach, Sie wissen schon Bescheid“, erwiderte der Oberst. „Sie haben alles im Blick. Das sehe ich.“

Mit mehr wollte er anscheinend nicht herausrücken, und ich hatte nicht vor, seine Paranoia weiter zu befeuern, indem ich ihm noch mehr Fragen stellte. *So viel zu seiner flammenden Rede, wir sollten untereinander keine Angst und kein Misstrauen verbreiten.* Ich überlegte, ob es wirklich richtig gewesen war, das Kommando auf der Insel ihm zu überlassen.

„Was ging Ihnen durch den Kopf, als Sie sie gefunden haben?“

Die Frage war mir einfach so herausgerutscht. Eigentlich dachte ich, ich hätte sie nur im Stillen gestellt. Ich musste mich trotz meiner Ermüdungserscheinungen besser konzentrieren.

„Anfangs dachte ich, sie wäre vielleicht gestürzt. In Ohnmacht gefallen oder so, meine Frau erlitt beim Aufstehen auch häufiger Blutdruckabfälle, deshalb dachte ich, sie wäre vielleicht kollabiert. Aber diese Abdrücke an ihrem Hals …“ Seine Stimme erstarb.

Keiner von uns beiden machte Anstalten, den Strand zu verlassen und auf die Suche nach einem unbekannten Mörder zu gehen. Offensichtlich glaubte er genauso wenig wie ich an die Existenz eines solchen.

Plötzlich wandte der Oberst sich mir wieder zu.

„Woher sind Sie eben eigentlich gekommen?“

„Ich war auf der anderen Seite des Hauses.“

„Wer war außer Ihnen noch dort?“

„Jon und Franziska.“

Der Oberst starrte mich an, und sein wässriger Blick war mit einem Mal glasklar.

„Jon und Franziska?“

„Ja, wir haben das Bootshaus durchsucht, sie schienen dort alles im Griff zu haben, deshalb dachte ich, ich komme her und helfe Ihnen und den anderen.“

„Jon und Franziska?“, fragte er ein zweites Mal, diesmal in noch schärferem Ton. „*Nur Jon und Franziska?*“

„Ja“, antwortete ich.

„Und wo ist dann die Ärztin? Wo ist Katja?“

Mein Gehirn war wie blockiert, und ich starrte ihn entgeistert an. Doch bevor ich etwas erwidern konnte, wandte er sich abrupt von mir ab und rannte im Laufschritt die Uferböschung hinauf.

„Warten Sie!“, schrie ich ihm nach.

„Bleiben Sie, wo Sie sind!“, rief er zurück. „Durchsuchen Sie weiter die Insel!“

Ich hörte ihn im Vorbeilaufen etwas zu Lotte sagen, die ihm augenblicklich in Richtung Haus folgte. Dann sah ich den beiden im Zwielicht hinterher, und mein Kopf fühlte sich an, als würde er gleich zerspringen. Als sie außer Sichtweite waren, warf ich einen Blick auf meine Armbanduhr, dann rannte ich ebenfalls los.

## *Anna*

Ich wurde von einem eindringlichen Summen wach. Zuerst konnte ich nur den Fußboden sehen, und es dauerte einige Sekunden, bis ich begriff, was damit nicht stimmte. Er war leer. Keine Katja weit und breit. Ich wollte den Kopf anheben, doch der Schmerz in meiner Schläfe ließ mich wieder zu Boden sinken. Meine Gedanken bewegten sich langsam und schwerfällig. Ich unternahm einen neuen Versuch, mich aufzurichten, und konnte mich schließlich mühsam aufsetzen. Jemand hatte im Raum für Ordnung gesorgt. Die Pritsche stand wieder an ihrem gewohnten Platz, und auch der Boden war sauber gewischt. Wer nicht wusste, dass sich dort bis vor Kurzem noch eine große Blutlache befunden hatte, dem würden die schwachen Streifen, die der Wischmopp hinterlassen hatte, überhaupt nicht auffallen. Außerdem war Katja verschwunden. Das einzig Seltsame an diesem Raum war im Moment lediglich ich, wie ich in meiner Unterwäsche auf dem Fußboden saß. Schwankend kam ich auf die Beine. Mein Kopf fühlte sich an wie eine Bowlingkugel, und in meinem Mund lag der Geschmack von Blut. Dann dämmerte mir, woher das eindringliche Geräusch kam, das mich geweckt hatte, irgendjemand drückte ohne Unterlass auf die Klingel an der Tür zur Krankenstation. Nun wurde auch geklopft und an der Klinke gezerrt.

„Holen Sie den Schlüssel aus der Küche!“, hörte ich jemanden schreien.

Ich musste unbedingt hier weg, zurück auf die Strategische Ebene, und zwar schnell. Ich taumelte auf die Kühlbox zu, bekam den Deckel auf, hievte mich hinein und zog die Klappe wieder hinter mir zu. Verzweifelt versuchte ich mich an den Code zu erinnern. Neun Ziffern. Der erste Versuch schlug fehl. Ich konnte hören, wie die anderen sich draußen am Schloss zu schaffen machten. Meine Finger zitterten so stark, dass sie kaum die Tasten trafen. Der zweite Versuch schlug fehl. Jetzt ging die Tür zur Krankenstation auf. Mir blieb nur noch ein Versuch. Die Stimmen waren nun im Raum. Eine Frauenstimme, entweder Lotte oder Franziska, die beiden waren nur schwer auseinanderzuhalten.

„Hier scheint sie nicht zu sein."

„Sind Sie sicher?" Das war der Oberst.

Ich hörte die beiden im Raum herumgehen. Es war nur eine Frage der Zeit, bis jemand den Deckel der Kühlbox anheben würde. Langsam tippte ich die Ziffern ein, letzter Versuch. Meine Hand zitterte mittlerweile unkontrolliert.

„Sehen Sie bitte im Medikamentenlager nach?" Die Stimme des Obersts kam näher. Nur noch drei Ziffern.

„Ist doch irgendwie merkwürdig, dass sie einfach so verschwindet, finden Sie nicht?"

Nun meinte ich ziemlich sicher Lotte zu erkennen. Ihre Stimme kam aus etwas weiterer Entfernung. Sie klang verängstigt.

Ich tippte die letzten Ziffern ein, und das Kontrollpanel erlosch. Die Box war verschlossen. Im selben Moment ging eine Erschütterung durch den Deckel. Ich hielt den Atem an. Der Oberst rüttelte daran.

„Ja, das ist außerordentlich merkwürdig und auch bedauerlich. Wissen Sie, wie man die hier aufbekommt?"

Vor meinem Gesicht leuchtete das Kontrollpanel wieder auf. Offenbar probierte der Oberst gerade verschiedene Codes aus, hoffentlich ins Blaue hinein. Soviel ich wusste, waren Katja und ich die Einzigen, die die Box öffnen und wieder verschließen konnten. Doch nun war Katja verschwunden, und ich hatte keine Ahnung, wo sie abgeblieben war, nur dass irgendjemand dort draußen sie aus dem Weg geschafft hatte. Falls dieser jemand der Oberst gewesen war, hatte er sie vielleicht dazu gebracht, ihm die Codes zu verraten. Seine Hände rumorten nur wenige Dezimeter von meinem Gesicht entfernt am äußeren Kontrollpanel herum. Ich hielt den Atem an.

„Ich kann hier nichts finden. Sollen wir uns jetzt die Küche vornehmen?“ Das war Lotte.

Ich konnte hören, wie der Oberst sich von der Box entfernte. Das Kontrollpanel erlosch, und seine Schritte verließen den Raum. So wie nun alle nach Katja suchten, war es der Person, die sie attackiert hatte, also offensichtlich gelungen, sie irgendwo auf der Insel zu verstecken. Aller Wahrscheinlichkeit nach handelte es sich um dieselbe Person, die auch mir eins über den Kopf gezogen hatte. Irgendjemand dort draußen wusste, dass ich keineswegs letzte Nacht gestorben war.

Schwer atmend blieb ich noch einen Moment lang liegen und ging meine Optionen durch. Plötzlich kam mir der Gedanke, dass die betreffende Person, die Katja und mich angegriffen hatte, sich mit Katja auf der Strategischen Ebene versteckt halten könnte. In dem Fall würde ich ihm oder ihr direkt in die Arme klettern, wenn ich jetzt nach unten stieg. Die andere Richtung kam mir allerdings noch unsicherer vor, und einfach in der Kühlbox liegen zu bleiben, bis Hilfe vom Festland eingetroffen war, erschien mir als die schlechteste Alternative von allen. Deshalb beschloss ich, trotz allem hinunterzugehen.

Ich stahl mich so leise und vorsichtig wie möglich die schmale Treppe hinab. Der Raum unten war leer und genau so, wie ich ihn verlassen hatte. Was hoffentlich bedeutete, dass Katja und ich nach wie vor als Einzige von der Strategischen Ebene wussten und wie man dort hingelangte. Da meine Knie noch immer von dem angetrockneten Blut fleckig waren, feuchtete ich ein Handtuch an, um sie zu reinigen. Anschließend packte ich es in eine Tüte, die ich mit Klebeband versiegelte, falls es später noch in irgendeiner Weise als Beweismaterial gebraucht werden würde. Dann angelte ich mir mit einiger Anstrengung eine Dose Schmerztabletten von dem Arzneimittelregal über mir, schüttete mir drei davon auf die Hand und warf sie mir alle auf einmal ein. Mein Mund war trocken, und ich musste mehrmals schwer schlucken, um sie hinunterzubekommen. Als ich mich vor die Bildschirme setzte, hatte ich den Geschmack des Medikaments noch auf der Zunge. Ich versuchte, sämtliche Gedanken an Katja und die mögliche Bedeutung ihres Verschwindens zu verdrängen, was sich jedoch schwierig gestaltete. Sollte ich meinen Auftrag abbrechen und nach ihr suchen? Ich zögerte. Meine Anweisung lautete, mich *unter keinen Umständen* zu erkennen zu geben. Ich kam zu dem Schluss, dass meine Chancen, Katja zu finden, möglicherweise sogar besser stünden, wenn ich sie von hier aus und mit den mir zur Verfügung stehenden Mitteln suchte: mithilfe der Bildschirme und der Wände.

Ich betrachtete die körnigen Bilder, die mir momentan angezeigt wurden, Bildschirm für Bildschirm. Im Erdgeschoss konnte ich Lotte und den Oberst dabei beobachten, wie sie systematisch Küche und Salon durchsuchten, im Obergeschoss liefen Jon und Henry den Flur entlang und rissen die Türen zu sämtlichen Zimmern auf. Franziska stand mit verschränkten Armen an der Treppe und machte keinerlei Anstalten, etwas zu sagen oder zu tun. Ihre schmale grün-blaue Gestalt wirkte ganz durchgefroren, was sogar auf meinem verpixelten Bildschirm zu erkennen war, denn sie zog ihren Mantel mit dem Pelzkragen mehrfach fester um sich, so als würde dieser sie nicht ausreichend wärmen. Irgendwann verschwanden die drei aus dem Sichtfeld der Flurkamera im ersten Stock und tauchten stattdessen im Bereich der Kamera in der Eingangshalle wieder auf. Sie gingen in die Küche, in der nun alle versammelt waren, und um mithören zu können, was dort gesagt wurde, erhob ich mich in Windeseile, öffnete die schmale Tür zur Wand und schlich mich zur Küche.

„Wie konnte das passieren? Ich dachte, Sie wäre mit Ihnen gegangen?“

Lottes Stimme überschlug sich, sie schien kurz vor dem Zusammenbruch.

„Jeder kann ja wohl auf sich selbst aufpassen! Sie ist jedenfalls mit uns nach draußen gegangen, da bin ich mir sicher, aber es ist ja nicht meine Aufgabe, mich ständig um den Verbleib anderer zu kümmern“, fauchte Franziska zurück. Sie stand an den Küchenstuhl gelehnt, auf den Jon sich hatte sinken lassen. Er sah mittlerweile richtiggehend mitgenommen aus. Wahrscheinlich hatte er, genau wie der Oberst, einen Brummschädel, und saß nun vornübergebeugt auf seinem Küchenstuhl, als säße er auf der Toilette.

Franziska hingegen hatte sich anscheinend vom ersten Schock erholt und lebte sichtlich wieder auf. Zudem hatte sie irgendwie die Zeit gefunden, sich etwas hübsch zu machen und stilvoll zu kleiden. Ihren Mantel hatte sie abgelegt, und jetzt trug sie eine weite schwarze Hose zu einer knallpinken Wickelstrickjacke mit traditionell schwedischem Blumenmuster, die zwar selbst gestrickt aussah, in Wirklichkeit jedoch schweineteuer war, vermutlich ein Import. Es war genau die Art von Kleidung, die sie auch für eine Homestory in irgendeiner Frauenzeitschrift hätte auswählen können, zwanglos und scheinbar bescheiden, doch elegant.

Als ich sie nun etwas ungestörter beobachten konnte, fiel mir eine kleine merkwürdige Einbuchtung am Hals unterhalb ihres Kinns auf und dass sich die Haut um die Augen beim Sprechen leicht spannte. Vermutlich Operationen. Es wurde gemunkelt, dass es eine Spezialklinik für Parteigrößen und andere Würdenträger gab, in der eigens aus Amerika eingeflogene plastische Chirurgen für astronomische Honorare und in aller Heimlichkeit an den führenden Vertretern des Landes herumschnippelten. Vielleicht hatte ja Franziskas Schwager aus dem Innenministerium die Operationen für sie organisiert. So funktionierte das in der Regel. In meinem Kopf konnte ich Nour laut und vernehmlich schnauben hören. Sie hatte diese Art von Eitelkeit und oberflächlichem Gehabe schon immer mit einer solchen Inbrunst gehasst, dass ich mich fragte, ob sich dahinter nicht in Wahrheit Neid verbarg.

Plötzlich kam mir in den Sinn, dass Nour und Franziska früher einmal in denselben Kreisen verkehrt haben mussten und sich möglicherweise sogar kannten. Das wäre zumindest denkbar. Vielleicht hatte Franziska ja sogar zu jenen Leuten gehört, die damals immer bei Nour zu Hause in ihrer Wohnung in Hökarängen gesessen hatten, den beißenden Zigarettenrauch in den Augen, und mit einem stets gefüllten Wodkaglas in der Hand Parteilieder gesungen und über Politik diskutiert hatten, während ich mit einem Kissen über dem Kopf zu schlafen versucht hatte. Ich hätte Franziska gern danach gefragt, allein um ihre Reaktion zu sehen, doch nun war es dafür zu spät. Und ganz unabhängig davon, was sie in ihrer Jugend angestellt hatte, im Gegensatz zu Nour hatte sie sich jedenfalls wesentlich geschickter durch den Parteiapparat manövriert, in Anbetracht ihrer jetzigen Position. Würde man sie und Nour heute nebeneinanderstellen, würde nicht der geringste Zweifel daran bestehen, wer von den beiden es im Leben zu etwas gebracht hatte. Eigentlich ließ nur Franziskas verschlossener Blick etwas anderes vermuten.

In der Küche wogte das Gespräch hin und her, was Katja wohl zugestoßen sein könnte.

„Woher wissen wir, dass sie nicht einfach abgefahren ist?“ Jon hatte kraftlos den Kopf gehoben.

„Ich wüsste nicht, wie“, erwiderte der Oberst müde. „Sie haben doch im Bootshaus nachgesehen? Meines Wissens gibt es hier kein Boot, das seetüchtig genug wäre, als dass man damit bei diesem Wind eine längere Strecke zurücklegen könnte.“

„Vielleicht hat man sie ja abgeholt?"

Jon wollte seine Theorie anscheinend nicht so schnell aufgeben. Der Oberst hielt hartnäckig dagegen. Seine Stimme klang, als spräche er mit einem widerspenstigen Kind, das einfach nicht hören wollte.

„Hätte man sie mit dem Hubschrauber abgeholt, hätten wir das mitbekommen. Diese Insel kann man nicht verlassen, ohne dass es uns anderen auffällt, dafür ist sie zu klein."

„Aber sie könnte sich doch auch versteckt haben?"

„Warum in aller Welt sollte sie das tun?", blaffte Franziska ihn an.

Mir fiel auf, dass sie in meiner Gegenwart bisher nur zwei Tonlagen angeschlagen hatte. Die heitere, mit der sie beim gestrigen Abendessen Jon adressiert hatte, und diese gereizte, nörgelnde, die offenbar ihr normaler Gesprächston war. Jon blickte sie an.

„Keine Ahnung … vielleicht hat sie Angst? Vielleicht weiß sie etwas, was wir anderen nicht wissen." Jon atmete einmal tief durch und fuhr dann fort: „Vielleicht kennt sie ja den Mörder und hält sich vor ihm versteckt …"

„Oder vor ihr", warf Lotte ein.

„Oder vor ihr", pflichtete Jon ihr bei, „oder aber sie war es selbst, die … Immerhin hat sie Annas Leichnam gefunden? Woher wissen wir, dass nicht sie Anna erwürgt hat und dann …"

In der Hoffnung auf Unterstützer für seine Theorie, die ihm offenkundig immer besser gefiel, je länger er darüber redete, ließ Jon seinen Blick über die Runde schweifen. Seine Stimme wurde zunehmend kräftiger und belehrender, und abermals wurde deutlich, wie sehr er es gewohnt war, dass andere Menschen ihm zuhörten. „Das wäre doch durchaus denkbar. Sie ermordet Anna und schließt ihre Leiche in der Kühlbox ein, damit wir anderen sie nicht untersuchen können, und dann versteckt sie sich. Aus meiner Sicht klingt das nach einem plausiblen Szenario, an dem wir unser weiteres Vorgehen orientieren sollten."

„Der Boden", sagte der Oberst leise.

Die anderen wandten ihm die Blicke zu.

„Was?", fragte Jon.

„Der Boden", wiederholte der Oberst, diesmal etwas lauter. „Jemand scheint den Fußboden geputzt zu haben. Soweit ich das beurteilen kann, hat dort jemand Blut aufgewischt."

Er zog ein weißes Taschentuch heraus und hielt es in die Luft. Auf ihm waren rostbraune Streifen zu erkennen. Erst als alle anderen im Raum das Taschentuch verwirrt anstarrten, schien der Oberst zu realisieren, dass sie gar nicht begriffen, was er ihnen da gerade zeigte. „Als ich vorhin mit Lotte unten auf der Krankenebene war, ist mir aufgefallen, dass dort jemand kürzlich etwas vom Boden aufgewischt hat. Also hab ich mein Taschentuch genommen und ein wenig darüber gerieben, und ich glaube …" Er holte tief Luft. „Ich befürchte, das ist Blut, und ich könnte mir gut vorstellen, dass es von Katja stammt. Offenbar hat sie dort auf dem Boden Blut verloren, und irgendjemand – oder möglicherweise sie selbst – hat es weggewischt. Den äußeren Umständen nach zu urteilen, erscheint es mir am wahrscheinlichsten, dass ihr jemand eine Verletzung zugefügt und hinterher wieder für Ordnung gesorgt hat. Das wissen wir zwar nicht mit Sicherheit, aber im Moment fällt mir keine plausible Erklärung ein, weshalb Katja sich selbst eine Verletzung zufügen, danach saubermachen und anschließend verschwinden sollte. Ein klassisches Beispiel für Ockhams Rasiermesser also, meine Herrschaften. Das bedeutet …"

„… das Wahrscheinliche entspricht der Wahrheit. Ja, ich weiß, Sie brauchen hier nicht den Professor zu spielen", unterbrach ihn Franziska mit einem Seufzen.

Der Oberst schien von ihrem Sarkasmus keine Notiz zu nehmen, sondern fuhr fort: „Das ist momentan alles, was wir haben. Mehr wissen wir nicht."

„Das kann doch jeder x-beliebige Schmutz sein", schaltete Jon sich wieder ein, doch seiner Stimme fehlte nunmehr jeder Nachdruck.

„Als ich dort unten war, habe ich im Übrigen auch das Funkgerät getestet", fügte der Oberst hinzu. „Es ist immer noch tot."

Henry schwieg. Er schien voll und ganz damit beschäftigt zu sein, Kaffee in eine Thermoskanne einzufüllen, was eine seltsam betuliche Geste war, schließlich hätte er ihn auch direkt aus der Kanne der Maschine ausschenken können. Als er den anderen daraufhin reihum Kaffee in ihre Tassen goss, sah er aus, als würde er zum Personal gehören. Er besaß die Fähigkeit, sich gelegentlich regelrecht unsichtbar zu machen, das war mir ja auch schon früher aufgefallen, und inzwischen war mir klar, dass dies durchaus absichtlich geschah, wenn er lieber zuhören wollte, anstatt selbst zu reden. Während ich ihn so beobachtete, lief ein wohliges Kribbeln durch meinen Körper, das Verlangen, einfach durch die Wand zu treten und ihm die Nase hinters Ohr zu legen und die Arme um seine Taille zu schlingen.

Auch er sah durchgefroren und müde aus, wie er da mit seiner Kanne die Runde machte. Was hätte ich nicht alles darum gegeben, jetzt irgendwo mit ihm verkatert auf einem Bett zu liegen und alte Filme zu schauen. Doch noch während ich über den Gedanken lächelte, überkam mich die schaurige Gewissheit, dass es dazu niemals kommen würde. Da hätte ich am liebsten geweint.

„Im Übrigen", sagte der Oberst und warf einen strengen Blick zu Jon, „sollten wir mit unseren Theorien hinsichtlich möglicher Schuldzuweisungen äußerste Vorsicht walten lassen. Wenn diese Sache zu einer Hexenjagd ausartet, sind wir verloren, das sollten wir unbedingt alle im Kopf behalten." Franziska erhob prompt wieder Einwände.

Während die anderen hin und her diskutierten, was sie als Nächstes unternehmen sollten, da nun nicht nur eine, sondern bereits zwei Personen verschwunden, wenn nicht sogar tot waren, kam mir der Gedanke, dass es außer dem Funkgerät auf der Krankenstation ja noch eine weitere Möglichkeit gab, mit der Außenwelt in Kontakt zu treten. Lottes Satellitentelefon. Das, mit dem sie gestern Abend telefoniert hatte. Ich musterte sie. Im Gegensatz zu Franziska und Jon war sie nicht im Mindesten extravagant gekleidet. Der einzige Bruch in ihrem sonst unauffälligen Stil war die große, schwarz glänzende Lederhandtasche, die sie während ihrer rastlosen Wanderung zwischen Fenster und Stuhl fast schon krampfhaft mit beiden Händen umklammerte. Ich nahm an, das Satellitentelefon befand sich noch immer in dieser Tasche und sie trug sie deshalb die ganze Zeit mit sich herum.

Vom Sekretär hatte ich die klare Anweisung erhalten, dass meine Aufgabe einzig und allein im Beobachten bestand. Ich sollte unter keinen Umständen in das Geschehen eingreifen. Doch nun hatte das Geschehen in einer Weise in mich eingegriffen, die der Sekretär so bestimmt nicht vorausgesehen hatte. Zum einen war ich mittlerweile ja gewissermaßen entlarvt. Wenigstens eine Person auf der Insel wusste, dass ich mitnichten in der ersten Nacht gestorben war, und derjenige hatte sein Bestes getan, um mich auszuschalten. Als mein Körper jedoch nicht auffindbar war, musste ihm oder ihr jedoch klar geworden sein, dass der Versuch missglückt war und ich mich immer noch irgendwo auf der Insel befand, eventuell verletzt, aber dennoch am Leben.

Zum anderen war nun ja auch Katja verschollen, und wenn sie nicht tot war, dann doch zumindest schwer verletzt. Die Blutlache auf dem Fußboden war groß gewesen. Ich erwog, ob ich mein Versteck verlassen und den anderen erzählen sollte, was ich wusste, kam jedoch zu dem Schluss, dass es sicherer sein würde, mich weiter verborgen zu halten. Bislang schien außer mir noch niemand von der Existenz der Strategischen Ebene zu wissen, geschweige denn, wie man dorthin gelangte. Insofern war ich also einstweilen im Vorteil. Außerdem fielen mir die Drohungen des Vorsitzenden in dem Konferenzraum im dreizehnten Stock wieder ein. Ein Abbruch meines Auftrags könnte Konsequenzen für mich nach sich ziehen, an die ich lieber gar nicht erst denken wollte. Aber es gab vielleicht noch eine andere Möglichkeit, ging es mir bei Lottes Anblick durch den Kopf, die ihre Tasche an ihren Körper presste wie eine Wärmedecke. Nämlich den Sekretär zu kontaktieren.

Plötzlich stemmte der Oberst die Hände auf die Knie und erhob sich schwerfällig.

„Wir müssen das Haus noch einmal gründlich durchsuchen. Falls Katja sich hier tatsächlich irgendwo versteckt oder festgehalten wird, ist sie vermutlich ernstlich verletzt. Ich schlage vor, wir teilen uns auf."

„Vielleicht sollten wir auch eine Kleinigkeit frühstücken", warf Henry kaum hörbar ein.

„Richtig. Ja." Der Oberst sah ihn dankbar an. „Sie bleiben mit Lotte hier unten, als Erstes suchen Sie das Erdgeschoss ab, und wenn Sie dort nicht fündig werden, bereiten Sie schon mal das Frühstück vor. Wir anderen durchkämmen solange das übrige Haus, und zwar so gründlich wie nur irgend möglich. Wir können nur zu Gott beten, dass wir Katja finden, bevor es zu spät ist."

Bei diesen Worten warf er Franziska und Jon einen auffordernden Blick zu und verließ mit den beiden im Schlepptau die Küche.

Ich überlegte, wie ich die Situation nun am besten angehen sollte, nachdem sich die Runde geteilt hatte, und beschloss schließlich, nach unten zu meinen Bildschirmen zurückzukehren, damit ich beide Gruppen zugleich im Auge behalten konnte. In der darauffolgenden halben Stunde verfolgte ich mithilfe der Kameras, wie sie alle möglichen und unmöglichen Ecken und Winkel gründlich durchsuchten, wie Lotte und Henry sich zuerst die Küche, dann den Salon und das Zimmer des Obersts vornahmen und anschließend die Schränke und sämtliche Nischen dazwischen, während der Oberst mit Jon und Franziska die Zimmer im ersten Stock durchkämmte. Dabei schleppte Lotte ihre Handtasche die ganze Zeit mit sich herum, nahm sie mit in jeden Raum und stellte sie nur ausnahmsweise ab, wenn sie beide Hände anderweitig benötigte. In diesen Momenten, wenn Lotte mit etwas beschäftigt war, meinte ich, Henry mehrfach auf ihre Tasche schielen zu sehen, weshalb ich annahm, dass auch er mit dem Gedanken spielte, irgendwie an das Satellitentelefon heranzukommen. Vielleicht wartete er auf eine günstige Gelegenheit, um es aus ihrer Tasche zu entwenden, vielleicht wunderte er sich aber auch nur genau wie ich über dessen Verbleib. Jedenfalls sprach er Lotte wohl nicht darauf an, und irgendwann beendeten die beiden ihre Suche und verschwanden in der Küche, um das Frühstück vorzubereiten. Nach einer Weile stießen auch die drei anderen aus dem Obergeschoss zu ihnen, und ich verließ meine Bildschirme und schloss mich ihnen in der Küchenwand an. Viel zu belauschen gab es allerdings nicht. Die fünf Personen in der Küche nahmen unter bedrückendem Schweigen ihr Frühstück ein, während draußen das frühmorgendliche Zwielicht unmerklich in den Vormittag überging und der Wind weiter auffrischte.

Plötzlich stand Henry auf und lief ans Fenster. Dann wandte er sich an die anderen.

„Was ist das, was sich dort draußen bewegt?"

Der Oberst ging sofort zu ihm und spähte ebenfalls hinaus.

„Keine Ahnung, kann mir jemand das Fernglas reichen? Ich glaube, in der Eingangshalle lag eines."

Lotte erhob sich, verschwand aus meinem Blickfeld und kehrte kurz darauf mit einem Fernglas zurück, das sie dem Oberst reichte. Er setzte es an die Augen und stieß einen leisen Schrei aus.

„Verdammt, das ist ja der Landungssteg!“

Alle sprangen von ihren Stühlen auf, und der Oberst schnappte sich seine Jacke und stürzte zur Tür hinaus. Der Rest der Gruppe folgte ihm. Neben Lottes Küchenstuhl stand noch immer ihre Handtasche.

Das war meine Chance, jetzt oder nie.

Als ich mir ganz sicher war, dass die anderen alle aus dem Haus und in Richtung Steg gerannt waren, kletterte ich wieder durch die Kühlbox hinauf in die Krankenstation. Ohne mein Tun groß zu überdenken, steuerte ich schnell auf das Regal mit den Medikamenten zu, fand, wonach ich suchte, und steckte mir die Dose ein. Dann eilte ich aus dem Raum. Jetzt, wo außer mir niemand mehr da war, kam mir das Haus gigantisch vor. Geduckt, damit man mich durch das Fenster nicht sehen konnte, rannte ich in die Küche. Dort riss ich Lottes große Tasche an mich, musste jedoch eine ganze Weile am Verschluss herumzerren, bevor ich sie aufbekam. Lotte gehörte anscheinend zu jenen Personen, die in ihrer Handtasche für jede Eventualität die passende Ausrüstung mit sich herumtrugen. Brieftasche, Schlüssel, Kaugummi, Busfahrplanheft, Tampons, Pflaster, diverse mit einer Büroklammer zusammengeheftete Belege, ein zur Hälfte gegessener Schokoriegel, Haarnadeln, eine ziemlich abgegriffene Kinderzeichnung, die einen orangefarbenen Klecks darstellte, sowie ein Armband, das sie in irgendeinem Billigladen gekauft haben musste.

Als ich klein war, hatte Nour eine große Aktentasche besessen, die sie ständig mit sich herumtrug. Eigentlich sollte ich die Finger davon lassen, wahrscheinlich bereitete es mir genau deshalb so großen Spaß, heimlich darin herumzustöbern. Für mich war diese Tasche wie ein geheimes Lexikon, eine Möglichkeit, Nour etwas näherzukommen. Ich sammelte Beweise, Belege, wo sie einen Kaffee getrunken oder was sie gekauft hatte, und durchstöberte ihren Terminkalender nach Verabredungen. Meist hatte sie jedoch, paranoid wie sie war, keine exakten Angaben notiert, sondern lediglich einen Buchstaben oder eine Uhrzeit. All diese Dinge prägte ich mir ein und verwahrte sie in meiner inneren Kriegskiste, als bräuchte ich irgendetwas, womit ich Nour an mich binden konnte.

Nun durchforstete ich ebenso systematisch Lottes Handtasche, obwohl ich auf Anhieb erkennen konnte, dass sich das Satellitentelefon nicht mehr darin befand. Ich nahm mir eine Haarnadel heraus, verschloss die Tasche und stellte sie wieder ab. Vorsichtig spähte ich aus dem Fenster, um sicherzugehen, dass sich die anderen nicht schon wieder auf dem Rückweg zum Haus befanden. Dann schlich ich mich aus der Küche die Treppe hinauf und oben durch den Flur. Ich zählte linker Hand die Türen ab, bis ich vor Lottes Zimmer stand. Ich hatte mich darauf eingestellt, das Schloss mit der Haarnadel knacken zu müssen (eine Fertigkeit, die ich mir bereits als Kind angeeignet und später in Kysylkum weiter verfeinert hatte), doch die Tür war nicht verschlossen, und ich stahl mich hinein.

Die Jalousien waren halb heruntergelassen, und überall im Zimmer war Kleidung verstreut. Auf dem Fußboden lag ein weißer, offenbar benutzter Baumwollslip in einer Nylonstrumpfhose verheddert, und das ungemachte Bett erweckte den Eindruck, als hätte Lotte beim Aufstehen einfach schnell die Decke zurückgeschlagen.

Hatte ich mich schon jenseits dieser Welt gefühlt, als ich noch durch die Zwischenwände geschlichen war, wurde ich nun regelrecht von Panik erfasst. Im Zimmer einer fremden Person herumzuschnüffeln, in ihren Sachen und ihren Kleidern, ihrem

Schrank und ihrem Bad, war gesellschaftlich absolut inakzeptabel. Ich kam mir vor wie eine Irre. Und obwohl ich mich erst seit einem halben Tag versteckt hielt, fühlte es sich irgendwie unnatürlich an, derart sichtbar mitten in einem Raum zu stehen, anstatt verborgen in einem dunklen Gang. Also atmete ich einmal tief durch, nahm mich zusammen und begann mit der Suche.

Ich durchkämmte das Zimmer so systematisch wie möglich, wobei ich ab und zu einen Blick aus dem Fenster warf. Die anderen schienen noch immer unten an der Felswand beschäftigt zu sein, und ich hoffte inständig, sie würden noch eine Weile fortbleiben. Denn ich kam mit der Durchsuchung des Zimmers nur verhältnismäßig langsam voran, nach dem Schlag auf den Kopf und den Medikamenten, die Katja mir vor einigen Stunden verabreicht hatte, wollten meine Hände mir noch immer nicht recht gehorchen. Mehrmals ertappte ich mich dabei, wie ich mit einem Gegenstand in der Hand dastand, ohne genau zu wissen, wie er dorthin gelangt war oder wie lange ich ihn schon anstarrte. Ich versuchte, möglichst methodisch vorzugehen, hob sogar den Deckel des Spülkastens an der Toilette an, doch trotz allen Suchens fand ich kein Telefon. Es war natürlich denkbar, dass sie es bei sich trug, irgendwo versteckt an ihrem Körper. Doch das konnte ich mir eigentlich nicht vorstellen, schließlich war das Gerät ziemlich groß und klobig, und die anderen würden es schnell entdecken. Doch plötzlich schoss mir ein anderer Gedanke durch den Kopf. Außer mir wusste ja noch eine weitere Person von Lottes Telefon, und die wohnte mit ihr Wand an Wand.

Henry.

Auch Henrys Zimmer war nicht abgeschlossen. Ich trat ein und blieb für einen Moment direkt hinter der Schwelle stehen. Bei Tageslicht sah das Zimmer anders aus, doch eine Sache war gleich geblieben: Man merkte dem Raum kaum an, das Henry sich hier aufgehalten hatte. Im Gegensatz zu Lottes nervöser Abwesenheit herrschte hier eine Ordnung wie in einer Klosterzelle. Das Bett war derart ordentlich gemacht, mit glatt gezogenen Laken, als wäre es von Hotelpersonal hergerichtet worden, und abgesehen von einem Taschenbuch auf dem Nachttisch lag nirgendwo etwas herum. Bei einem ersten Blick unter das Bett entdeckte ich Henrys leeren Koffer. Offensichtlich hatte er alles, was er mitgebracht hatte, ausgepackt und das unauffällige marineblaue Gepäckstück mit dem beschrifteten Namensschild danach feinsäuberlich unter dem Bett verstaut.

Aus Gründen, die ich selbst nicht ganz nachvollziehen konnte, provozierte mich seine Ordentlichkeit. Ich trat an den Schrank und öffnete ihn. Bei seinen Kleidern herrschte dieselbe perfekte Ordnung. Unten im Bodenfach stand ein Paar braune Lederschuhe. Darüber hingen zwei Jacketts. Dunkle Hosen. Frisch gebügelte Hemden an Kleiderbügeln. In einem Regalfach lagen Unterhemden sowie zwei Strickpullover in verschiedenen Grau- und Brauntönen. Den einen erkannte ich vom ersten Abend wieder. Auch die anonyme Ordnung in seinem Schrank nervte mich, übte zugleich jedoch eine seltsame Anziehungskraft auf mich aus. Seine Kleidung zu betrachten, sie anzufassen, hatte etwas Sinnliches. Kleidungsstücke, die seine Haut berührt, seinen Brustkorb, seine Arme gestreift hatten. Ich streckte die Hand aus und strich über ein blau-graues Oberhemd, dann beugte ich mich vor, um daran zu riechen. Neben dem Waschmittelgeruch war noch ein weiterer Duft wahrzunehmen. Die Bügelfalten an den Ärmeln waren so akkurat, dass sie fast schon scharfkantig wirkten, und ich fragte mich zerstreut, ob er seine Hemden wohl selber bügelte oder sie in die Reinigung brachte.

Das Durchstöbern von Henrys Schrank verlieh mir ein Gefühl der Überlegenheit, da ich ihn so gewissermaßen endlich nach Herzenslust durchleuchten konnte, ohne dass er selbst etwas davon ahnte. Ich nahm den Pullover vom ersten Abend in die Hand und sog seinen Geruch ein. Er verströmte den schwachen Duft von Rasierwasser und Henrys Körper.

Einen kurzen Moment spielte ich mit dem Gedanken, ihn mitzunehmen, doch damit würde ich ein unverhältnismäßig hohes Risiko eingehen. Also legte ich den Pullover zurück an seinen Platz und stöberte wahllos weiter durch Henrys Sachen. Und da entdeckte ich sie. Hinter Henrys Kleidern befand sich die Tür zu einem in die Wand eingelassenen Tresor. Sie war unverschlossen, und als ich daran zog, schwang sie auf. Obwohl es in dem Kleiderschrank ziemlich dunkel war, konnte ich sofort erkennen, was das Fach enthielt. Einen Stapel Unterlagen, genauer gesagt eine Personalakte, mit der Kopie meines Passes auf dem obersten Blatt. Und eine Pistole.

Mit einem leisen Aufschrei zog ich die Hand zurück, als hätte ich mich an dem Tresor verbrannt. Dann trat ich mit ein paar schnellen Schritten ans Fenster, und zu meinem Entsetzen musste ich feststellen, dass sich die anderen schon wieder in raschem Tempo auf das Haus zubewegten. Ohne zu überlegen riss ich die Waffe aus dem Tresor, drückte die Tür wieder zu, zog die Kleider davor und schloss den Schrank, dann rannte ich aus dem Zimmer die Treppen hinab, und als ich gerade in die Kühlbox kletterte, hörte ich, wie oben die Haustür geöffnet wurde.

Jemand rief: „Holen Sie eine Rettungsdecke!"

Schritte näherten sich, doch diesmal gelang es mir, die Box beim ersten Versuch zu verschließen. Während ich mit pochendem Herz mucksmäuschenstill abwartete, vernahm ich jemanden hektisch in der Krankenstation herumrumoren. Dann hatte die betreffende Person offenbar gefunden, wonach sie gesucht hatte, und ich konnte hören, wie sich ihre Schritte schnell wieder entfernten und die Tür zufiel. Ich versuchte mich zu sammeln, indem ich bis hundert zählte. Danach begann ich meinen mühsamen Abstieg durch die Luke. Ich versuchte mich so leise wie möglich die schmale Treppe hinunterzubewegen, und schließlich befand ich mich wieder in meinem unterirdischen Versteck, keuchend, die schwere Waffe in der Hand.

## *Henry*

„Wo ist er? Wo ist er?“, brüllte Lotte unmittelbar neben meinem Ohr. Ich musste all meine Selbstbeherrschung zusammennehmen, um sie nicht anzuschreien, einfach die Klappe zu halten. Stattdessen kämpfte ich mich in meinen eiskalten, schweren Kleidern weiter die Leiter hinauf, wo ich mich oben nach Atem ringend auf den Rücken fallen ließ. Irgendwie gelang es mir, meine klatschnasse, durchweichte Jacke abzustreifen, wobei ich mich hustend und würgend auf die Seite rollte. Die Stirn auf dem plattgetrampelten lehmigen Gras, versuchte ich, wieder zu Atem zu kommen. Es hatte nicht viel gefehlt, und ich hätte es nicht mehr zurück an Land geschafft.

Ungefähr eine Viertelstunde zuvor waren wir alle hinunter zum Landungssteg gerannt. Oder vielmehr zu der Leiter oberhalb der Stelle, wo sich der Steg einmal befunden hatte. Nun trieb dieser in hohem Tempo aufs Meer hinaus. Ohne ihn würde man hier unmöglich mit einem größeren Boot anlanden können, jedenfalls nicht, solange das Unwetter tobte. Dann wären wir tatsächlich von der Außenwelt isoliert.

„Wir müssen versuchen, den Steg wieder einzuholen!“, schrie ich den anderen zu. Der Wind hatte mittlerweile zugenommen, und wenn das so weiterging, würde er sich vermutlich bald zu einem Sturm auswachsen. Der Regen peitschte fast waagrecht durch die Luft.

„Im Bootshaus gibt es ein Schlauchboot“, rief Jon.

„Holen Sie es!“, schrie ich gegen den Wind an, und eine Minute später schleppte er eine großes Militärschlauchboot mit einem kompakten Außenborder an. Als der Wind in das Boot fuhr, wäre Jon damit um ein Haar über die Klippe gerissen worden. Lotte stürzte ihm zur Hilfe, und mit vereinten Kräften ließen sie es an einem Seil an der Felswand hinab. Dabei schwang es derart im Wind hin und her, dass es mich beim Hinunterklettern mehrfach von der Leiter zu reißen drohte. Als ich auf dem schmalen Strandstreifen angelangt war, nahm ich das Boot schwerfällig entgegen, und schließlich gelang es mir, es im Windschatten der Felswand zu Wasser zu lassen.

„Kommen Sie?", rief ich dem Oberst zu. Er warf mir einen zögerlichen Blick zu, doch dann schien er einen Entschluss zu fassen und kletterte zu mir nach unten. Jon machte Anstalten, ihm zu folgen.

„Das wird zu schwer! Warten Sie dort!"

Jon hielt auf der obersten Sprosse der Leiter inne und stieg dann sichtlich erleichtert wieder über die Kante hinauf. Der Oberst stieg in das Schlauchboot, ging geduckt an mir vorbei und setzte sich nach achtern. Ich nahm die Ruder vom Boden des Bootes hoch, und nachdem wir unter großer Anstrengung ein paar Meter von der Felswand weggerudert waren, startete ich den Motor und wir steuerten auf das kabbelige Meer hinaus in Richtung unseres Landungsstegs, der von den Wellen immer weiter von uns weggetrieben wurde.

Als wir in sicherer Entfernung von den spitzen Felsen waren und ein gutes Stück außer Hörweite, setzte ich mich so, dass mein Rücken den anderen am Ufer die Sicht versperrte.

„Ich muss mit Ihnen reden", rief ich dem Oberst gegen den Wind zu, stellte den Motor ab und rückte näher an ihn heran.

Nachdem ich zu Ende gesprochen hatte, atmete ich tief durch und wartete seine Reaktion ab. Er sah mir fest in die Augen. Der wässrige und abwesende Blick von vorhin war verschwunden, und mir wurde mit einem Mal klar, welche Autorität er früher einmal ausgestrahlt haben musste. Er war ein Mann, der wusste, was zu tun war.

„Sind Sie sich da sicher?“, fragte er.

„Hundertprozentig“, erwiderte ich in der Hoffnung, meine Worte würden sich als wahr erweisen.

Er wandte den Blick von mir ab, sah in Richtung der Klippen und stieß dann ein leises Lachen aus.

„Ich fass es nicht“, sagte er.

Plötzlich wiegte er seinen Körper hin und her, und mit einer geübten Bewegung, als hätte er dies schon viele Male zuvor getan, brachte er das Boot zum Kentern, und wir stürzten in das eiskalte Wasser.

## *Anna*

Sowie ich mich in meinem Keller wieder etwas beruhigt hatte, musste ich einsehen, dass das Mitnehmen der Waffe alles andere als ein Geniestreich gewesen war. Damit riskierte ich, Henrys Argwohn zu wecken, denn schließlich konnte die Waffe ja kaum von allein aus seinem Schrank verschwunden sein, so viel wäre ihm zweifellos klar. Aber – und nun konnte ich die unangenehmen Fragen nicht länger verdrängen – warum befand Henry sich im Besitz einer Waffe, und warum besaß er eine Akte über mich? Und weshalb hatte ich diese nicht auch gleich mitgenommen?

Ich verfluchte mich selbst, weil ich sowohl zu schnell als auch zu langsam gedacht hatte. Offenbar war Henry nicht als gewöhnlicher Kandidat für den Auftrag hier, seine Anwesenheit auf der Insel schien vielmehr mich zu betreffen. Ohne weiter darüber nachzudenken, war ich die ganze Zeit davon ausgegangen, ich könnte ihm vertrauen und er würde auf meiner Seite stehen. Beim Anblick der hinter den Kleidern versteckten Waffe samt meiner Personalakte hatte ich allerdings das Gefühl gehabt, ich hätte eine Hintertür zu seinem Kopf entdeckt, und darin gab es Dinge, die ich mir weder erhofft noch erwartet hatte.

Ich legte die Waffe vor mich auf den Arbeitstisch und begann sie zu untersuchen. Es handelte sich um einen Typ Handfeuerwaffe, den ich noch nie zuvor gesehen hatte, was aber im Grunde nicht viel aussagte, denn abgesehen von den alten Mauser-Gewehren, Revolvern und sowjetischen AK-47, derer sich das Militär in Kysylkum bediente, hatte ich noch keine Waffe aus der Nähe gesehen. Mit diesen hatte die Waffe vor mir allerdings wenig gemein, sie war schlank und machte einen wesentlich neueren Eindruck. Aus unseren Gesprächen über das Projekt in Kysylkum wusste ich zwar über Henrys frühere Karriere beim Militär Bescheid, andererseits hatten viele einen solchen Hintergrund, das war also nichts Besonderes. Außer er wäre in Wahrheit noch immer dabei. *War er etwa ein Spion?* Ich rang nach Luft. Seine Verschwiegenheit hatte auf mich schon immer etwas eigenartig gewirkt, geradezu pathologisch. Oder eben professionell. Ich musste an sein seltsam aufgeräumtes Zimmer denken, an seinen anonymen Kleidungsstil, seine Diskretion. Und an die Tatsache, dass ich im Grunde nicht mehr über ihn wusste, als das Wenige, was er mir selbst erzählt hatte. Bis jetzt. Meine Gedanken schossen wild in alle Richtungen, und ich war mir nicht sicher, ob ich nun paranoid war oder nur naiv, ich hatte keinerlei brauchbare Vergleichswerte. Es gab weder Richtlinien noch Konventionen, wie man in einer solchen Situation reagieren sollte.

Erschöpft setzte ich mich, und während ich apathisch auf meine Bildschirme starrte, die Waffe noch immer vor mir auf dem Tisch, überlegte ich angestrengt, was ich als Nächstes unternehmen sollte. Da sah ich auf den Monitoren plötzlich die gesamte Gruppe in die Eingangshalle stürzen. Oder vielmehr nicht die gesamte Gruppe, wie ich feststellte. Der Oberst fehlte. Weiter kam ich mit meinen Überlegungen nicht, denn Henry steuerte geradewegs auf die Treppe zu, offenbar auf dem Weg in sein Zimmer. Ich schlüpfte in die Zwischenwand, lief so schnell und leise, wie ich konnte, die schallisolierte Treppe hinauf und erreichte sein Zimmer unmittelbar nach ihm, allerdings auf einem Stehplatz. Sofort begann er, sich aus seinen klatschnassen Kleidern zu winden. Er riss und zerrte daran, als könnte er sich gar nicht schnell genug daraus befreien. Ein Stück nach dem anderen ließ er fallen, bis er schließlich nackt dastand. Es war nur schwer vorstellbar, dass wir vor weniger als vierundzwanzig Stunden noch miteinander geschlafen hatten, im grauen Licht des Tages wirkte sein Körper fremd und vertraut zugleich. Nun fielen mir auch wieder seine diversen Narben auf, eine lange auf dem Oberschenkel und etliche auf der Brust, die an alte Schusswunden erinnerten, gefährlich nah am Herzen. Die Narben auf seinem Brustkorb hatte ich gestern gespürt, war jedoch zu sehr mit Henry selbst beschäftigt gewesen, um sie bewusst wahrzunehmen.

Er ging ins Badezimmer, und ich konnte hören, wie die Dusche aufgedreht wurde. Ich setzte mich in Bewegung und folgte ihm durch die Wand. Dort verharrte ich einen Augenblick, unschlüssig, ob ich den Schieber mit den Gucklöchern wirklich öffnen sollte. Ich fand es schon eigenartig genug, fremde Menschen durch die Wände zu beobachten, doch das war nichts im Vergleich dazu, Henry ohne sein Wissen im Bad nachzuspionieren. Allerdings *wollte* ich Henry unter der Dusche sehen, und dieser Umstand erfüllte mich mit Scham. Mit den Fingerkuppen tastete ich im Dunkeln die Wand nach dem Schieber ab, doch so sehr ich auch suchte, ich fand ihn nicht. Es gab keinen.

Zuerst war ich frustriert und auch ein wenig wütend, dann überkam mich Unruhe. Hatte man Henry absichtlich in einem Zimmer untergebracht, wo er im Bad nicht beobachtet werden konnte? Und wusste er selbst davon? Vielleicht hing das mit der Waffe zusammen? Angespannt lauschte ich an der Wand, konnte aber lediglich das Plätschern der Dusche vernehmen.

Irgendwann wurde die Dusche abgestellt, und Henry kam mit einem Handtuch um die Hüften aus dem Bad. Von meinem Standpunkt aus hatte ich den Schrank nicht im Blick, doch ich konnte Henry darin herumwühlen hören, vermutlich auf der Suche nach etwas zum Anziehen. Plötzlich veränderte sich das

Geräusch, so als würden seine Bewegungen hektischer. Er trat einen Schritt zurück und sah sich fassungslos um. Ich konnte die Szene kaum anders deuten, als dass er das Verschwinden der Waffe bemerkt hatte. Jetzt riss er sämtliche Kleidungsstücke aus dem Schrank und zerrte anschließend das Laken vom Bett, zog seinen Koffer darunter hervor und schleuderte ihn auf den Kleiderberg und durchwühlte danach noch einmal alles. Er bot einen fast schon komischen Anblick. Aus reiner Verzweiflung suchte er sogar unter dem Taschenbuch auf seinem Nachttisch. Schließlich schien er aufzugeben. Er ließ sich auf die Bettkante sinken und starrte eine ganze Weile ausdruckslos vor sich hin. So saß er annähernd eine Minute da, bis er einen Entschluss zu fassen schien, eine Unterhose aus dem Kleiderhaufen zerrte, sich hastig ankleidete und den Raum verließ. Ich folgte ihm in der Wand.

Das letzte Mal hatte man Nour verhaftet, nachdem Großvater krank geworden war. Bereits einige Jahre zuvor war er wieder zurück in sein Heimatland Bosnien gezogen. Bis zur Emigrationsbewilligung war es ein langwieriger Prozess gewesen, da Bosnien damals schon nicht mehr zur Union gehörte, doch zu guter Letzt hatte man ihn ausreisen lassen. Er hatte sich nie besonders in der Partei engagiert, und da er sich zudem bereit erklärt hatte, auf seine Pension zu verzichten, war es vermutlich wirtschaftlicher gewesen ihn loszuwerden. Ich weiß nicht, ob Nour über seinen Weggang traurig war, sie hat nie darüber gesprochen. Erst mit seiner Krankheit wurde das ein Problem. Nour wollte zu ihm fahren, durfte jedoch nicht. Man würde sie hier benötigen, hieß es. So viel Wissen könne man nicht einfach aus dem Land ausreisen lassen. Man befürchtete, Nour könnte sich absetzen.

Damals war ich bereits von zu Hause ausgezogen und bekam deshalb nicht allzu viel davon mit, doch ich weiß, dass sie einen Antrag nach dem anderen einreichte. „ANSUCHEN UM DIE ERLAUBNIS, EINEN STERBENDEN ELTERNTEIL PFLEGEN ZU DÜRFEN“ stand in wütenden roten Lettern auf einem der Umschläge, die zum Abschicken bereit in ihrer Diele lagen. Bereits zu diesem Zeitpunkt ahnte ich, dass es Schwierigkeiten mit ihrem Ausreisevisum gab, und ich wusste, dass es schon früher zu Reibereien zwischen ihr und der Partei gekommen war, allerdings hatte ich anscheinend nicht erkannt, wie verzweifelt sie in Wahrheit war.

Eines Tages bekam ich einen eigenartigen Anruf von Nour. Sie bat mich, sie von zu Hause abzuholen und ins Krankenhaus zu begleiten. Was nicht zu ihr passte, denn normalerweise brüstete sie sich damit, niemals krank zu werden. Bei ihr zu Hause angelangt, fand ich die Tür unverschlossen vor, und in der Wohnung roch es muffig. Auf mein Rufen hin erhielt ich keine Antwort. In der Küche schien sich das Geschirr schon seit Tagen in der Spüle zu stapeln. Und auf dem Küchentisch lag ein Paket mit einem Rest angelaufener Butter. Ich schlich nach oben zu ihr ins Schlafzimmer. Nour lag schlafend in ihrem Bett. Ich hatte sie seit meiner Kindheit nicht mehr im Schlaf gesehen. Ihre Züge waren weich und entspannt, die Furche zwischen ihren Augenbrauen geglättet. Im Übrigen sah sie grässlich aus. Ihr Gesicht war bleich, mit einem Stich ins Olivgrüne, und die Haut an ihren Armen wirkte mehrere Nummern zu groß. Sie musste schon seit Längerem krank sein. Im Raum hing der süßliche Geruch ihres ungewaschenen Körpers, und auf dem Fußboden unter ihrem Bett häuften sich Gläser, Tassen, Teller sowie Unmengen leerer Schmerzmittelpackungen. Ich setzte mich auf die Bettkante und legte ihr die Hand auf den Arm. Ich war mir nicht sicher, ob ich sie wecken sollte, doch nach einer Weile schien sie meine Gegenwart zu spüren. Sie wandte mir den Kopf zu und blickte mich verschlafen an.

„Anna?“ Zuerst wirkte sie erstaunt.

„Seit wann bist du schon krank?“

Nour sah mich an, als verstünde sie meine Frage nicht ganz.

„Seit wann du schon krank bist?“, fragte ich deshalb erneut.

Sie räusperte sich leise. Ich reichte ihr ein Wasserglas, das mir noch einigermaßen frisch vorkam. Sie nahm es entgegen und hob den Kopf zum Trinken, dann sank sie wieder auf ihr Kissen zurück und sah mich.

„Du musst mir ins Krankenhaus helfen, Anna. Ich muss zur Begutachtung.“

„Zur Untersuchung“, korrigierte ich sie, „du musst untersucht werden. Du bist krank.“

Sie schüttelte ärgerlich den Kopf.

„Aber nein, sie müssen mich begutachten. Ich soll vorzeitig in den Ruhestand versetzt werden.“

Jetzt machte sie trotz allem wieder einen resoluten Eindruck. Die kleine Furche war zwischen ihren Augen zurückgekehrt.

Ich verstand kein Wort. „Nour, du bist einfach krank, warum sollten sie dich vorzeitig in den Ruhestand schicken?“

„Sie müssen“, erwiderte sie und kniff den Mund zusammen wie ein bockiges Kind. „Jetzt müssen sie.“

Plötzlich begriff ich. Ich erschauderte.

„Nein“, entfuhr es mir bloß.

„Doch“, erwiderte sie und sah mir entschlossen in die Augen.

Wir starrten uns lange schweigend an. Solche Fälle waren mir durchaus schon früher zu Ohren gekommen. Manche Leute gingen so weit, ihre Gesundheit zu ruinieren, damit sie für die Partei unbrauchbar wurden und die Erlaubnis zur Ausreise erhielten. Allerdings hatte ich diese Geschichten stets für Ammenmärchen gehalten.

„Setz dich auf, damit ich es mir ansehen kann“, forderte ich sie auf.

„Das brauchst du nicht“, entgegnete sie. „Das können die im Krankenhaus machen.“

„Ich will aber. Setz dich bitte auf."

Widerstrebend und unter großer Anstrengung richtete Nour sich im Bett auf. Ich zog ihr Unterhemd hoch und betrachtete ihren Rücken. In ihrer Lendengegend klebte eine fleckige Kompresse, von der ein säuerlicher Geruch aufstieg. Vorsichtig löste ich das Fixierpflaster ab, und als sich die Klebefläche von der Haut löste, wimmerte Nour leise. Dort, wo sich das Pflaster befunden hatte, blieben kleine graue Klebstoffränder zurück. Die Stelle, an der man ihr viel zu viel Rückenmarkflüssigkeit entnommen hatte, befand sich genau zwischen zwei Wirbeln, und sie eiterte.

„Bleib sitzen, dann säubere ich die Wunde."

Da Nour nicht protestierte, sondern lediglich schwer atmete, ging ich ins Bad, feuchtete ein Papiertuch mit lauwarmem Wasser an, durchsuchte das Badezimmerschränkchen nach etwas, das als Kompresse fungieren könnte, und ging wieder zurück ins Schlafzimmer. Nour saß noch genauso da, wie ich sie verlassen hatte. Das schwarze Haar hing über das Gesicht, weshalb ich ihre Miene nicht erkennen konnte.

„Das Gehen fällt mir ziemlich schwer", sagte sie plötzlich. „Du musst mich stützen."

„Und wie geht es dir sonst? Tut dir sonst noch irgendetwas weh?"

„Der Kopf", antwortete Nour. „Aber das war zu erwarten."

„Hättest du dir stattdessen nicht lieber ein Bügeleisen auf den Fuß fallen lassen können?", fragte ich und strich ihr behutsam übers Haar.

Nour schüttelte den Kopf. „Sei nicht dumm. Knochenbrüche können wieder heilen. Es muss schon von Dauer sein."

Vorsichtig säuberte ich die Wunde. Sie sah grauenhaft aus. Erst wollte ich Nour fragen, wer den Eingriff durchgeführt hatte, doch mir war klar, dass sie mir darauf keine Antwort geben würde, und das war wahrscheinlich auch besser so. Die betreffende Person könnte erhebliche Schwierigkeiten bekommen, genau wie ich in Schwierigkeiten geraten könnte, wenn ich ihre Identität kennen würde.

„Du bist ein Idiot", sagte ich mit sanfter Stimme.

Und das stimmte ja auch. Aber trotzdem.

„Er ist mein Vater", erwiderte sie leise. „Ich kann ihn doch nicht ganz allein sterben lassen."

Ich klebte die frische Kompresse fest und streichelte Nour über den Rücken. Dann richtete ich ihr die Kissen so her, dass sie mit dem Rücken auf dem weichsten zu liegen käme.

„Du kannst dich wieder hinlegen", sagte ich.

Mit einem Seufzen sank sie zurück. Dabei sah sie mich aus strengen Augen an.

„Du weißt, ich hätte für dich dasselbe getan. Und du für mich. Alles andere wäre nicht anständig."

„Ich weiß", entgegnete ich.

Danach sagte ich nichts mehr, sondern blieb einfach noch eine Weile auf ihrer Bettkante sitzen.

Im Krankenhaus kam es natürlich zum Eklat. Der erste Arzt, der Nour untersuchte, rief noch einen zweiten herbei. Anschließend erschien die Sicherheitspolizei. Ich wurde in einen Raum ohne Fenster geführt, wo ich nach längerem Warten schließlich von einer uniformierten Person, deren genaue Zuständigkeit nicht weiter ersichtlich war, stundenlang verhört wurde. Ob ich von Nours Vorhaben gewusst hätte? Ob ich wisse, wer den Eingriff durchgeführt habe? Und warum sie es getan habe? Letzteren Umstand zu verneinen, wäre sinnlos gewesen, wie ich ihren Fragen entnehmen konnte, hatten sie das längst selbst herausgefunden. Deshalb sagte ich einfach, wie es war, nämlich dass es wohl mit meinem kranken Großvater in Bosnien zusammenhing und Nour in den vorzeitigen Ruhestand gehen wollte, damit sie hinfahren und sich um ihn kümmern konnte. Wieder und wieder wurden dieselben Fragen und Antworten durchgekaut, mit nur wenigen Abweichungen. Irgendwann fand ich mich dann im Schneeregen vor dem Krankenhaus wieder und durfte nach Hause gehen, allerdings ohne Nour noch einmal gesehen zu haben.

Später erfuhr ich, dass man sie ins Gefängniskrankenhaus überstellt hatte, wo sie insgesamt sechs Wochen lang blieb. Man hatte ihr gesagt (und auch das kam erst viel später heraus), ich hätte sie angezeigt. Als ich sie nach etwa sechs Wochen im Gefängnis anrufen wollte, hieß es plötzlich, sie sei schon wieder nach Hause entlassen worden. Und das stimmte. In den Vorruhestand und mit Krücken. Zu diesem Zeitpunkt war mein Großvater bereits verstorben, und Nour sollte für alle Zeit eine Dissidentin bleiben, eine Dissidentin, die für jeden Schritt eine Krücke benötigte. Wir haben nie wieder darüber gesprochen, doch ich habe noch oft darüber nachgedacht. Was man für seine Lieben nicht alles tut.

In Kysylkum hatte ich viele verstümmelte Menschen gesehen. Mütter hatten ihre Söhne verstümmelt, damit sie nicht zum Militär mussten, Männer hatten sich in Beine und Füße geschossen, damit sie nicht in den Krieg geschickt wurden. Ich hatte so viele tote Körper gesehen, dass ihr Anblick schon fast, aber eben nur fast, alltäglich wurde. Die meisten waren Fremde für mich, andere mir schmerzlicherweise bekannt, einige derart übel zugerichtet, dass ich bei dem Gedanken, sie würden in diesem Zustand wenigstens nicht weiterleben müssen, fast schon Erleichterung empfand. Wieder andere sahen aus, als würden sie lediglich schlafen. Manche waren schon alt, andere viel zu jung. Nie jedoch hatte mich der Gedanke gestreift, es könnte Situationen geben, in denen man über das Auffinden eines toten Körpers froh wäre. Bis zu diesem Zeitpunkt, wo nun auf einer von der Außenwelt abgeschnittenen Insel zwei Personen verschwunden waren, deren Körper man nicht entdecken konnte.

Dies jedenfalls meinte ich aus den Gesprächen von Franziska, Jon, Lotte und Henry herauszuhören, die sich im Salon niedergelassen hatten und zu begreifen versuchten, was sie da gerade erlebt hatten. Der Oberst war nach dem Kentern des Bootes im Wasser verschollen, und mittlerweile ging ein zu starker Wind, als dass man sich noch einmal aufs Meer hinauswagen und nach ihm suchen konnte. Außerdem war das Boot weg. Nun waren wir endgültig isoliert. Doch Jon wollte sich mit Henrys Erklärungen anscheinend nicht zufriedengeben.

„Aber was hat er denn gesagt, als Sie beide dort draußen waren?"

„Wir haben uns nur darüber unterhalten, was mit dem Landungssteg passiert sein könnte, wie er sich hatte losreißen können."

„Und zu welchem Ergebnis sind Sie da gelangt?"

„Solange wir den Steg noch nicht erreicht hatten, um ihn zu untersuchen, konnten wir ja lediglich spekulieren, aber es bestand ein gewisses … Verdachtsmoment, dass ihn jemand losgemacht haben könnte."

„Und warum sollte das jemand tun?"

Henry wandte den Blick von dem unsichtbaren Punkt ab, den er bis eben noch eingehend studiert hatte, und richtete ihn stattdessen auf Jon.

„Um uns von der Außenwelt abzuschneiden natürlich. Jetzt kann man die Insel nicht mehr mit einem Boot anlaufen oder zumindest nicht, ehe sich der Wind wieder gelegt hat. Wir sitzen fest."

„Aber …"

Erbarmungslos fuhr Henry fort: „Wenn das stimmt, würde es bedeuten, dass sich tatsächlich jemand auf der Insel aufhält, der uns schaden will. Aber bis auf Weiteres können wir das nicht mit Sicherheit sagen, ebenso wenig, wie wir wissen, ob sich der Landungssteg von allein losgerissen hat oder ob nicht am Ende der Oberst selbst Anna ermordet und anschließend Katja aus dem Weg geräumt und den Steg sabotiert hat. Denn nun ist er verschwunden, und das Boot ist weg, und das Funkgerät im Keller funktioniert nicht …“

Jon unterbrach ihn: „Und wessen Fehler ist es, dass jetzt der Oberst und das Boot verschwunden sind? Wollen Sie hier wirklich Volksreden schwingen, nachdem Sie dafür verantwortlich sind, dass …“

„Falls Sie einen Vorschlag haben, der zur Lösung unseres Problems beiträgt, bin ich ganz Ohr“, unterbrach ihn Henry steif.

Alle schwiegen. Der Raum wirkte ungewöhnlich still. Schließlich ergriff Franziska das Wort. Zum ersten Mal klang sie weder gekränkt noch schmeichlerisch, sondern einfach nur erschöpft.

„Wir sind alle müde. Und stehen unter Schock, nehme ich an. Ich zumindest. Ich würde vorschlagen, wir essen eine Kleinigkeit und versuchen uns ein wenig auszuruhen, dann können wir uns vielleicht etwas sammeln und gemeinsam überlegen, was wir als Nächstes tun.“

Der Vorschlag klang vernünftig, und noch während sie sprach, fiel mir auf, dass auch ich schon seit Stunden nichts mehr gegessen hatte. Meine Beine fühlten sich geschwollen an, und ich war matt und hungrig. Sobald die anderen mit der Verteilung der Aufgaben begannen (Franziska und Jon wollten das Essen aus der Küche holen, Henry und Lotte sollten im Salon bleiben, einheizen und den Tisch decken), taumelte ich in meinen Keller hinab und geradewegs zum Kühlschrank. Dort bereitete ich mir aus allem, was ich finden konnte, ein regelrechtes Monstrum von einem Sandwich, das ich mit einem Seitenblick auf die Bildschirme im gelblichen Schein der Lampe binnen einer Minute verschlang. In der Zwischenzeit schlossen sich Franziska und Jon im Salon wieder Lotte und Henry an.

Es wirkte fast ein wenig gemütlich, wie sie da in ihren Sesseln vor dem Kamin hockten, belegte Brote aßen und Tee aus einem schönen Samowar ausschenkten. Nach dem Essen blieben sie dort sitzen. Vermutlich waren sie mit ihren Kräften am Ende. Gelegentlich ging ich in meinem Gang hinauf und horchte, ob gerade etwas Interessantes besprochen wurde, doch die meiste Zeit saßen sie schweigend beisammen. Niemand schlug vor, sie könnten noch einmal hinausgehen und weitersuchen. Inzwischen hatten sie sich offenbar darauf eingestellt, das Ganze einfach auszusitzen. Abgesehen von Franziska hatten sich alle mit einem Buch aus dem großen Regal versorgt und schienen vertieft in ihre Lektüre, wohingegen Franziska wechselweise neben Jon auf dem Sofa saß und teilnahmslos ins Feuer starrte oder aber unvermittelt aufsprang und rastlos im Zimmer herumwanderte und dabei wiederholt durch das Fenster hinaus aufs offene Meer spähte, wo die Sonne allmählich versank. Einmal gingen Henry und Jon zusammen in die Krankenstation, um das Funkgerät zu testen, allerdings ohne Erfolg. Der Wind hatte mittlerweile anscheinend Sturmstärke erreicht, denn er rüttelte so erbarmungslos am Haus, dass die Fensterscheiben klirrten.

Um kurz nach neun verkündeten Franziska und Jon, sie würden sich nun schlafen legen, und verließen gemeinsam den Raum. Bald darauf verschwanden auch Henry und Lotte aus dem Erdgeschoss und gingen hoch auf ihre Zimmer. Als ich kurze Zeit später nach ihnen sah, schienen sie schon alle zu schlafen. Jon bei Franziska im Zimmer auf dem Sofa, die anderen beiden in ihren Betten. Ich beschloss, die Zeit zu nutzen und mich ebenfalls ein wenig auszuruhen, kroch in meine kleine Schlafstatt und stellte die Weckfunktion meiner Uhr in der Absicht, in ein paar Stunden noch einmal nach den anderen zu sehen. Doch kaum hatte ich meinen Kopf auf das harte, flache Kissen gelegt, die graue Armeedecke über mich gezogen und gerade noch gedacht, warum es beim Militär immer so spartanisch zugehen musste, als ich auch schon in einen tiefen Schlaf fiel wie in einen dunklen Brunnen.

*Ich war wieder zurück in Kysylkum. Obwohl um mich herum Dunkelheit herrschte, war mir das sofort klar. Die eiskalte Nachtluft, der Geruch von brennender Braunkohle im Ofen, das Geräusch der im Wind schlagenden Zeltplane. Flapp, flapp, flapp. Es war Nacht. Ich trug meine Schlafhandschuhe und meine Mütze, denn auf den Ofen konnte man sich nicht verlassen, und ich war oft genug zitternd vor Kälte aufgewacht. Diesmal allerdings nicht deswegen, sondern weil ich Bewegungen im Krankenzelt vernahm. Aber nicht die üblichen Regungen derer, die sich vor Kälte oder Schmerz im Schlaf auf ihren Pritschen hin und her wälzten. Diese Bewegungen hörten sich anders an.*

*Leise drehte ich mich auf die Seite und versuchte, zwischen den dünnen Tüchern hindurchzuspähen, die meine Schlafecke vom Rest des Raumes abtrennten. Ich konnte die Konturen eines Körpers herumhuschen sehen, schnell, als wollte die betreffende Person nicht bemerkt werden. Behutsam tastete ich rechts unter meiner Matratze nach dem Revolver. Selbst im Traum war mir bewusst, wie lebensgefährlich es war, mit einer alten, unberechenbaren Waffe unter der Matratze zu schlafen. Eines Tages würde ich sie aus Versehen durch meine Bewegungen entsichern und mich oder irgendjemand anderen erschießen, lediglich weil ich unruhig geschlafen hatte. Trotzdem verwahrte ich den Revolver dort. Seine Gegenwart gab mir ein Gefühl von Kontrolle, und nachdem ich ihn unter der dünnen Matratze zu fassen bekommen hatte, ließ ich mich ganz langsam aus dem Bett auf den Boden gleiten. Der Schatten rührte sich erneut, diesmal in einer völlig anderen Ecke des Raumes, in der zahlreiche dünne Vorhänge hingen. Gebückt schlich ich vorwärts, auf den Schatten zu. Je weiter ich kam, desto dichter wurden die Vorhänge. Der Schatten schien mal hier, mal dort zu sein, wie ein Gespenst, das sich ständig meinem Blick entzog. Mit einem Mal wirkte der Raum unendlich groß, und in meiner aufsteigenden Panik versuchte ich, die Stoffbahnen vor mir beiseitezuschieben, doch sie waren plötzlich überall. Ich verlor die Orientierung. Da gewahrte ich unmittelbar hinter mir eine Bewegung. Ich drehte mich um. Etwa einen Meter von mir entfernt hing eine Stoffbahn, die nicht ganz auf den Boden hinunterreichte. Unter ihr ragte ein Paar Füße in großen Stiefeln hervor. Sie standen vollkommen still. Ich hob meine Waffe und zielte. Dann streckte ich langsam die Hand aus, um das Tuch wegzuziehen. Doch da wurde es plötzlich von der anderen Seite beiseitegeschoben. Vor mir stand ein magerer Junge in riesigen Stiefeln. Seine Kleider waren dünn und zerschlissen, obwohl es mitten im Winter war. Schneeflocken wirbelten um ihn herum. Sein Kopf war ein großer roter Apfel. Ich schoss, und der Kopf explodierte.*

Mit einem Ruck setzte ich mich in meiner Koje auf und stieß mir den Kopf am Rost des Bettes über mir. Mein Körper war feucht und klebrig, die Bettwäsche durchgeschwitzt, als hätte mir jemand einen Eimer Wasser übergekippt. Den Wecker musste ich im Schlaf abgestellt haben, denn die Nacht war schon wesentlich weiter vorgerückt, als ich es erwartet hatte. Ich schwang mich aus dem Bett und stolperte zu den Monitoren. Auf deren grünlich-körnigen Mattscheiben konnte ich Jon erkennen, der sich hektisch zwischen den Sichtbereichen der einzelnen Überwachungskameras hin und her bewegte. Er rannte den Flur im ersten Stock entlang und klopfte und rüttelte an sämtlichen Türen, wobei er anscheinend irgendetwas schrie. Plötzlich schwenkte er auf die Treppe nach unten ab, und ich schlüpfte, noch immer zitternd von dem kalten Schweiß auf meiner Haut, geschwind in die Wand, damit ich hören konnte, was passiert war. Doch noch während Jon und ich in Richtung Küche rannten, begriff ich, was er rief. Franziskas Namen.

Wenige Minuten später saßen die drei nun noch übrig Gebliebenen unten in der Küche. Henry kochte – wieder einmal – Kaffee, während Lotte Jon zu beruhigen versuchte, der sich am Rande des Nervenzusammenbruchs befand. Abwechselnd saß er entweder mit dem Kopf zwischen den Knien auf einem Stuhl, als würde er gegen Schwindel ankämpfen, oder aber er sprang auf und starrte hinaus aus dem Fenster, marschierte tobend im Raum auf und ab, um sich dann erneut auf dem Stuhl niederzulassen. So ging das in einem fort. Lotte, die wieder ihren Frotteemorgenmantel trug, sah ihm dabei abwechselnd besorgt hinterher oder strich ihm beruhigend über den Rücken, wenn er gerade saß. Gelegentlich tauschte sie einen besorgten Blick mit Henry aus, der, seit er seinen Fuß vor anderthalb Tagen auf diese Insel gesetzt hatte, stark gealtert wirkte. Allerdings betrachtete Lotte Henry mit nicht minder besorgtem Blick, wenn er ihr den Rücken zugekehrt hatte. Vermutlich war sie inzwischen zu der Erkenntnis gelangt, dass, sollte sich nicht doch ein mystischer Fremder auf der Insel verbergen, was zunehmend unwahrscheinlicher erschien, Henry momentan der Verdächtigste war. Ich beobachtete gerade seine Bewegungen in der Küche, als er plötzlich den Blick genau auf jenen Punkt an der Wand richtete, hinter dem ich mich befand, und ihn geradewegs anstarrte. Vor Schreck wich ich unwillkürlich von den Gucklöchern zurück. Erneut streifte mich der Gedanke, dass die Person, von der ich niedergeschlagen worden war, mittlerweile realisiert haben musste, dass ich noch am Leben war. Möglicherweise war diese Person Henry. Andererseits hatte Lotte das Satellitentelefon mit auf die Insel gebracht. Die Schatten fielen in alle Richtungen. Henry trat mit den Kaffeetassen an den Tisch, stellte vor jeden eine hin und setzte sich. Lotte und Jon blickten beide zu ihm auf, als er sagte: „Es ist wohl an der Zeit, dass wir alle Klartext reden."

## *Henry*

„Irgendetwas geht hier vor, das wir nicht durchschauen."

Ich hatte die Situation mehrmals im Kopf durchgespielt, damit die Sache so funktionierte, wie ich sie mir vorgestellt hatte. Lotte und Jon starrten mich an, und als keiner von beiden etwas sagte, fuhr ich fort: „Irgendetwas oder irgendwer lässt hier offenbar Menschen verschwinden. Anfangs waren wir zu siebt. Jetzt sind wir noch drei. Eine von uns liegt eine Treppe tiefer in einer Kühlbox, ein anderer auf dem Meeresgrund. Zwei sind verschwunden. Kann jemand von Ihnen eventuell etwas dazu beitragen, was uns weiterhilft, die Vorgänge besser zu verstehen?"

Noch immer herrschte Schweigen. Lotte wand sich ein wenig auf ihrem Stuhl, doch meine Hoffnung, sie würde zu sprechen ansetzen, wurde nicht erfüllt. Also machte ich weiter: „Dann fange ich an. Ich bin im Rahmen eines Spezialauftrags hier."

Lotte sog heftig die Luft ein.

„Möchten Sie etwas sagen, bevor ich fortfahre?"

Stumm schüttelte sie den Kopf, doch ihr Blick flackerte wild hin und her und wollte meinem nicht begegnen. Stattdessen flog ihre linke Hand an ihren Mund, und sie begann, mit abwesender Miene an ihren Nägeln zu kauen. Ich sprach schnell weiter, damit sie sich nicht allzu sehr sammeln konnte.

„Ich bin hier, um Anna Francis zu überwachen."

Lottes Augen weiteten sich, doch sie sagte noch immer nichts.

„Das scheint Ihnen ja eher nicht so gut gelungen zu sein, was?" Jons Stimme klang erschöpft und wütend. „Und was genau war der Zweck dieser Überwachung? Dass Sie sich betrinken, sie flachlegen und dann einschlafen?“

Er funkelte mich zornig an, als gäbe er mir die Schuld für das Ganze.

„Nein, in der Tat nicht. Ich war mir nicht darüber im Klaren, dass es zu lebensbedrohlichen Situationen kommen könnte, ich habe es als reinen Observationsauftrag aufgefasst.“

„Und weshalb sollte Anna Francis observiert werden?“, bohrte Jon weiter.

Ich blickte Lotte an. Sie biss noch immer auf ihren Nägeln herum und starrte durch das Fenster in die Dunkelheit. Ich bemühte mich, möglichst offen zu klingen, wählte meine Worte jedoch mit Bedacht. Nur nicht zu viel sagen, aber auch nicht zu wenig.

„Soweit ich es verstanden habe, galt sie als eine der vielversprechendsten Kandidatinnen, allerdings bestand wohl eine gewisse Unsicherheit, inwiefern sie dem Druck gewachsen sein würde. Deshalb sollte ich sie ganz besonders im Auge behalten, um zu sehen, ob sie zusammenbricht.“

Lotte wirkte skeptisch.

„Aber das verstehe ich nicht. Wieso sollten sie jemanden herschicken, der unter Umständen zusammenbricht?“

„Viel mehr als das weiß ich auch nicht. Anscheinend gibt es einige Ungereimtheiten bezüglich ihrer Vergangenheit, aber offenbar sollte sie in der Hoffnung getestet werden, dass sie die Situation bewältigen würde. Sie war wohl schlichtweg zu gut, um sie von vornherein außer Betracht zu lassen.“

Jon versuchte sich offensichtlich auf das eben Gesagte einen Reim zu machen: „Nun, Henry …“, setzte er zögernd an, „und was genau sind Sie dann? Sind Sie überhaupt ein Kandidat? Oder kommen Sie ausschließlich vom Geheimdienst?“

„Ich fürchte“, erwiderte ich, „darüber darf ich Ihnen keine Auskunft geben.“ Noch bevor er darauf etwas entgegnen konnte, fuhr ich fort: „Ich erzähle Ihnen das deshalb, weil ich im Zuge dieses Auftrags eine Waffe mit auf die Insel genommen habe, zu deren Gebrauch ich aufgrund meines militärischen Dienstgrades und meiner Stellung berechtigt bin. Allerdings ist diese Waffe jetzt weg."

„Was zum Teufel wollen Sie damit sagen?", rief Jon aus.

„Meine Dienstwaffe ist verschwunden. Und nun würde ich gern wissen, ob jemand von Ihnen beiden sie genommen hat. Ich werde Ihnen jetzt also eine Frage stellen, und ich erwarte, dass Ihre Antwort darauf ehrlich ausfällt. Und bevor Sie antworten, sollten Sie sich noch einmal vergegenwärtigen, dass sich auf der Insel also eine scharfe Waffe befindet und vier Personen bereits verschwunden oder sogar tot sind. Ich brauche den Ernst der Lage wohl kaum weiter zu betonen." Ich sah die beiden abwechselnd an, in dem Versuch, Blickkontakt zu ihnen herzustellen. „Hat einer von Ihnen beiden meine Waffe genommen?"

Jon glotzte mich aus leeren Augen an und schüttelte dann langsam den Kopf. Als ich daraufhin Lottes Blick suchte, kam sie schließlich nicht mehr umhin, ihn zu erwidern und etwas zu sagen.

„Nein, ich habe Ihre Waffe nicht. Allerdings war auch ich nicht ganz ehrlich. Ich bin zwar durchaus als Kandidatin hier, hatte jedoch ebenfalls noch einen anderen Auftrag. Ich sollte Sie alle genauestens beobachten und den Sekretär über den Fortgang der Operation auf dem Laufenden halten."

Ich hakte sofort nach.

„Und wie sollte das vor sich gehen?"

Lotte wand sich nervös auf ihrem Stuhl.

„Dazu möchte ich mich lieber nicht äußern."

„Sie haben also nicht zufällig ein Satellitentelefon mit auf die Insel gebracht?"

Sie zuckte zusammen.

„Woher wissen Sie das?"

„Sie brauchen mich gar nicht so misstrauisch anzuschauen, Anna und ich haben Sie damit am ersten Abend hinter dem Haus beobachtet. Sie haben sich nicht unbedingt diskret verhalten."

Lotte wirkte betreten.

„Was zum Teufel geht hier eigentlich vor?", brach es jetzt aus Jon heraus, dem offenkundig der Kragen platzte. „Soll das heißen, Sie sind schon die ganze Zeit über im Besitz eines Satellitentelefons und sagen kein Wort? Holen Sie es verdammt noch mal her und rufen Sie Hilfe! Worauf warten Sie noch?"

Lotte wirkte zunehmend verzweifelt.

„Ich habe es nicht mehr."

„Was? Aber wo verflucht ist es dann?"

„Es wurde mir gestohlen. Es ist im Laufe des ersten Tags verschwunden."

Jon stemmte sich von seinem Stuhl hoch und begann, auf und ab zu wandern. Plötzlich hielt er inne und funkelte uns beide hasserfüllt an.

„Was ist denn bloß mit Ihnen los, verdammt? Sie besitzen ein Telefon, Sie haben eine Waffe – kriegen aber beide den Mund nicht auf, und jetzt haben Sie die einzigen irgendwie brauchbaren Dinge auch noch erfolgreich verloren! WIR BEFINDEN UNS AUF EINER INSEL! HIER KANN MAN NICHTS VERLIEREN!"

Keiner von uns entgegnete etwas. Mit seinem Ausbruch schien auch seine Kraft endgültig aufgebraucht zu sein, er ließ sich zurück auf seinen Stuhl sinken und sah Lotte resigniert an. „Ein Telefon also. Warum haben Sie nichts gesagt?"

„Weil ich vielleicht die strikte Anweisung hatte, nichts über das Telefon in meinem Besitz verlauten zu lassen?"

Lotte klang, als würde sie gleich anfangen zu weinen.

„Über wen oder was genau sollten Sie denn Bericht erstatten?", wollte ich wissen.

Sie wandte sich mir mit zusammengekniffenen Augen zu. „Wie ulkig, dass ausgerechnet Sie das fragen."

„Wieso?"

„Weil ich just über *Sie* Bericht erstatten sollte."

Die Situation entglitt mir wie eine Seife in der Badewanne.

„Mich?"

„Ja, Sie."

In dem Versuch, ein wenig Zeit zu schinden und das Zepter wieder in die Hand zu nehmen, erhob ich mich hastig von meinem Stuhl und ging zur Kaffeemaschine. Während ich mit dem Rücken zu den anderen nach der Kanne griff und langsam meine Tasse auffüllte, überlegte ich fieberhaft.

„Und weshalb?", fragte ich dann, den beiden noch immer den Rücken zugewandt.

Lottes Antwort klang fast schon schadenfroh.

„Nach allem, was ich gehört habe, waren in Wirklichkeit Sie der Wackelkandidat, sozusagen der Schwarze Peter."

Ich legte mir die Hand an die Schläfe. Das war zu viel, damit hatte ich nicht gerechnet. Wer sollte da noch den Überblick bewahren? Ich verfluchte den Sekretär und seine Intrigen. Darüber hätte er mich wirklich informieren müssen.

Lotte fuhr mit zunehmend hysterischer Stimme fort: „Und nun berichten Sie von irgendeinem mysteriösen Militäreinsatz und dass Sie eine Waffe mit auf der Insel gehabt hätten, verraten Sie mir mal – woher soll ich wissen, dass nicht *Sie* der Mörder sind?"

Nun hatte ich die Kontrolle über die Situation endgültig verloren, musste sie aber unbedingt irgendwie zurückerlangen. Ich trat einen Schritt auf Lotte zu, doch sie wich unwillkürlich vor mir zurück, und ihre Stimme wurde schrill.

„Kommen Sie nicht näher! Sie waren es! Oh Gott, ja, Sie waren es! Wie hatte ich nur so dumm sein können? Wie konnte ich das nur übersehen? Sie waren als Letzter mit Anna zusammen,

Sie waren mit dem Oberst auf dem Meer, Sie waren das, ja SIE! Sie verdammter Mörder, Sie! SIE VERDAMMTER MÖRDER!“

Schnell machte ich einen weiteren Schritt auf sie zu und gab ihr eine Ohrfeige. In der überraschten, kompakten Stille, die auf den Schlag folgte, nahm ich Lottes Gesicht zwischen beide Hände, sah ihr tief in die Augen und sagte mit der ruhigsten Stimme, zu der ich nur irgend fähig war: „Ich bin kein Mörder.“

Sie starrte zurück. Ihre Augen waren von Panik geweitet und leicht nach innen gedreht. Während ich sie weiter festhielt, wiederholte ich meine Worte, leise und ruhig.

„Ich bin kein Mörder. Das müssen Sie mir glauben.“

Plötzlich entspannte sich ihr Körper. Sie schlug die Augen nieder.

„Entschuldigung“, wisperte sie. „Entschuldigung. Ich habe nur solche Angst.“

Jetzt schien sich ihr Körper überhaupt nur noch aufrecht zu halten, weil ich ihren Kopf mit beiden Händen stützte.

„Sie haben jedes Recht der Welt, Angst zu haben. Die Lage ist äußerst angespannt, da gibt es keine normalen Reaktionen. Wenn wir jedoch lebend von hier wegkommen wollen, müssen wir zusammenhalten und an einem Strang ziehen. Wir müssen so lange ausharren, bis morgen Nachmittag das Boot eintrifft, das ist im Moment nämlich unsere einzige Hoffnung.“

*„Falls* es denn kommt.“ Das war Jon. Seine Stimme klang brüchig. „Wer weiß schon, was hier in Wahrheit vor sich geht?“, fuhr er fort. „Vielleicht haben sie uns ja schlichtweg hier versammelt, um sich unser aller zu entledigen. Und in einigen Tagen ist dann in der Zeitung von irgendeinem Unglück die Rede. Flugzeugabsturz? Schiffbruch? Haben Sie daran schon mal gedacht? Vielleicht wollen sie uns einfach nur loswerden? Möglicherweise existiert dieses Projekt ja überhaupt nicht.“

Ich konnte spüren, wie sich erneut Hysterie im Raum ausbreitete. Lotte zitterte plötzlich am ganzen Leib. Ich versuchte, die Kontrolle zurückzugewinnen, bevor sie mir gänzlich entglitt.

„Ganz egal, was hier geschieht, wir können im Moment nichts ausrichten. Es ist mitten in der Nacht, und in der anhaltenden Dunkelheit können wir ohnehin niemanden finden, selbst wenn wir es versuchen würden. Mein Vorschlag wäre, wir legen uns alle noch eine Weile hin. Entweder jeder für sich, mit verschlossenen Türen, oder aber wir schlafen alle zusammen im selben Raum. Sobald es dämmert, setzen wir unsere Suche fort und durchkämmen die Insel noch einmal nach Franziska und den anderen. Momentan sind wir viel zu müde und zu erschrocken. Wir brauchen dringend etwas Schlaf und Tageslicht, damit wir etwas unternehmen können."

Ich sah die beiden nacheinander an. Zwei angsterfüllte, rote Augenpaare erwiderten müde meinen Blick. Jon nickte kurz. Lotte stand noch immer neben mir und lehnte sich mit ihrem Arm spürbar gegen meinen. Immerhin hatte ich sie offensichtlich insoweit beruhigen können, als dass sie nicht länger befürchtete, von mir ermordet zu werden.

„Darf ich bei Ihnen im Zimmer schlafen?", fragte sie mit kläglicher Stimme.

„Selbstverständlich. Und wie wollen Sie es halten?", fragte ich an Jon gewandt. „Auf dem Fußboden in meinem Zimmer wäre reichlich Platz."

Er schüttelte den Kopf.

„Ich schlafe in meinem eigenen Zimmer."

„Schließen Sie die Tür ab."

„Darum brauchen Sie mich nicht zweimal zu bitten."

Er erhob sich von seinem Stuhl und verließ mit schweren Schritten und hängendem Kopf die Küche. Lotte und ich folgten ihm die Treppe hinauf.

## *Anna*

Während die drei über die Treppe nach oben gingen, blieb ich noch in der Küchenwand stehen, um mich zu sammeln und meine Atmung wieder in den Griff zu bekommen. Sollte ich den anderen in den ersten Stock folgen? Oder lieber hinunter in meinen Keller gehen und versuchen, mir aus dem eben Gehörten einen Reim zu machen? Ich kam mir vor wie auf einem Maskenball, dessen Teilnehmer plötzlich ihre Masken abnahmen, nur um darunter eine weitere groteske Maske zu offenbaren. Lotte jagte also Henry? Und Henry jagte mich? Oder war es etwa so, wie Jon gesagt hatte, und irgendwer wollte uns alle loswerden? Und falls ja, warum? Der Gedanke klang völlig absurd, aber das galt momentan für sämtliche Erklärungen. Die verschiedenen Theorien entstanden und zerplatzten genauso rasch wie Seifenblasen. Mein Atem ging zunehmend schneller, und ich hatte das Gefühl, kurz vor der Ohnmacht zu stehen. Die Wände des Zwischenraums schienen plötzlich immer näher zu kommen und meinen Brustkorb langsam zusammenzupressen. Mich beschlich das altbekannte Gefühl, von innen, in meinem eigenen Körper, zu ertrinken.

Ich musste unbedingt hier raus, bevor die Panikattacke mit voller Wucht zuschlug. Mit hektischen Schritten bewegte ich mich durch die Wand, hinunter zu meinem Keller, wo ich aus dem Gang stürzte und keuchend auf alle viere fiel. In meinem Kopf drehte sich alles, meine Kehle war wie zugeschnürt, doch je mehr ich nach Luft schnappte, desto schwindeliger wurde mir. Meine Lippen wurden allmählich taub, und aus meinen Händen war jegliches Gefühl gewichen. Obwohl ich wusste, was hier gerade mit mir geschah, konnte ich es nicht mehr abwehren.

Ich rollte mich in Embryonalhaltung auf dem Boden zusammen und versuchte, der lang gezogenen Linie einer Sockelleiste mit dem Blick zu folgen, genau wie ich es gelernt hatte. „Atmen Sie im Viereck“, hatte in einem der Selbsthilferatgeber gestanden, den mir jemand geliehen hatte, als mich damals in Kysylkum eine Panikattacke nach der anderen heimgesucht hatte. Manchmal hatte das durchaus geholfen, doch jetzt war es bereits zu spät für solcherlei Tricks. Das Liegen auf der Seite verursachte mir Übelkeit, und ich versuchte mich auf den Bauch zu drehen, doch dadurch wurde es nur noch schlimmer. Ich fühlte mich, als wollte sich mein gesamter Körper übergeben, jedes Organ und jede einzelne Zelle darin. Eigentlich wollte ich mich aufsetzen, doch mir war derart schwindlig, dass ich mit angezogenen Beinen auf dem Rücken liegen blieb und mir das Gesicht mit den Händen rieb, wie um mich zu versichern, dass es sich nicht einfach auflöste.

Durch das gelbliche Licht wirkte das Kellerloch nur noch kleiner und beengter, und ich versuchte den Gedanken beiseitezuschieben, der Sauerstoff könnte mir allmählich ausgehen, doch es gelang mir nicht. Das war das Schlimmste an den Panikattacken, kaum dachte man einen Gedanken, schien dieser bereits Realität zu werden, ganz egal wie unbegreiflich oder abwegig er auch sein mochte. Mein Herz raste wie das einer aufgeschreckten Haselmaus. Die Decke senkte sich immer weiter auf mich herab, mein Atem wurde zunehmend stoßartig, und vor meinem Gesichtsfeld tauchten schwarze Flecken auf. Ich kauerte mich erneut in Embryonalstellung zusammen und versuchte verzweifelt mich stur auf die Uhr an der Wand zu konzentrieren. Die Minuten verstrichen, erst zehn, dann fünfzehn, dann dreißig. Die Angst kam und ging in Wellen, doch sie ließ mich nicht mehr los.

Und da tauchte plötzlich der Gedanke an die Tablettendose wieder auf, die ich früher am Tag aus der Krankenstation hatte mitgehen lassen. Oder war er womöglich schon die ganze Zeit dagewesen? Hatte ich vielleicht nur auf eine passende Gelegenheit gewartet, die Dose endlich öffnen zu können? Auf die perfekte Ausrede?

Als ich damals von Kysylkum nach Hause zurückgekehrt war, war ich von FLL abhängig. Diese Ansicht vertraten zumindest die Ärzte. Ich selbst war mir da weitaus weniger sicher. Ursprünglich hatte mir das FLL sogar einer der Feldärzte verschrieben, nachdem ich über Konzentrationsschwierigkeiten geklagt hatte. Denn je chaotischer die Lage in Kysylkum geworden war, desto schwerer war es mir gefallen, mich auf jeweils eine Sache nach der anderen zu fokussieren. Nach den Explosionen konnte der Kopfschmerz zuweilen wochenlang anhalten. Er war wie eine Art Dauerrauschen in meinem Kopf, das zunehmend lauter wurde. Der Arzt, von dem ich das FLL bekommen hatte, hatte mir damals erklärt, dabei handele es sich um ein Medikament für Menschen mit Krankheitsbildern, die auch schwerwiegende Konzentrationsprobleme einschlossen, allerdings befände es sich noch in der Testphase und sei somit wenig erprobt. Und auch wenn die meisten Probanden positiv reagierten, hatte er weiter ausgeführt, sei noch relativ wenig über dessen Langzeitwirkungen bekannt. Das Tückische an FLL war aber nicht, dass es bislang an den nötigen klinischen Studien fehlte, damit das Medikament in unserem heimischen Gesundheitswesen eingesetzt werden konnte, das Unheimliche war vielmehr, wie gut es wirkte. Anstelle des allgegenwärtigen wirren Durcheinanders herrschten in meinem Kopf nun wieder Klarheit und Ordnung, mein gesamtes Dasein ließ sich mit einem Mal feinsäuberlich und perfekt in verschiedene Schubladen sortieren. Plötzlich konnte ich wieder konzentriert bei einer Sache bleiben, bis diese tatsächlich erledigt war, selbst wenn um mich herum das größte Chaos herrschte.

In der ersten Zeit hatte ich die Tabletten nur in besonders stressigen Phasen eingenommen. Und mir nicht viel dabei gedacht. Andere tranken, das wiederum tat ich nicht. Zwar hatte ich früher in meinem Leben durchaus schon zwecks Selbstmedikation zur Flasche gegriffen, doch in der aktuellen Situation wagte ich dies nicht, da ich von Alkohol immer viel zu fahrig wurde und hinterher unter einem Kater sowie unter Angstzuständen litt. Außerdem machte der Alkohol die Kopfschmerzen nur schlimmer. FLL hingegen hatte keine dieser Nebenwirkungen. Im Gegenteil, ich lernte jenen Schleier zu schätzen, der sich zwischen mich und die Wirklichkeit schob und dafür sorgte, dass die Dinge bewältigbar und ausreichend auf Distanz blieben und ich mich ruhiger und fokussierter fühlte, anstatt mich von meinen grüblerischen Gedanken ständig aus dem Konzept bringen zu lassen. Mit der Zeit erschien es mir dumm, ja geradezu unverantwortlich, die Tabletten nicht häufiger einzunehmen, da sie mich schlichtweg effektiver machten. Und ich musste ja funktionieren, für andere, die mich brauchten. Also begann ich, die Tabletten so gut wie täglich einzunehmen. Trotzdem empfand ich das nie als Abhängigkeit. An ruhigen Tagen konnte ich ohne Probleme darauf verzichten.

Nach und nach machten sich jedoch deutliche Kehrseiten bemerkbar. Ich konnte nicht mehr schlafen. Anstatt abzuschalten, lag ich hellwach in meinem Bett, starrte zur Decke und sortierte weiter das Dasein in meine tausend inneren Schublädchen. Meine Erschöpfung wuchs, und irgendwann musste ich zu Schlaftabletten greifen, um überhaupt noch zur Ruhe zu kommen. Ungefähr da begann mir die Sache zu entgleiten. Mein Denken war zunehmend getrübt, meine Hände zittrig. Also nahm ich wiederum andere Tabletten ein, um das Zittern loszuwerden. Zeitgleich spitzte sich die Gefahrenlage in der Gegend zu, sowohl innerhalb wie auch außerhalb des Lagers. Ständig geriet ich in Konflikt mit unseren militärischen Einsatzleitern, die die Region am liebsten in Schutt und Asche gebombt hätten. Man begann mir auszuweichen. Ich beging immer häufiger Fehler. Anfangs noch verzeihliche, später dann unverzeihliche.

Als man mich schließlich nach Hause schickte und dort in ein Krankenhaus einwies, hieß es, zum Entzug. Damals nahm ich das zwar hin, glaubte insgeheim jedoch nie wirklich daran, das FLL könnte mein Problem sein. Tatsächlich fiel es mir nicht sonderlich schwer, auf die Tabletten zu verzichten, erst recht nicht, nachdem man mir damit gedroht hatte, mir Siri dauerhaft wegzunehmen, sollte ich nicht die *Zwölf Schritte der Kameraden zur Abstinenz* durchlaufen. Die Entzugsklinik, in die ich nach einer Weile verlegt wurde, war der wohl beklemmendste Ort, den ich je gesehen hatte, das Zeltlager in Kysylkum mit eingeschlossen. In den Gruppentherapiesitzungen tummelten sich Grubenarbeiter aus Kiruna mit knolligen Portweinnasen, die sich darüber ausheulten, den Familienvolvo versoffen zu haben, während junge Parteimitglieder schluchzend davon berichteten, wie ihnen aufgrund von Importkokain eine Spitzenposition durch die Lappen gegangen war.

Ich log bei diesen Zusammenkünften. Ich log, wie ich noch nie zuvor gelogen hatte. Die glanzvollste Rolle meines Lebens spielte ich dort, brach in Weinkrämpfe aus, stritt abwechselnd alles ab und gelangte zu Einsichten – und bekam zum Dank für meinen Einsatz tosenden Applaus. Niemand durchschaute mich. Oder aber sie durchschauten mich alle doch, interessierten sich aber nicht sonderlich dafür. Für mich machte es keinen Unterschied, ich log mich durch die Behandlung und aus der Entzugsklinik hinaus, zurück in meine eigene Wohnung und zurück in meinen alten Job.

Ich wurde an einem jener Tage im Oktober aus der Entzugsklinik entlassen, an denen das Tageslicht erst gar keinen Versuch unternahm, sich zu zeigen. Ich stand in der Mitte des Stuhlkreises, und jeder durfte mir zum Abschied ein paar Worte mitgeben. Wir umarmten uns und tauschten pflichtschuldig unsere Kontaktdaten aus. Zu Hause in meiner Wohnung angelangt, warf ich sämtliche Zettel sofort in den Mülleimer und trug die Tüte schleunigst hinaus zum Abfallschacht, durch den sie mit einem gurgelnden Geräusch verschwand, als würde sie durch einen Tunnel geradewegs in den Weltraum gesogen.

Dann begann der Alltag in all seiner grauen Tristesse. Ich ging zwar wieder zur Arbeit, bat jedoch unter Verweis auf meinen Zustand relativ bald um weniger anspruchsvolle Aufgabenstellungen. Im Grunde könnte man sagen, ich sortierte Büroklammern. Tagein, tagaus. Meine Kollegen gaben sich alle Mühe, so zu tun, als wäre alles beim Alten, aber ich merkte, wie sie mich beobachteten und mir auswichen, ungefähr so, wie man auf Distanz zu einem Verkehrsunfall geht und trotzdem aus dem Starren nicht herauskommt. Manchmal, wenn mich Journalisten interviewen wollten oder jemand vom Fernsehen mit der Bitte anrief, die Lage in Kysylkum zu kommentieren, legte ich einfach mitten im Satz den Hörer auf. Andere Male gab ich mich in E-Mails als meine eigene Sekretärin aus, die ausrichten ließ, ich bräuchte aus nicht näher erläuterten Gründen absolute Ruhe. Gelegentlich schrieb ich auch, ich sei verreist. Dabei war es mir vollkommen egal, ob man meinen Schwindel durchschaute. Nach der Arbeit fuhr ich auf direktem Wege nach Hause und verbrachte die Abende allein in meiner Wohnung. Manchmal musste ich an Henry denken. Es war Winter, und es war rund um die Uhr dunkel.

An den Wochenenden und Mittwochabenden besuchte ich Siri und Nour. Jedes Mal suchte ich erneut nach einem Vorwand, das Treffen wieder abzusagen, obwohl ich Siri unendlich vermisste. Ich fuhr doch immer hin. Aber irgendwie kamen wir nie wirklich darauf zu sprechen, wann Siri wieder zu mir zurückziehen sollte. Mehrfach ertappte ich Nour dabei, wie sie mich in Momenten, in denen sie sich unbeobachtet fühlte, eingehend studierte. Außerdem fiel mir auf, wie ungern sie mich über längere Zeiträume mit Siri allein lassen wollte. Sie konnte ich ganz offensichtlich nicht täuschen.

Ich kroch auf allen vieren zu meinen Anziehsachen, wühlte die Medikamentendose aus einer Tasche und schüttete mir gleich einen ganzen Berg Tabletten in die Handfläche. Sie fühlten sich vertraut an, so als gehörten sie dorthin, als hätten sie längst dort sein sollen. Hellblau und rund lagen sie in meiner Hand. Diese Tabletten hatten mich viel gekostet, die Ärzte und Therapeuten in der Entzugsklinik würden mit Sicherheit sagen, sie hätten beinahe mein Leben zerstört.

Ich drängte diese Gedanken beiseite und stopfte mir die Tabletten in den Mund. Dann würgte ich sie hinunter und wartete darauf, dass sie meine Panik lindern würden, wie sie das auch sonst immer getan hatten. Auf dieses befreiende Gefühl, wie wenn das Wasser nach einer Flut wieder abfließt, wenn ein Unwetter sich grollend verzieht. Abermals legte ich mich auf die Seite, dann wartete ich. Und irgendwann, ganz langsam, spürte ich die Panik allmählich von mir weichen. Dennoch war die Wirkung nicht ganz so befreiend, wie ich gehofft hatte. Mein Kopf fühlte sich sonderbar leicht an, wie ein Ballon. Und ich konnte mich kaum richtig im Raum orientieren. Plötzlich kam mir der Gedanke, dass meine Toleranzschwelle möglicherweise nicht mehr dieselbe war wie früher, als ich die Tabletten noch täglich genommen hatte, manchmal sogar mehrmals am Tag. Nun hatte ich eine Handvoll Tabletten geschluckt, ohne zu wissen, wie ich darauf reagieren würde. Aber zumindest wurde es besser. Alles war besser als diese Attacke gerade eben.

Ich rollte mich auf den Rücken und ließ meinem scheinbar federleichten Kopf freien Lauf mit den Gedanken. Allmählich normalisierte sich meine Atmung. Mein Blick wanderte über die Decke. Und da entdeckte ich sie. Ganz hinten in einer Ecke. Eine kleine, aber dennoch unverkennbare schwarze Linse. Eine Kamera. Ich rappelte mich schwankend hoch und ging darauf zu. Sie war zu weit oben angebracht, als dass ich sie hätte erreichen können, deshalb zog ich umständlich einen Stuhl zu mir heran und stieg mit zittrigen Beinen hinauf. Es sah tatsächlich aus wie eine Kameralinse. Ich wedelte mit der Hand davor herum, wie Kinder das zu tun pflegen, wenn sie sich selbst in der Überwachungskamera eines Ladens entdecken. Aber es war unmöglich festzustellen, ob sie in Betrieb war oder nicht.

Also stieg ich von meinem Stuhl hinab und blickte mich im Raum um. Ein Stück von mir entfernt sah ich einen dreibeinigen Metallhocker stehen. Ich holte ihn, kletterte wieder auf meinen Stuhl und schmetterte ihn mit voller Wucht gegen die Wand, direkt neben der Kamera. Er hinterließ lediglich eine kleine Kerbe, mehr nicht. Also drehte ich den Hocker um und versuchte es erneut mit dessen Beinen. Diesmal klappte es besser. Die Wand barst mit einem Knirschen, und nach ein paar weiteren Hieben hatte ich erfolgreich ein Loch hineingehauen. Ich steckte die Hand hinein und konnte die Kamera ein wenig herausbiegen. Sie hing an ihren Kabeln in der Wand fest. An dem bisher in der Wand verborgenen Teil der Kamera leuchtete ein blaues Lämpchen. Also war sie in Betrieb. Selbst in meinem Zustand begriff ich sofort, was das zu bedeuten hatte. Jemand beobachtete mich.

Mit einem Mal hatte ich endgültig genug. Kurzentschlossen packte ich die Kamera und riss sie mit aller Kraft aus der Wand. An ihr hing ein ganzes Knäuel von Kabeln, wie Gedärme an einem Organ. Das blaue Licht wurde schwächer, bis es schließlich erlosch. Ich legte die Kamera auf den Fußboden, schnappte mir den Hocker und holte zum Schlag aus. Beim ersten Anlauf schlug der Hocker ein paar Zentimeter neben der Kamera auf dem Boden ein, beim zweiten Mal jedoch traf ich. Ein schwarzes Stück Plastik splitterte ab. Beim nächsten Schlag ging das Objektiv zu Bruch, und auf dem Boden verteilten sich die Glassplitter. Wenn mich jetzt jemand beobachtete, würde er wissen, dass ich die Kamera entdeckt hatte, doch da mir inzwischen ohnehin alles völlig egal war, spielte auch das keine Rolle mehr. Anschließend schlüpfte ich fahrig in meine Kleider, steckte mir die Waffe hinten in den Hosenbund und kletterte durch die Luke nach oben.

In der Kühlbox musste ich einen Moment verharren, bis ich den meinem Gedächtnis immer wieder entgleitenden Code endlich zu fassen bekam und es mir gelang, den Deckel zu öffnen. Ich durchquerte die Krankenstation und ging hinauf in die Eingangshalle. Die Stille war so absolut, als würde auch das Haus selbst schlafen. Ich öffnete die Außentür und fühlte mich dabei wie damals als Teenager, wenn ich mich an Nour vorbei besoffen hatte ins Haus stehlen wollen, nur dass ich mich diesmal nach draußen schlich. Erst vor der Tür merkte ich, wie eisig es war. Der Wind blies zwar nicht mehr mit Orkanstärke, aber eben doch ungastlich und kalt. Für eine Person in Jeans und Unterhemd waren diese Temperaturen unerträglich, und dennoch machte mir die Kälte nichts aus. Zum ersten Mal seit zwei Tagen hatte ich für alle sichtbar das Haus verlassen, und ich fühlte mich, als müsste ich mich auf einem offenen Platz umkleiden.

In der Morgendämmerung stand ich barfuß auf dem Rasen vor dem Haus und schaute aufs Meer hinaus. Es war vollkommen leer, egal in welche Richtung ich blickte. Ich konnte nirgendwohin, es gab weder eine Tür, an die ich hätte klopfen können, noch eine Notrufnummer zu wählen. In mir stieg das alte Gefühl wieder auf, zurück in Kysylkum zu sein. Vielleicht hatte ich es aber auch nie wirklich verlassen.

Obwohl meine Füße allmählich vor Kälte taub wurden, rührte ich mich nicht von der Stelle und überlegte, was ich jetzt als Nächstes unternehmen sollte. Plötzlich schoss mir der Gedanke durch den Kopf, ich könnte eventuell mit Jon sprechen. Was auch immer auf dieser Insel vor sich ging, zumindest er schien nicht involviert zu sein. Außer er war ein wesentlich besserer Schauspieler, als ich mir vorstellen konnte. Sein ganzes bisheriges Verhalten seit meinem Verschwinden deutete jedoch darauf hin, dass er über die Ereignisse aufrichtig verwirrt und verzweifelt war. Ich drehte mich um, und noch auf dem Weg zurück ins Haus überlegte ich, wie ich ihm wohl würde beibringen können, dass ich doch nicht gestorben war, wobei er das aber eigentlich auch selbst sehen konnte, weshalb ich beschloss, auf weitere Erklärungen zu verzichten.

So leise und unauffällig, wie ich konnte, schlich ich die breite Treppe hinauf, wobei ich meine Hand über die üppigen Holzschnitzereien gleiten ließ, und als ich oben angelangt war, bog ich auf dem Flur nach links ab, in die entgegengesetzte Richtung von Henrys und Lottes Zimmern. Vor der dicken Holztür zu Jons Zimmer blieb ich stehen, holte einmal tief Luft und klopfte an. Keine Reaktion. Ich wagte es nicht, noch ein zweites Mal anzuklopfen, schon das erste Mal hatte viel zu laut widergehallt, deshalb drückte ich probehalber die Klinke hinunter. Die Tür war nicht verschlossen. Ich schob sie einen Spaltbreit auf, spähte in den Raum und öffnete sie dann ganz. Mit einem leisen Quietschen schwang sie auf und blieb offen stehen. Das Bett war nicht gemacht, und überall lagen Kleider verstreut. Aber abgesehen davon war das Zimmer leer. Ich tat ein paar Schritte hinein. Die Tür zum Bad stand sperrangelweit offen, aber auch dort drinnen hielt sich niemand auf. Auf dem Waschbeckenrand balancierte ein schwarzes Ledernecessaire, und auf dem Boden lagen einige achtlos hingeworfene Handtücher. Toilettendeckel und Brille waren hochgeklappt. Aber von Jon keine Spur.

Plötzlich hörte ich von irgendwoher ein Geräusch, dessen Ursprung ich nicht lokalisieren konnte. Unwillkürlich griff ich nach der Waffe in meinem Hosenbund. Sie lag kalt und schwer in meiner Hand. Vorsichtig schlich ich mich zurück auf den Flur. Henrys Zimmertür stand einen Spaltbreit offen. Mein Kopf fühlte sich leicht an, mein Herz hämmerte, und irgendetwas brannte in meinen Augen, bis ich begriff, dass mir der Schweiß von der Stirn rann. Mein gesamter Körper war von kaltem Schweiß bedeckt. Ich steuerte auf Henrys Zimmer zu und versuchte hineinzuspähen. In seinem Bett lag in eine Decke eingewickelt Lotte.

„Lotte! Lotte!"

Ich versuchte zu flüstern, war mir aber nicht sicher, ob meine Worte überhaupt meinen Mund verließen. Keine Reaktion. Ich trat ein paar Schritte auf das Bett zu. Lotte hatte mir den Rücken zugewandt, und unter der Decke lugte ein kleiner Zipfel ihres Frotteemorgenrocks hervor. Ich fasste sie leicht bei der Schulter. Noch immer keine Reaktion. Als ich sie ein wenig fester schüttelte, kippte sie wie leblos auf den Rücken. Ich schrie ihren Namen und rüttelte an ihr, doch sie bewegte sich nicht. Mein Puls hämmerte in meinen Ohren, als stünde ich neben einem vorbeidonnernden Güterzug. Ich versuchte nachzudenken, doch eigentlich war das nicht mehr notwendig. Es gab nur eine einzige Antwort auf sämtliche Fragen, nur eine einzige Antwort. Als ich hinter mir ein Geräusch hörte, drehte ich mich um, den Revolver schwer in der Hand.

In der Türöffnung stand Henry. Als ich die Waffe auf ihn richtete, zitterte meine Hand dermaßen, dass ich sie mit der anderen abstützen musste. Ein paar Sekunden lang starrten wir uns schweigend an.

„Dann warst du das also", brachte ich endlich hervor. Meine Stimme klang seltsam.

„Ja, das war ich", erwiderte er schließlich leise. „Aber es ist nicht so, wie du denkst. Leg die Waffe weg, dann werde ich es dir erklären."

Er machte einen halben Schritt auf mich zu. Ich entsicherte den Revolver.

„Komm nicht näher. Komm jetzt verdammt noch mal keinen Schritt näher."

Henry rührte sich nicht von der Stelle.

„Anna", sagte er mit gedämpfter, konzentrierter Stimme. „Leg die Waffe weg. Ich kann dir alles erklären. Du bist im Moment nicht du selbst. Was hast du genommen?"

Er machte einen weiteren halben Schritt nach vorn.

„KOMM JA NICHT NÄHER!", schrie ich. Der Schweiß rann mir in die Augen, und die Waffe lag mir unvorstellbar schwer in den Händen. Meine Arme zitterten mittlerweile deutlich sichtbar. „Meine Personalakte samt einer Waffe in einem Geheimfach im Schrank! Einer nach dem anderen verschwindet! Du hast es gewusst, du hast es die ganze Zeit über gewusst, du hast mich da unten in der Krankenstation niedergeschlagen, stimmt's?"

„Ja, das war ich."

„Und du hast auch die anderen verschwinden lassen, richtig?"

„Ja, habe ich, aber hör mir bitte zu, Anna! *Es ist nicht, wie du denkst*. Wenn du die Waffe weglegst …"

Plötzlich machte er einen Ausfallschritt auf mich zu und streckte den Arm nach meiner Waffe aus. Ich schloss die Augen und drückte ab.

Henry wurde bis an die Wand geschleudert, wo er in sich zusammensackte. Über seine Stirn rann ein wenig Blut. Hinter ihm war die Wand mit roten Streifen überzogen. Auf dem Fußboden lag etwas Weißes, fast schon Grünliches. Sein Körper zuckte ein paarmal, rutschte noch ein wenig weiter nach unten und blieb dann in halb aufgerichteter Stellung liegen, wie eine achtlos in die Ecke geworfene Puppe. Ich ließ die Waffe vor mir auf den Boden fallen und verließ fluchtartig den Raum, rannte den Flur entlang und die Treppe hinab und geradewegs durch die Tür nach draußen.

Der Sturm hatte sich gelegt, und die Wolkendecke war aufgerissen. Der Rasen glänzte unter den ersten Strahlen der aufgehenden Sonne in einem unwirklichen Silbergrau. Barfuß ging ich neben dem Weg über das Gras zu der Felswand mit der Leiter hinab. Seevögel stießen ins Meer, und auf den Wellenkämmen wanderten die ersten Sonnenstrahlen entlang, als schwömmen direkt unter der Wasseroberfläche Schwärme goldener Fische. Ich ließ meine Füße über den Felsvorsprung baumeln, und da entdeckte ich, dass sie bis weit über die Hosenbeine mit Blut bespritzt waren. Tief unter mir umspülten die Wellen die Ufersteine und Seegrasbüschel am Strand mit ihrem weißen Schaum. Ich spähte über das offene Meer hinaus. Ganz hinten am Horizont sah ich einen Helikopter näher kommen. Zunächst einen, und dann zwei.

Stockholm,
Protektorat Schweden,
Mai 2037

## *Der Oberst*

Oberst Per Olof Ehnmark saß ihnen nun genau gegenüber. Er sah mitgenommen aus. Seine Augen waren gerötet, und seine Haut schien an seinen Knochen zu hängen wie eine schwere Decke über einem dürren Ast. Offenbar konnte er sich kaum aufrecht halten. Ihn umgab der schwache, aber unverkennbare Geruch langjährigen Alkoholmissbrauchs. Doch das schien ihn nicht weiter zu kümmern.

Ihr Kollege und erster Verhörleiter machte den Anfang. Das hatten sie beide so abgesprochen. Ehemalige Militärs redeten in der Regel lieber mit Männern. Er streckte die Hand nach dem Tonbandgerät aus, drückte auf den Knopf und beugte sich näher an das Mikrofon, als vertraute er dessen Vermögen nicht recht, den Ton aus dem Raum aufzufangen.

„Damit läuft ab jetzt das Band. Erste Vernehmung von Oberst Ehnmark. Zunächst einmal möchte ich mich bei Ihnen bedanken, dass Sie sich die Zeit genommen haben und mit uns kooperieren."

„Ich nehme an, mir bleibt gar keine andere Wahl." Die Stimme des Obersts klang ebenso müde, wie er aussah.

„Es steht Ihnen selbstverständlich jederzeit frei zu gehen." Der Einwurf kam von ihr.

„Wie außerordentlich großmütig von Ihnen", entgegnete der Oberst und verfiel daraufhin in Schweigen. Offensichtlich hatte er nicht vor, ihnen die Angelegenheit allzu leicht zu machen. Für einen kurzen Moment herrschte Stille im Raum, dann stieß sie ihren Kollegen diskret von der Seite an. Sie mussten allmählich wirklich vorankommen.

„Nun?", sagte ihr Kollege auffordernd zu dem Oberst.

„Was nun?"

„Oberst, ich brauche Ihre Bestätigung. Nehmen Sie freiwillig an dieser Vernehmung teil?"

Der Oberst machte einen noch müderen Eindruck.

„Ist dieses Prozedere wirklich notwendig? Ich ..."

„Wie bitte?"

„Ja, ich nehme freiwillig an dieser Vernehmung bezüglich der Vorkommnisse auf Isola teil. Denn genau darüber wollen Sie doch mit mir sprechen, oder?"

Der erste Verhörleiter wand sich ein wenig nervös auf seinem Stuhl.

„Es tut mir leid, aber ..."

„Ach ja, richtig, hier bin ja ich derjenige, der die Auskünfte erteilen soll, klar. Also, können wir jetzt anfangen?"

Ihre Schultern senkten sich erleichtert um ein paar Millimeter, und ihr Kollege begann mit der Vernehmung.

„Natürlich. Dann würde mich als Erstes interessieren, wann Sie davon erfahren haben, dass Anna Francis das Objekt war?"

„Das Objekt?"

„Die eigentliche Kandidatin."

Der Oberst schien zu überlegen. Dabei ließ sich aber unmöglich feststellen, ob er seine Antwort tatsächlich überdenken musste oder ob er sie beide nur ärgern wollte, in dem er diese hinauszögerte.

„Den Verdacht habe ich von Anfang an gehegt. Soweit ich es verstanden hatte, schien ihr Profil ja perfekt für das Projekt zu passen. Außerdem waren mir Gerüchte zu Ohren gekommen, man verfüge eventuell über gewisse ..."

Der Oberst hielt mitten in seinem Satz inne. Der erste Verhörleiter insistierte.

„Ja?"

„Tja, wie wollen wir es nennen? Gewisse Druckmittel vielleicht?“

„Können Sie das spezifizieren?“

„Nein, mehr als die Gerüchte kenne ich im Grunde ja auch nicht.“

„Und was besagten diese Gerüchte?“

Der Oberst schien sich in seiner Haut nicht recht wohlzufühlen und verlagerte seine Sitzhaltung.

„Dass sie gegen Ende ihrer Zeit in Kysylkum völlig versagt haben soll. Und es zu unschönen Zwischenfällen gekommen sei.“

„Was für Zwischenfälle?“

Der Oberst zuckte mit den Achseln.

„Keine Ahnung, das Übliche? PTBS, Medikamentenmissbrauch, Nervenzusammenbruch, eigenmächtige Entscheidungen? Was eben früher oder später alle trifft, die in einem solchen Umfeld arbeiten. Das Altbekannte eben.“

„Sie waren selbst längere Zeit in der Region stationiert, richtig?“

Die Frage kam in einem leichten Ton daher, doch der Oberst schien die unterschwellige Drohung unmittelbar zu erfassen.

„Ja, und ich bin davon überzeugt, dass Sie meine Akte sowie alles Wissenswerte darin beide gelesen haben. Sollte es hier allerdings auch nur eine Sekunde um *meine* früheren Fehlentscheidungen gehen, ist dieses Gespräch auf der Stelle beendet, Sie können sich diese Taktik bei mir also sparen. Und auch wenn Sie mir das Leben mit Sicherheit in vielerlei Hinsicht schwer machen können, bin ich einfach schon zu alt dafür, um mich noch groß darum zu scheren. Das meiste, was mir etwas bedeutet hat, habe ich ohnehin längst verloren, und wenn ich nicht ganz falschliege, wollen *Sie* hier gerade mit *mir* sprechen. Verstehen Sie den Unterschied? Sie wollen etwas von mir, und wenn Sie mir auch nur ansatzweise an den Karren fahren, stehe ich auf und gehe.“

„Ich bitte um Entschuldigung, Oberst.“

Der erste Verhörleiter wirkte betreten.

„Entschuldigung angenommen“, erwiderte der Oberst, sah aber nicht so als, als meinte er seine Worte wirklich ernst.

Der erste Verhörleiter stieß seine Partnerin von der Seite an, zum Zeichen, dass sie übernehmen sollte. Doch sie blieb stumm. Dafür war es noch zu früh. Also fuhr er fort: „Sie sagen, Sie hätten über Anna Francis ‚das Übliche‘ gehört. Sind Ihnen auch Dinge zu Ohren gekommen, die nicht unter diese Kategorie fallen?“

„Wenn überhaupt, dann ja wohl diese Sache mit dem …“ Er zögerte.

„Fahren Sie fort.“

„Da war wohl diese Sache mit dem Jungen.“

„Welche Sache mit dem Jungen?“

„Den sie erschossen hat. Das soll ihr schließlich den Rest gegeben haben.“

„Können Sie das näher ausführen?“

Der Oberst stieß einen tiefen Seufzer aus, so als hätte er sie beide und ihre plumpen Techniken allmählich gründlich satt.

„Nein, das kann ich ehrlich gesagt nicht. Und außerdem gehe ich davon aus, dass Sie über diese Geschehnisse ohnehin wesentlich besser unterrichtet sind als ich, weshalb ich es für ausgesprochen überflüssig halte, hier meinerseits irgendwelche Spekulationen anzustellen.“

Der erste Verhörleiter schielte auf seine Unterlagen, warf aber eigentlich einen Blick auf ihre Hände. Sie signalisierte ihm mit einer kleinen Kreisbewegung ihres Zeigefingers, es an dieser Stelle auf sich beruhen zu lassen. Sie hatten ihre internen Zeichen. Ein leichtes Anheben des Zeigefingers bedeutete „ich übernehme“, ein nach vorn ausgestreckter Finger „bohr weiter“. Nun jedoch war es an der Zeit, zum nächsten Punkt zu kommen und den Oberst nicht unnötig zu reizen. Außerdem hatten sie bekommen, was sie hierzu wissen wollten.

„In Ordnung. Lassen wir das. Sie sagen, Sie hätten von Anfang an den Verdacht gehegt, dass Anna Francis die Kandidatin sein könnte, der das eigentliche Interesse galt. Und haben Sie Ihre Vermutung irgendwann revidiert?"

„Natürlich musste ich sie revidieren, nachdem Anna Francis verschwunden war. Oder gestorben. Oder wie man es auch immer nennen mag."

„Zu dem Zeitpunkt waren Sie von ihrem Tod also überzeugt?"

„Ja, schließlich haben die Ärztin … also Katja und ich, wir haben sie ja gefunden. Haben Sie mich unter Drogen gesetzt? Ich gehe mal stark davon aus."

Er hob den Blick von der Tischplatte und sah sie aus seinen rot geränderten Augen nacheinander an. Sie bewegte den Zeigefinger vor und zurück, „nicht antworten".

„Es tut mir leid, Oberst, ich bin nicht befugt, Details über die Operation darzulegen."

Der Oberst lachte auf, aber es war ein freudloses Lachen.

„Natürlich haben Sie mich unter Drogen gesetzt. Wahrscheinlich war es sogar Anna selbst. Beim Abendessen, nehme ich an? Geschickt eingefädelt, ich habe nichts davon bemerkt. Sie haben ganz klar eine fähige Kandidatin ausgewählt. Sehr clever außerdem, dafür zu sorgen, dass ich sie ebenfalls tot sehe. Andernfalls wäre ich natürlich schon misstrauisch geworden."

„Kannten Sie Anna Francis, bevor Sie ihr auf Isola begegnet sind?"

„Nein, aber auch das dürften Sie doch eigentlich wissen? Ich habe sie dort zum ersten Mal getroffen."

„Was hat sie für einen Eindruck gemacht?"

Der Oberst lehnte sich leicht zurück und blieb eine lange Zeit stumm. Als er endlich antwortete, schien er seine Worte mit Bedacht zu wählen.

„Sie wirkte angespannt. Man merkte ihr an, dass sie in ihrem Leben schon enormem Druck ausgesetzt gewesen war. Selbst wenn ich nichts über ihren Hintergrund gewusst hätte, hätte ich vermutet, dass sie im Krieg gewesen war, sie hatte diese typischen Ausdruck um die Augen."

„Was meinen Sie damit?"

„Das kann man nur schwer beschreiben. Aber solche Erlebnisse hinterlassen ihre Spuren. Sie war ständig auf der Hut. Nie hat sie dem Raum den Rücken zugekehrt, keine Angriffsflächen geboten. Solcherlei Verhaltensweisen kenne ich nur zu gut, bei mir ist das ganz genauso. Wenn man einmal dazu gezwungen war, ständig auf die eigene Deckung zu achten, wird man das nicht mehr los."

„Würden Sie sie als stabil bezeichnen?"

„Ja, ich denke schon. Sie war weder launenhaft noch neurotisch, falls Sie das meinen. Auf mich machte sie einen gesammelten und kontrollierten Eindruck. Aber sie war eben auf der Hut."

„Wie würden Sie Anna Francis' Verhältnis zu Henry Fall beschreiben?"

„Daraus bin ich nicht wirklich schlau geworden. Einerseits verhielten sich die beiden so, als würden sie sich nicht kennen, andererseits wirkte es, als kennten sie einander recht gut. In Bezug auf ihn war sie ganz besonders wachsam, und er ihr gegenüber auch. Nach ihrem Verschwinden verfolgte ich die Theorie, er könnte der eigentliche Kandidat sein. Das hätte jedenfalls ihre Wachsamkeit erklärt. Aber dann dachte ich, vielleicht geht es ja auch um etwas ganz anderes."

„Und was sollte das gewesen sein?"

Der Oberst wirkte amüsiert und ließ seinen Blick erneut zwischen ihnen beiden hin und her wandern.

„Selbst jemand wie Sie kann von all den Machtspielen und Taktierereien doch nicht derart verdorben sein, dass Ihnen kein anderer Grund dafür einfällt, warum ein Mann und eine Frau ganz besonderes Interesse aneinander zeigen könnten?"

„Ach so meinen Sie das. Verstehe", erwiderte der erste Verhörleiter.

„Und da sind Sie auch ganz sicher?"

Der Oberst hatte seine Antwort zwar an ihn gerichtet, dabei jedoch verschmitzt sie angeblickt.

„Wie bitte?"

Der Verhörleiter klang gekränkt. Wenn sie nicht wollten, dass der Oberst das Kommando endgültig übernahm, würde sie bald einschreiten müssen. Mittlerweile war der Oberst derjenige, der den Verlauf der Vernehmung lenkte. Als er den Raum betreten hatte, war es ihr schwergefallen, das Bild dieses gebrochenen Mannes mit dem des tatkräftigen aus den Berichten von Isola in Einklang zu bringen, doch allmählich konnte sie dessen Konturen erahnen. Der erste Verhörleiter unternahm einen erneuten Versuch.

„Hatten Sie zu irgendeinem Zeitpunkt den Verdacht, Anna Francis könnte doch nicht tot sein?"

„Anfangs noch nicht, aber nachdem Katja Iwanowitsch ebenfalls verschwunden war, kamen mir natürlich Zweifel. Das war einfach zu schön, um wahr zu sein."

„Zu schön?"

„Sie wissen schon, wie ich es meine. Bei Operationen wie dieser verschwinden die Leute nicht einfach reihenweise ohne Grund. So lange bin ich immerhin schon dabei, um das zu begreifen."

Der erste Verhörleiter blätterte in seinen Unterlagen.

„Lassen Sie uns noch einmal zum Zeitpunkt von Anna Francis' Ableben zurückkommen. Wie haben die anderen darauf reagiert?"

„Mit Bestürzung, würde ich sagen."

„Gab es eine Reaktion, die dabei besonders hervorstach?"

„Henry Fall wirkte verständlicherweise recht aufgewühlt."

„Und würden Sie sagen, dass jemand einen übertrieben aufgewühlten Eindruck machte?"

Der Oberst schien durchschaut zu haben, worauf der Verhörleiter hinauswollte.

„Falls Sie mit Ihrer Frage darauf abzielen, ob von den anderen bereits zu diesem Zeitpunkt jemand Verdacht geschöpft hat, dann lautet meine Antwort Nein. Er hat seine Sache ziemlich gut gemacht. Und diese Liebesgeschichte war natürlich ein wunderbarer Deckmantel. War das geplant?"

„Ich darf Ihnen leider keine …"

Der Oberst seufzte vernehmlich.

„Ja, ich weiß, Sie dürfen keine Details preisgeben. Trotzdem clever, ganz egal, wer sich das ausgedacht hat."

Jetzt war sie an der Reihe. Sie wollte das Thema wechseln, möglichst ohne den Argwohn des Obersts zu wecken.

„Kommen wir zum nächsten Punkt. Was ist danach passiert?"

„Wir beschlossen, die Insel abzusuchen."

„Auf wessen Initiative?"

„Daran kann ich mich nicht erinnern."

Sie lehnte sich auf ihrem Stuhl zurück, wobei sie ihn weiter fixierte. Dann sagte sie, um einen unbekümmerten Tonfall bemüht: „Andere, mit denen wir gesprochen haben, meinten, es sei Ihre Initiative gewesen."

„Das mag stimmen. Der Vorschlag hätte aber im Grunde von jedem stammen können, schließlich war es das einzig Naheliegende."

Sie fuhr fort: „Ich würde in der Zeit gern ein wenig vorangehen. Nun würden mich die näheren Umstände interessieren, wie Henry Fall Sie darüber instruiert hat, dass Sie ebenfalls verschwinden sollten."

Der Oberst schwieg eine Weile und schien in seinem Gedächtnis zu kramen. Zum ersten Mal klang seine Antwort zögerlich.

„Alles fing damit an, dass jemand rief, der Landungssteg hätte sich losgerissen, und jetzt im Nachhinein darf ich wohl annehmen, dass Henry Fall ihn losgemacht hat, als er mit den anderen das Gelände um das Bootshaus herum absuchte."

„Was haben Sie als Gruppe daraufhin unternommen?"

„Wir sind alle hinunter zur Steilwand gerannt und haben das Boot zu Wasser gelassen. Fall hat dafür gesorgt, dass nur wir beide allein hinausfuhren. Jon von Post wollte uns begleiten, aber Fall lehnte ab."

„Also sind Sie beide mit dem Boot hinausgefahren ..."

„Und da erhielt ich dann meine Instruktionen."

„Wie lauteten die?"

„Er informierte mich darüber, dass die Operation, genau wie ich schon vermutet hatte, Anna Francis galt. Dass sie nicht tot sei, sondern davon ausgehen würde, sie wäre diejenige, die uns beobachtete. Der Stresstest solle dabei darin bestehen, dass wir anderen alle nach und nach verschwanden. Man wolle sich vergewissern, ob sie dem Druck standhalten und weiter ihre Order befolgen würde. Ob sie dem Ganzen gewachsen wäre."

„Wie lauteten Ihre praktischen Anweisungen?"

„Ich sollte mir die Sauerstoffmaske, die Henry dabei hatte, aufsetzen, das Boot zum Kentern bringen und dann darunter warten, und sobald die anderen wieder in Richtung Haus verschwunden wären, sollte ich das Boot wenden, damit zu dem Sammelplatz auf der anderen Seite der Insel fahren und mich dort Katja Iwanowitsch anschließen."

Sie zog eine Karte der Insel aus ihren Unterlagen und breitete diese auf dem Tisch aus.

„Können Sie mir zeigen, wie Sie die Insel umrundet haben?"

Der Oberst beugte sich vor und zeichnete mit dem Finger die Route nach, auf der er die halbe Insel bis zu deren Nordostseite umfahren und dort eine ganz schmale Bucht angesteuert hatte, die man vom Haus aus aber wohl nicht sehen konnte, da sie sich hinter einer Landzunge genau unter dessen Giebel befand. Wollte man auf dem Landweg dorthin gelangen, musste man sich an einem Steilhang entlang durch das dichte Gestrüpp kämpfen.

„Hier bin ich dann an Land gegangen und abgetaucht."

„Sie meinen in dem unterirdischen Schutzraum?"

„Ja, auf der Rückseite der Insel, unter dem Haus."

„Fanden Sie es schwierig, den Ort ungesehen zu erreichen?"

„Nein, das ließ sich problemlos bewerkstelligen. Die anderen waren ja alle im Haus beschäftigt, und Katja erwartete mich bereits im Schutzraum."

„Und das Boot? Bestand nicht die Gefahr, dass es früher oder später von jemandem bemerkt werden würde?"

Der Oberst sah sie müde an.

„Wie Sie sich vielleicht erinnern, handelte es sich um ein Schlauchboot. Ich habe die Luft herausgelassen und es mit hineingenommen."

„Dann darf ich Ihre Aussage dahingehend deuten, dass die Operation so lange reibungslos verlief, solange Sie noch aktiv daran beteiligt waren?"

„Ja, das würde ich so sagen. In all ihrer Unmenschlichkeit tat sie das wohl."

Plötzlich schaltete sich der erste Verhörleiter wieder in die Vernehmung ein. Sie warf ihm einen verärgerten Blick zu. So war das nicht geplant gewesen. Es missfiel ihr, wenn er vom Protokoll abwich.

„Was dachten Sie, als die anderen zu Ihnen stießen? Hatten Sie da immer noch den Eindruck, dass alles reibungslos verlief?"

„Ja, den Eindruck hatte ich."

„Und es gab niemanden, der seine Bedenken an Henry Falls Vorgehen äußerte?"

„Welche Bedenken hätten das sein sollen?"
„Das frage ich Sie."
„Es ist etwas schwierig, auf eine Frage zu antworten, die man nicht versteht."
Nun beugten sie sich beide über den Tisch nach vorn.
Der Verhörleiter fuhr fort: „Gab es irgendwelche Hinweise darauf, dass Henry Fall im Begriff war, die Kontrolle über die Operation zu verlieren?"
Jetzt musste sie ihn stoppen. Sie versuchte ihm mit dem Finger zu signalisieren, es an dieser Stelle auf sich beruhen zu lassen, doch es war zu spät.
„Ich verstehe nicht ganz, worauf Sie hinauswollen? Warum fragen Sie Fall nicht selbst?"
Nun erst wurde dem ersten Verhörleiter bewusst, dass er das Gespräch in die falsche Richtung gelenkt hatte. Er lehnte sich zurück und bemühte sich um eine abweisende Miene.
„Es steht mir leider nicht frei, Ihnen darüber …"
Der Oberst wirkte verwirrt.
„Gab es etwa Schwierigkeiten? Ist etwas schiefgelaufen?"
„Oberst …"
„Ist Anna etwas passiert? Ist sie tot?"
„Anna Francis lebt, Oberst."
Unter dem Tisch trat sie ihren Kollegen fest gegen das Bein. Eigentlich müsste sie jetzt eingreifen, doch sie wusste nicht so recht wie. Der Oberst hatte sich weit über den Tisch nach vorn gebeugt, nun schien vielmehr er den ersten Verhörleiter zu vernehmen.
„Dann ist also Fall das Problem. Was ist passiert? Hat er sich verraten?"
Der Verhörleiter hob verzweifelt die Arme.
„Es tut mir leid, aber ich darf Ihnen keine …"
Mittlerweile war der Oberst aufgestanden. Er starrte den Verhörleiter an. Und jetzt schrie er beinahe.

„Antworten Sie mir gefälligst, sonst frage ich ihn selbst!“

„Ich muss Ihnen leider mitteilen, dass dies unmöglich ist. Henry Fall ist tot.“

Sprachlos blickte der Oberst ihn an. Sie musste gegen ihren inneren Impuls ankämpfen, sich die Hände vors Gesicht zu schlagen.

„Tot? Aber was zum Teufel …“

„Ich bedauere, Oberst, aber ich dachte, Sie wären informiert“, sagte sie leise, obwohl sie genau wusste, dass dem nicht so war. Und dass er eigentlich nie etwas davon hätte erfahren sollen.

Der Oberst ließ seinen Blick ratlos zwischen ihnen beiden hin und her wandern.

„Aber, was zum Teufel … haben Sie getan?“

Sie legte eine Hand auf das Tonbandgerät und sagte knapp: „Ende der Vernehmung. 12:36 Uhr.“

Dann schaltete sie es ab. Der Oberst riss seine Jacke an sich, die hinter ihm über der Stuhllehne gehangen hatte. Ohne sie noch eines weiteren Blickes zu würdigen, verließ er den Raum.

## *Katja*

Katja begegnete dem Oberst auf dem Korridor. Mit gesenktem Kopf kam er ihr mit raschen Schritten entgegen und stieß fast mit ihr zusammen. Gerade wollte sie zur Begrüßung ansetzen, ließ es jedoch sein, als er aufblickte und sie seinen Gesichtsausdruck sah.

„Waren Sie etwa an diesem Scheiß hier beteiligt?“, herrschte er sie an.

Er spuckte die Worte regelrecht aus, bevor ihn der Wachmann, der hinter ihm gegangen war, am Arm packte.

„Bedauere, Oberst, aber die Zeugen dürfen nicht miteinander sprechen.“

Er starrte sie erbarmungslos an, doch sie gab ihm keine Antwort. Dann schüttelte er die Hand des Wachmanns ab.

„Verflucht“, sagte er und funkelte sie weiter hasserfüllt an, bevor er mit langen Schritten den Korridor hinuntersteuerte. Sie schluckte und setzte ihren Weg in die entgegensetzte Richtung fort, bis sie an der Tür zum Verhörzimmer angelangt war.

„Zu welchem Zeitpunkt sind Sie zu der Operation hinzugestoßen?“

Die Frage hatte ihr der Mann gestellt. Die Frau saß mit gezücktem Stift schweigend daneben, offenbar bereit, ihre Antworten zu notieren. Sie hielt den Block hoch, sodass Katja nicht sehen konnte, ob sie tatsächlich schrieb. Sie überlegte, ob man sie mit dieser Taktik vielleicht nur verunsichern wollte.

Leise räusperte sie sich und antwortete: „Ich stieß hinzu, nachdem man sich für Anna Francis entschieden hatte.“

„Wissen Sie, wie diese Entscheidung zustande kam?"

„Offenbar gab es noch weitere Kandidaten, die infrage gekommen wären, doch man wollte es gern mit ihr versuchen."

Der erste Verhörleiter blickte leise brummend in seine Unterlagen.

„Was wussten Sie über Anna Francis' Hintergrund?"

*Beantworte einfach die Fragen, Katja. Sag nicht zu viel und nicht zu wenig. Beantworte einfach ihre Fragen.*

„Ich wusste, wer sie war, aber das trifft ja schließlich auf alle zu, zumindest mehr oder weniger."

„Woher war sie Ihnen bekannt?"

„Na ja, aus der Zeitung, aus dem Fernsehen … von ihrer Arbeit in Kysylkum."

„Aber Ihre Kenntnisse gingen doch sicherlich über das hinaus, was in den Zeitungen gestanden hatte, oder?"

Jetzt sprach die Frau, und dabei lächelte sie. Ihre Art zu sprechen hatte etwas Vertrauliches. Als ginge es im Moment lediglich darum, bereits feststehende Fakten abzuklären. Katja zögerte ihre Antwort ein wenig hinaus.

„Man hatte mir Zugang zu dem Bericht über ihre Zeit in Kysylkum gewährt."

„Was stand darin zu lesen?"

„Es … es erscheint mir nicht richtig, mich hier über dessen Inhalt zu äußern. Ein Teil davon war schließlich …"

„Vertraulich?" Ihr Gegenüber lächelte noch immer ihr vermeintlich wohlwollendes Lächeln.

„Ich weiß nicht, ob ich diese Frage beantworten darf."

Die zweite Verhörleiterin beugte sich zu dem Tonbandgerät auf dem Tisch vor und sagte: „Unterbrechung der Aufnahme."

Als das Band wieder lief, machte erneut die Frau den Anfang: „Katerina Iwanowitsch hat nun Einsicht in die entsprechenden Schreiben genommen, in denen der Vorsitzende sowohl sie als auch mich dazu autorisiert, über das Material aus dem als vertraulich deklarierten Bericht zu sprechen. Ich frage Sie also erneut: Was stand in den Akten, von denen Sie vor Ihrer Abreise nach Isola Kenntnis genommen haben?“

„Nun, da stand eine ganze Menge. Anna Francis litt offensichtlich unter einer PTBS ...“

„Einer posttraumatischen Belastungsstörung.“

„Ja, genau. Und wenn ich es richtig verstanden habe, gab es außerdem wohl auch ein Problem mit der Einnahme von FLL.“

Die zweite Verhörleiterin hatte die Augenbrauen hochgezogen und blickte sie interessiert an.

„Sie sagen ‚Einnahme‘. Nicht etwa ‚Missbrauch‘?“

Katja setzte sich auf ihrem Stuhl zurecht. Sie hatte mit Fragen wie diesen bereits gerechnet und fühlte sich relativ gut vorbereitet.

„Das ist schwer einzuschätzen. Sie war über einen relativ langen Zeitraum einer Extremsituation ausgesetzt. Unter solchen Bedingungen ist es meines Erachtens nicht unnormal, wenn sich jemand mithilfe von Narkotika oder angsthemmenden Präparaten selbst behandelt beziehungsweise eine PTBS entwickelt. Ein solches Vorgehen halte ich eher für gesund. Unnormal wäre doch vielmehr, sich von derartigen Umständen nicht anfechten zu lassen.“

„Verstehe“, entgegnete die Verhörleiterin, wobei sie aber nicht so aussah, als wollte oder könnte sie ihr folgen. „Haben Sie sich deshalb schließlich damit einverstanden erklärt, dass man ihr den Zugang zu FLL auf der Insel ermöglichte?“

„Ja, nein ... Nein. Ich habe es für keine gute Idee gehalten.“

„Sie haben diesbezüglich sogar eine schriftliche Beschwerde eingereicht, wieso?“

Auch diese Frage hatte sie in einem unbekümmerten Tonfall gestellt, doch in ihre Stimme hatte sich nun unüberhörbar eine gewisse Härte eingeschlichen.

„Ich empfand es als unnötig grausam. Eine Person, die sich eine solche Medikation einmal abgewöhnt hat, sollte nicht absichtlich wieder in Versuchung geführt werden. Vor allem nicht unter derart stressbehafteten Bedingungen."

Die Frau legte den Kopf schief, als könnte sie ihr noch immer nicht recht folgen.

„Trotzdem wollen Sie nicht von einer Sucht sprechen? Nicht einmal in Anbetracht der Ereignisse?"

„Nein, meiner Meinung nach ist dieses Wort zu stark. Ich halte es für irreführend."

„Wussten Sie, dass sie wegen ihrer Sucht in Behandlung war?"

„Ja, das war mir bekannt, und auch, dass diese erfolgreich verlaufen ist."

„Wer hat Ihnen davon erzählt?"

„Sekretär Nordquist. Das ging aber auch aus dem Bericht hervor."

Die zweite Verhörleiterin machte sich eine weitere Notiz und fuhr anschließend fort.

„Aus welchem Grund haben Sie sich schließlich doch damit einverstanden erklärt, FLL in der Krankenstube zu deponieren?"

„Der Sekretär hatte mir in aller Deutlichkeit erklärt, dass wir unbedingt herausfinden müssten, ob sie diesbezüglich stabil wäre, um nicht wieder in den Miss… Gebrauch zurückzufallen, ganz unabhängig von der Schwere der Umstände. Er meinte, bei diesem Job könnten wir es uns nicht leisten, auf das falsche Pferd zu setzen."

Die Frau blickte von ihren Unterlagen auf.

„Waren das seine Worte? ‚Auf das falsche Pferd zu setzen'?"

„Soweit ich mich erinnere, ja."

Die zweite Verhörleiterin machte sich erneut Notizen. Katja fragte sich, was sie wohl schrieb.

„Also haben Sie schließlich doch zugestimmt, das FLL auf der Insel zu deponieren, sozusagen als eine Art Charaktertest?“

„Ja. War nicht die ganze Operation eine Art Charaktertest?“, erwiderte sie, bereute ihre Worte jedoch sofort.

## *Der Sekretär*

„Wessen Vorschlag war es, das FLL auf der Insel zu deponieren?“

Es war die Frau, die das Gespräch eröffnete. Er hätte es vorgezogen, mit dem Mann zu sprechen. Mit Männern redete es sich für gewöhnlich leichter. Aber vielleicht wussten sie ja, dass er so dachte, vielleicht war genau das der Grund, warum man die Frau seine Vernehmung durchführen ließ. Er beschloss, sich dadurch nicht beirren zu lassen. Allerdings konnte er auf ein Gespräch mit einer schlecht gelaunten Xanthippe in Uniform durchaus verzichten.

„Was meinen Sie mit ‚wessen Vorschlag‘?“

„Genau wie ich es sage. Wessen Vorschlag war es, das FLL auf Isola zu deponieren?“

„Wenn Sie diesbezüglich auf einer Antwort bestehen, müsste ich noch einmal einen Blick in meine Aufzeichnungen werfen. Aus dem Stegreif kann ich mich nicht daran erinnern.“

Sie setzte ein entwaffnendes Lächeln auf, als hätte sie sich genau diese Reaktion erhofft.

„Das ist überhaupt kein Problem! Wir haben die gesamte Dokumentation hier vorliegen. Wir können also gern eine Pause einlegen, damit Sie in Ruhe nachsehen können.“

Der Sekretär schüttelte den Kopf. *Verflucht.*

„Nein, das würde zu lange dauern. Ich weiß nicht einmal mehr, wo in meinen Aufzeichnungen das stehen könnte.“

Sie setzte ein noch breiteres Lächeln auf. Für ihn sah sie aus wie eine Schlange, die ihre Beute im nächsten Moment im Ganzen zu verschlingen gedachte.

„Wir können wirklich gern eine Pause einlegen, damit Sie die Möglichkeit haben, in aller Ruhe herauszusuchen, was Sie zur Beantwortung meiner Fragen benötigen. Allzu lange dürfte das ja wohl kaum dauern, schließlich handelt es sich um Ihr eigenes Sitzungsprotokoll? Außerdem haben wir alle Zeit der Welt. Somit …“ Sie warf einen Blick zu ihrem Kollegen, der mit einem kurzen Nicken antwortete.

„In Ordnung. Unterbrechung der Aufnahme 16:49 Uhr …“, meinte dieser.

Jetzt schüttelte der Sekretär den Kopf und machte eine abwehrende Bewegung mit der Hand.

„Nein, nein … Nicht nötig. Fahren wir fort.“

Sie blickte ihn mit leicht schief gelegtem Kopf an, dann hatte sie sich anscheinend entschieden.

„Also stelle ich Ihnen die Frage noch ein drittes Mal: Wessen Vorschlag war das?“

Nun musste er gezwungenermaßen etwas antworten. Er räusperte sich.

„Auf einer unserer Sitzungen wurde darüber diskutiert, welche Schwächen unserer Kandidatin wir auf die Probe stellen wollten. Dabei kam auch ihre frühere Abhängigkeitsproblematik zur Sprache, die uns als ganz besonders besorgniserregend erschien. Und in dem Zusammenhang schlug dann irgendjemand vor, wir könnten ihr den Zugang zu FLL ermöglich, um zu sehen, ob sie in einer Stresssituation wieder darauf zurückgreifen würde.“

„Also war es Ihr Vorschlag?“, hakte sie beharrlich nach.

„Ich weiß nicht mehr, wessen Vorschlag es war.“

Mit demselben Lächeln, das schon die ganze Zeit auf ihren Lippen lag, nahm sie einige Unterlagen vor sich hoch, schien zu finden, wonach sie gesucht hatte, blätterte zur richtigen Seite vor und begann dann vorzulesen.

*„Sekretär Nordquist schlägt vor, FLL frei zugänglich auf der*

*Insel vorrätig zu halten, zum Test, ob AF in einer extremen Stresssituation wieder in ihren Missbrauch zurückfallen würde.* Sitzungsprotokoll vom 16. Januar. Kommt Ihnen das irgendwie bekannt vor?"

„Wie schon gesagt, es handelte sich um eine Diskussion", erwiderte der Sekretär missmutig. „Ich kann mich nicht mehr daran erinnern, ob der Vorschlag von mir oder von irgendjemand anderem kam."

„Besteht etwa Anlass, die Korrektheit Ihrer Sitzungsprotokolle anzuzweifeln?"

Er brummte etwas. Sie fixierte ihn weiterhin, die verdammten wohlgetrimmten Augenbrauen noch immer in Richtung Stirn hochgezogen. Er sah zu ihrem Kollegen hin, doch der schien mit seinen Gedanken woanders zu sein und hatte den Blick irgendwo in weite Ferne gerichtet. Von ihm war ganz offensichtlich keine Hilfe zu erwarten.

„Beantworten Sie bitte meine Frage."

Sie wollte einfach nicht lockerlassen.

„Nein", entgegnete der Sekretär knapp.

Plötzlich schien der erste Verhörleiter aus seinem Halbschlaf zu erwachen und schob die Unterlagen vor sich zusammen. Die Frau lehnte sich zu ihm hinüber und flüsterte ihm etwas zu, woraufhin er mit einem kurzen Nicken selbst das Wort ergriff.

„Ich würde gern auf die Wahl von Anna Francis zu sprechen kommen. Bin ich richtig informiert, dass Sie sich gegen sie als Kandidatin ausgesprochen hatten? Während der Vorsitzende sie unbedingt haben wollte?"

„Das ist richtig, der Vorsitzende hat sie vorgeschlagen."

„Aber damit waren Sie nicht einverstanden?"

„Es gab noch andere Kandidaten mit anderen Qualitäten."

„Mit anderen Qualitäten? Und worin bestanden Ihrer Meinung nach Anna Francis' Schwächen?"

„In einer Organisation wie der RAN-Gruppe muss man zielorientiert handeln können. Pragmatisch. Den größeren Zusammenhang sehen."

Nun fühlte der Sekretär sich wieder auf wesentlich sichererem Terrain. Das war auch seiner Stimme deutlich anzuhören. Sie hatte wieder ihren üblichen selbstsicheren Tonfall zurückerlangt.

„Und Anna Francis verfügte also nicht über diese Fähigkeit?"

Nun zog sie erneut ihre verdammte Augenbrauennummer durch. Der Sekretär ignorierte sie, bei seiner Antwort ruhte sein Blick stattdessen weiter auf ihrem Kollegen.

„Sagen wir es mal so, sie hat sich damit in der Vergangenheit ein wenig schwergetan."

„Worauf zielen Sie ab?"

Sie ließ nicht locker.

„Die sokratische Methode, nach der Sie hier vorgehen, ist ziemlich nervtötend", fauchte der Sekretär jetzt. „Können Sie stattdessen nicht einfach geradeheraus fragen, was Sie wissen wollen?"

Sie lächelte weiterhin. Diesen spöttischen Gesichtsausdruck konnte sie sich wirklich sparen.

„Gerne, wenn Sie dafür etwas ausführlicher antworten wollen", entgegnete sie und fuhr noch immer lächelnd fort: „Was genau hatten Sie gegen Anna Francis?"

„Sie ist geradezu moralversessen."

Nun runzelte die Frau die Stirn.

„Oho, das ist aber ein eher ungewöhnlicher Einwand? Geradezu moralversessen? Denken Sie nicht, Moral könnte in der RAN-Gruppe von Nutzen sein?"

„Es besteht wohl ein Unterschied zwischen einem Moralempfinden und einem Jesuskomplex. Manchmal muss man schwierige Entscheidungen eben treffen und darf sich nicht von seiner Sentimentalität leiten lassen." Er warf einen flehenden Blick in Richtung des ersten Verhörleiters, da er den Eindruck hatte, dieser würde ihn durchaus verstehen. Doch der schwieg und ließ seine Kollegin fortfahren.

„Tat sie das?"

„Es war ja wohl ziemlich offensichtlich, dass sie in einigen heiklen Situationen in Kysylkum eine etwas zu sentimentale Sichtweise an den Tag gelegt hat?"

„Worauf genau zielen Sie ab?"

Plötzlich war der Sekretär die ganze Situation gründlich leid.

„Jetzt sparen Sie sich doch Ihr Grinsen und hören Sie verdammt noch mal damit auf, so zu tun so, als wüssten Sie nicht, was passiert ist, nachdem sie keine Befehle mehr befolgt hat."

Als das Grinsen der zweiten Verhörleiterin noch breiter wurde, bereute er seine Worte unmittelbar.

„Natürlich weiß ich, was passiert ist, ich würde an dieser Stelle aber gern von Ihnen hören, was Ihrer Ansicht nach Beispiele für Anna Francis' übertriebene Sentimentalität gewesen sein sollen."

Der Sekretär schwieg. Es ärgerte ihn, dass es ihr gelungen war, ihn aus der Fassung zu bringen. Nun ergriff erneut der erste Verhörleiter das Wort.

„War es nicht vielmehr so, dass die Katastrophe in Wirklichkeit nur deshalb eintrat, weil man nicht auf sie gehört hatte?"

Der Sekretär stieß einen tiefen Seufzer aus.

„Nein, da bin ich anderer Meinung. Sie war das Problem. Eine Aufbauhelferin im Einsatz hat keine Entscheidungsgewalt. Sie hat ihren militärischen Vorgesetzten Folge zu leisten."

„Selbst wenn diese falschliegen?"

Der Sekretär verschränkte die Arme vor der Brust und schwieg. Der erste Verhörleiter warf einen erneuten Blick in seine Unterlagen, bevor er fortfuhr.

„Es klingt aber dennoch so, als wären Sie von Anna Francis als Kandidatin nicht besonders begeistert gewesen?“

„Sie hatte ihre Stärken und ihre Schwächen. Wie alle, die wir in die engere Auswahl genommen hatten“, entgegnete der Sekretär knapp und wandte mit aufeinandergepressten Lippen den Kopf ab.

## *Katja*

„Sie sind unmittelbar nach Anna aus dem Haus verschwunden. Wie ging das vonstatten?“

Der erste Verhörleiter stellte seine Kaffeetasse ab, die der uniformierte Wachmann ihm soeben gebracht hatte. Kurz zuvor hatten sie eine kleine Pause eingelegt, Katja war zur Toilette gegangen, während die zweite Verhörleiterin ebenfalls den Raum verlassen hatte, um für sie alle Kaffee zu bestellen. Die beiden sahen müde aus, dachte Katja. Sie überlegte, wen von den anderen Beteiligten sie wohl bereits befragt hatten, und wer noch auf ihrer Liste stand. Ihr war noch immer nicht ganz klar, weshalb sie unbedingt alle Details so genau abklären mussten, geschweige denn, weshalb die Vernehmungen hier durchgeführt wurden, durch Sicherheitspersonal. Ganz offensichtlich war etwas schiefgelaufen, sie wusste bloß nicht was. Nun saß sie abermals hier und bemühte sich, tatsächlich nur auf die ihr gestellten Fragen zu antworten. Das war schwieriger, als sie erwartet hatte. Neben dem, was sie eigentlich sagen wollte, schienen ihr ständig zusätzliche Informationen herauszurutschen. Doch diese Frage zumindest konnte sie ohne Weiteres beantworten.

„Der Ablauf war im Grunde ganz einfach. Wir verfügten ja über die Kamera auf der Strategischen Ebene, und deren Bilder wurden direkt auf Henrys Armbanduhr gesendet. Die Bildqualität war zwar nicht besonders gut, aber immerhin waren wir so stets darüber informiert, was Anna dort unten gerade machte. Henry präparierte dann den Steg, als er mit Jon und Franziska den Teil der Insel mit dem Bootshaus absuchte und die beiden gerade außer Sicht waren. Ich schlich mich in die Krankenstation, und sobald sich ihm die Gelegenheit bot, kam er nach. Gemeinsam inszenierten wir einen Überfall, und als Anna sich auf den Weg durch die Kühlbox nach oben machte, legte ich mich inmitten einer Blutlache auf den Fußboden."

Der erste Verhörleiter nickte zustimmend, so als wären ihm diese Punkte bereits bekannt, was vermutlich ja auch der Fall war.

„Und was geschah, als Anna Francis nach oben kam?"

„Wir hatten gehofft, sie würde in der Box direkt wieder kehrtmachen und zurück nach unten gehen, sobald sie mich dort liegen sah, weil sie mich für tot halten würde. Sie sollte mich eigentlich nur sehen. Mehr nicht."

„Aber?" Der Verhörleiter zog das Tempo an.

„Stattdessen kam sie zu mir, um mich zu untersuchen. Henry musste sie außer Gefecht setzen."

„Sie außer Gefecht setzen?"

Die Frage kam diesmal von der zweiten Verhörleiterin, wobei sie jede einzelne Silbe betonte. Katja räusperte sich leise.

„Ja, mit einem Schlag gegen die Schläfe. Was für sie aber mit keinerlei Gefahr verbunden war, er ist schließlich Profi."

„Und Sie hatten keine Bedenken, welche Konsequenzen dies für ihren Gesundheitszustand mit sich bringen könnte?"

Der Tonfall der Verhörleiterin klang unbekümmert, doch in ihren Blick war eine gewisse Härte getreten.

„Wie schon gesagt, er ist Profi, und ich bin Ärztin. Selbstverständlich waren wir auf eine Situation wie diese vorbereitet und hatten uns hiermit eine mögliche Lösung zurechtgelegt, bei der wir Anna keiner unmittelbaren Gefahr würden aussetzen müssen."

Die zweite Verhörleiterin beugte sich über ihre Unterlagen und schrieb etwas auf. *Diese verdammten Notizen.* Was notiert sie sich da? überlegte Katja.

Ohne den Blick von ihren Aufzeichnungen zu heben, fuhr die Frau fort: „Und nachdem Sie Anna Francis ‚außer Gefecht gesetzt' hatten?"

„Danach haben wir aufgeräumt, und ich bin so lange zur Überwachung bei ihr geblieben, bis sie wieder aufzuwachen begann. Henry ging zurück nach draußen, und ich versteckte mich am seitlichen Kücheneingang. Und als die anderen auf der Rückseite des Hauses zurückkamen, schlüpfte ich hinaus und begab mich in den unterirdischen Schutzraum. Und damit war ich aus dem Rennen."

„Interessant. Ich würde gern das Thema wechseln. Kehren wir noch einmal zu dem Bericht zurück, den man Ihnen im Vorfeld zur Verfügung gestellt hatte, vor Ihrer Ankunft auf der Insel. Was haben Sie darin sonst noch über Anna Francis erfahren?"

„Nun, es gab ja einige Probleme, weil sie sich ihrer Order widersetzt hatte."

„Würden Sie das weiter ausführen?", bat der erste Verhörleiter.

„Sie bekam den Befehl, ihre Verhandlungen mit der Miliz einzustellen."

„Und was geschah?"

„Offenbar sprach sie trotzdem weiter mit ihnen. Ohne die Erlaubnis ihrer Vorgesetzten. Die fanden es heraus, und damit begann wohl der Ärger."

„Der Ärger?"

„Sie bekam den Befehl, sich zu beugen und ihre Verhandlungen ein für alle Mal einzustellen. Und daraufhin kam es dann zu diesen Zwischenfällen …"

Der erste Verhörleiter nickte auffordernd.

„Fahren Sie fort."

„Als man an ihrer Stelle einen anderen Unterhändler hinschickte, scheiterten die Verhandlungen mit der Miliz, woraufhin diese begann, die Krankentransporte ins Visier zu nehmen. Bei diesen Attacken sind in kurzer Zeit sehr viele Menschen ums Leben gekommen."

„Und woher wissen Sie das alles?"

Erneut hatte sich die zweite Verhörleiterin eingeschaltet. Aus irgendeinem Grund bereitete sie Katja mehr Grund zur Sorge als ihr männlicher Kollege. Gegen ihre Taktik konnte man sich schwerer zur Wehr setzen.

„Der Bericht enthielt neben den Aussagen ihrer Vorgesetzten auch Annas Version der Ereignisse."

„Und was hatte das für sie für Konsequenzen?"

„Wie ich es verstanden habe, führte diese Situation letztlich zu ihrem Zusammenbruch, damals begann vermutlich auch ihre FLL-Einnahme auszuufern. Nach diesen Vorfällen war sie wohl schlichtweg am Ende."

Die zweite Verhörleiterin machte sich erneut eine Notiz, schien dabei ihren nächsten Schritt zu überdenken und fragte schließlich: „War es Ihrer Meinung nach richtig oder falsch, dass sie sich der Order widersetzte?"

„Das zu beurteilen, ist nicht meine Aufgabe", erwiderte Katja rasch. *Keine Spekulationen, nur die Fragen beantworten.*

„Man wollte sie vor ein Kriegsgericht stellen. Und sie bereits zu diesem Zeitpunkt nach Hause schicken, wussten Sie das?"

„Nein."

Katja war kurz davor zu erwidern, daran hätte man eventuell besser getan, denn dann wäre Anna der ganze Rest erspart geblieben, presste jedoch schnell die Lippen aufeinander, damit es ihr nicht doch herausrutschte. Die Verhörleiterin fixierte sie einen Moment, als würde sie abwarten, ob Katja ihrer Aussage noch etwas hinzufügen wollte. Dann wechselte sie flüsternd eine paar Worte mit ihrem Kollegen, der daraufhin in den Unterlagen auf dem Tisch blätterte und ihr schließlich das Gesuchte reichte. Die Frau nahm erneut die Vernehmung auf.

„Nun würde ich gern über die Geschehnisse auf der Insel sprechen. Sie waren dort also für die medizinische Versorgung verantwortlich. Würden Sie sagen, mit der Ihnen zur Verfügung stehenden medizinischen Ausstattung wäre auch eine ausreichende Behandlung schwererer Traumata gewährleistet gewesen, wie beispielsweise von Schusswunden?"

„Nein."

„Wussten Sie, dass es auf der Insel eine Waffe gab?"

Die Frage traf Katja unerwartet.

„Nein, das wusste ich nicht."

„Verstehe", erwiderte die zweite Verhörleiterin, ohne den Blick von ihr abzuwenden. „Wie hätten Sie diese Tatsache eingeschätzt, wenn man Sie diesbezüglich nach Ihrer Meinung gefragt hätte?"

„Ich hätte gesagt, dass ich das für ausgesprochen riskant halte."

„Und was denken Sie darüber, dass man Sie nicht nach Ihrer Meinung gefragt hat?"

Katja zögerte ihre Antwort ein wenig hinaus. Sie musste ihre Überraschung erst verarbeiten und sich zum wiederholten Mal ermahnen, keine Spekulationen über Umstände anzustellen, die nicht zu ihrem Part der Geschichte gehörten. Zugleich wusste sie, dass sie in diesem Fall nicht um eine Antwort herumkommen würde. Sie wählte ihre Worte mit Bedacht.

„Wie Sie selbst schon richtig festgestellt haben, war ich für die medizinische Versorgung auf der Insel zuständig. Somit liegt es meines Erachtens nicht in meinem Verantwortungsbereich, über Fragen bezüglich des generellen Prozederes zu urteilen. Aber wenn Sie meine Einschätzung unbedingt hören wollen, dann halte ich es für eine ziemlich schlechte Idee, in einem solchen Szenario eine Waffe zuzulassen."

„Wieso?" Die zweite Verhörleiterin bohrte weiter den Blick in sie, als hätte sie vor, sie zu hypnotisieren.

„Man kann schließlich nie mit Sicherheit sagen, wie ein Mensch unter großem Druck und in Isolation reagieren wird. Bei niemandem."

„Aber wenn Sie doch für die medizinische Versorgung verantwortlich waren, wäre es da nicht auch Ihre Aufgabe gewesen, eine ausreichende medizinische Versorgung für alle eventuell auftretenden Verletzungen zu gewährleisten? Hätte man Sie insofern nicht einweihen müssen?"

„Der Ansicht kann man natürlich sein."

„Und sind Sie dieser Ansicht?"

„Diese Frage möchte ich nicht beantworten."

Die zweite Verhörleiterin wandte den Blick endlich von ihr ab und lehnte sich auf ihrem Stuhl zurück. Gleichzeitig beugte sich ihr Kollege vor. Mittlerweile sah er nicht mehr ganz so freundlich aus. Sie machen ihre Sache ziemlich gut, dachte Katja. Das haben sie einstudiert.

„In Ordnung. Kehren wir noch einmal zu den Informationen zurück, die Sie im Vorfeld über Anna Francis erhalten haben. Gibt es noch mehr Erwähnenswertes?"

Katja überlegte, was sie sagen sollte. Die ständigen Zeitsprünge und Themenwechsel brachten sie völlig aus dem Konzept, worauf die beiden Verhörleiter natürlich abzielten.

„Ja."

„Und das wäre?"

„Nun, da war natürlich noch die … Entschuldigung, darüber zu sprechen, ist mir äußerst unangenehm."

Katja rang nach Luft. Der erste Verhörleiter drängte weiter.

„Das verstehe ich, aber wir müssen den Geschehnissen auf den Grund gehen."

„Ja, sicher. Da war natürlich noch diese Sache mit dem Schuss."

„Erzählen Sie uns, was Sie darüber wussten."

„Sie hatte einen Schuss auf einen Zivilisten abgegeben, der sich im Krankenhaus aufhielt. Das war anscheinend auch der Grund, warum man sie schließlich nach Hause schickte."

„Wer war dieser Zivilist?"

Die Stimme des ersten Verhörleiters klang leise und neutral, doch seine Körpersprache verriet seine Konzentration.

„Ein Junge aus dem Dorf."

„Können Sie uns etwas zu den näheren Umständen sagen?"

„Er hatte sich eines Nachts Zutritt zum Krankenhaus verschafft. Sie dachte, jemand würde dort Medikamente stehlen."

„Medikamente? Nicht zufällig FLL?", fragte die zweite Verhörleiterin, die sich inzwischen ebenfalls über den Tisch vorgebeugt hatte.

„Es wurde wohl alles am selben Ort aufbewahrt", erwiderte Katja, während sie sich daran zu erinnern versuchte, was in dem Bericht gestanden hatte. Warum will ich sie in Schutz nehmen? fragte sie sich.

„Aber das stimmte nicht?"

„Soweit ich es verstanden habe, nein. Der Kleine war auf der Suche nach etwas zu essen. Sie hat einem zehnjährigen Jungen in den Kopf geschossen, weil er einen Apfel geklaut hat."

Der erste Verhörleiter lächelte sie wohlwollend an.

„Damit hätten wir es auch fast schon geschafft! Nun haben wir nur noch ein paar abschließende Fragen. Mir ist bewusst, dass unser Gespräch anstrengend für Sie ist, aber sämtliche Details müssen erschöpfend geklärt werden."

„Wozu ist das notwendig?", erkundigte sich Katja.

Der Verhörleiter ließ keinerlei Anzeichen dafür erkennen, dass er ihre Frage gehört hatte, sondern erkundigte sich stattdessen, ob er ihr ein Taxi bestellen solle. Dann griff er kurzerhand nach dem Hörer des schwarzen Telefons neben dem Tonbandgerät auf dem Tisch und orderte einen Wagen. Katja spürte, wie sie sich allmählich entspannte.

Die zweite Verhörleiterin saß schweigend daneben und ging erneut ihre Notizen durch. Ohne den Blick zu heben, fragte sie unvermittelt in unbeschwertem Ton: „War Ihnen bekannt, dass sich mehr als ein Kandidat auf der Insel aufhielt?“

Katja schrak zusammen.

„Was?“

„Wussten Sie davon?“

„Nein … Entschuldigung, aber sind Sie sich sicher, dass das stimmt?“

Plötzlich hämmerte Katjas Puls laut in ihren Ohren. *Was sollte das?* Nun fixierten sie die beiden Verhörleiter, registrierten jede ihrer Reaktionen, um sich keinen Hinweis darauf entgehen zu lassen, ob sie die Wahrheit sagte oder log.

„Darf ich Ihre Antwort dahingehend deuten, dass Sie nichts davon gewusst haben?“

„Nein. Ich meine … ja. Wusste ich nicht. Um wen handelt es sich?“

„Leider bin ich nicht befugt, Ihnen darüber Auskunft zu erteilen“, erwiderte die zweite Verhörleiterin.

Katja schüttelte den Kopf.

„Aber …“ Katja hielt einen Moment inne. „Was ist dann aus dem zweiten Kandidaten geworden?“

## *Jon von Post*

„Dann würde ich jetzt gern einen Sprung nach vorn machen, in die Schlussphase der Operation. Können wir uns darüber unterhalten?"

Jon wischte sich die Stirn ab, er fühlte sich mittlerweile schweißgebadet. Die Luft in dem hell erleuchteten Raum mit den verdunkelten Fenstern war schlecht und stickig. Und seine Knie schmerzten.

Ihm gegenüber saßen ein Mann und eine Frau in den Vierzigern, die beiden Verhörleiter, die auf ihn wie Geschwister wirkten. Bisher hatten sie lediglich eine unerfreuliche Reihe von Details abgefragt. Wann er wovon erfahren habe? Und von wem? Und ob er sich noch an den genauen zeitlichen Ablauf erinnern könne? Er antwortete nach bestem Vermögen und mit steigender Ungeduld. Der Vorsitzende hatte gesagt, seine Teilnahme an der Vernehmung sei unerlässlich, also tat er ihm den Gefallen. Er musste es ja trotz allem nicht gut finden.

Der erste Verhörleiter wandte sich seiner Kollegin zu und flüsterte ihr etwas ins Ohr, woraufhin sie mit einem Nicken eine Mappe aus dem Stapel zog und ihm diese reichte. Eine Weile blätterte er darin herum und legte sie schließlich zurück auf den Tisch, in Erwartung von Jons Antwort.

„Wenn es denn unbedingt sein muss."

Der Mann legte den Kopf schief.

„Das klingt, als bliebe Ihnen das lieber erspart?"

„Ich habe einfach keine Lust darauf."

„Inwiefern ist Ihnen das Thema lästig?"

Die Frau fragte, als ob sie seine Antwort gar nicht gehört hätte. Oder sie einfach ignorierte.

„Warum sollte ich diesen ganzen Mist noch ein weiteres Mal aufrollen wollen? Wissen Sie, dass ich seit meiner Rückkehr von dieser verdammten Insel keine Nacht mehr durchgeschlafen habe? Sie haben mich zerstört. Das ist Ihnen doch hoffentlich klar? Dass Sie Menschen zerstören?"

„Wir sind Ihnen sehr dankbar, dass Sie mit uns kooperieren wollen", bestätigte der erste Verhörleiter umgehend mechanisch. Bisher hatte Jon auf jeden seiner Einwände eine ähnliche Antwort erhalten.

Nun fuhr der Verhörleiter fort: „Für uns ist es wichtig, die Geschehnisse auf der Insel klar vor Augen zu haben. Können wir jetzt also über die Schlussphase der Operation sprechen?"

„Sicher. Vorher brauche ich aber einen Schluck Wasser."

Die zweite Verhörleiterin griff nach der Karaffe, schenkte einen Becher voll und reichte ihm diesen.

„Können Sie stattdessen nicht lieber Lotte befragen?", erkundigte sich Jon, nachdem er einen Schluck genommen hatte.

„Lotte Colliander ist von den Vernehmungen freigestellt. Sie macht ihre Meldung direkt an den Vorsitzenden, in dessen Stab sie mittlerweile arbeitet", antwortete der erste Verhörleiter. Seine Kollegin warf ihm einen verärgerten Blick zu, anscheinend war sie der Ansicht, er hätte zu viel verraten. Wortlos streckte Jon seinen Becher vor, damit man ihn noch einmal auffüllte.

Während der erste Verhörleiter ihm Wasser nachschenkte, fragte er: „Wie genau haben Sie von Henry Fall Ihre Instruktionen erhalten?"

Jon hob den Becher erneut an die Lippen und trank ihn in drei Schlucken leer, bevor er zu seiner Antwort ansetzte.

„Er ist zu mir aufs Zimmer gekommen und hat mir ein weiteres Mal seine Identität als Agent bestätigt. Es gab ja durchaus noch mehr zu berichten als das, was er uns bereits in der Küche erzählt hatte. Also schilderte er mir die Situation, dass nämlich nicht wir hier getestet würden, sondern eigentlich Anna, und dass sie noch am Leben war. Wie im Übrigen auch die anderen. Allerdings hätte sich die Lage gefährlich zugespitzt, seitdem ihm seine Waffe abhandengekommen sei, und deshalb müssten wir uns nun schnellstmöglich in Sicherheit bringen. Er berichtete mir, er habe Lotte betäubt … wohlgemerkt nur, um sie vor einem Zusammenbruch zu bewahren, und würde sie gleich hinunter in einen Schutzraum unterhalb der Nordwestecke des Hauses bringen, wo die anderen bereits auf uns warten würden. Er bat mich, schon einmal vorauszugehen, und zwar sollte ich den seitlichen Küchenausgang nehmen und mich von dort aus durch das Dickicht entlang der Felswand hinunter in den unterirdischen Schutzraum begeben. Sobald er seine Sachen zusammengepackt hätte, würde er umgehend mit Lotte nachkommen."

„Und wie haben Sie darauf reagiert?", wollte der erste Verhörleiter von ihm wissen.

„Ich folgte seiner Aufforderung. Was hätte ich denn sonst tun sollen?"

„Sie haben ihm also geglaubt?", hakte der Verhörleiter nach. Jon überlegte.

„Ja, für mich klang das plausibel. Oder jedenfalls nicht weniger plausibel als alles andere in dieser Situation. Und natürlich war es eine Erleichterung zu hören, dass Franziska … oder vielmehr die anderen nicht zu Schaden gekommen waren."

Franziskas Namen laut auszusprechen, kam ihm irgendwie seltsam vor. Seit ihrem Aufenthalt auf der Insel hatte er sie mehrfach zu kontaktieren versucht, jedoch ständig dieselbe Antwort erhalten, sie sei beschäftigt, und irgendwann hieß es, sie sei „zur Erholung“ ins Ausland gereist. Was immer das bedeuten mochte. Auch hatte er sie seit ihrer Rückkehr von Isola kein einziges Mal mehr im Fernsehen gesehen. Als er die beiden Verhörleiter nach ihr gefragt hatte, hatten diese in etwa dasselbe geantwortet: Sie würde sich nach den Strapazen auf der Insel „ausruhen“. Wahrscheinlich hielt ihr Schwager seine schützende Hand über sie, als Angehörige des Innenministers brauchte man sich vermutlich nicht einer Vernehmung zu stellen, wenn man nicht wollte.

„Also sind Sie in den Schutzraum gegangen. Wie war die Stimmung dort?“

„Recht ruhig eigentlich. Franziska war ja nur wenige Stunden zuvor dort unten angekommen, auf demselben Weg wie ich. Allerdings war die Situation auch ziemlich surreal.“

„Inwiefern?“

„Na ja, irgendwie kam ich mir vor wie am Jüngsten Tag. Leute, von denen man geglaubt hatte, sie wären tot … und dann sitzen sie da alle plötzlich.“

Jon erschauderte innerlich. Er musste wieder an das merkwürdige Gefühl denken, das ihn in dem Schutzraum überkommen hatte. Wie die anderen ihn in dem kleinen, schlecht ausgeleuchteten Raum angestarrt hatten. So als wüssten sie alle selbst nicht, ob sie lebendig waren oder tot. Und wie er auch jetzt noch nachts manchmal vollkommen verwirrt aufwachte.

„Damit wären wir hier auch schon so gut wie fertig“, sagte die zweite Verhörleiterin. „Nur noch eine Sache. Henry hat mit Ihnen insgesamt zweimal über seinen Auftrag gesprochen. Das erste Mal in Anwesenheit von Ihnen und Lotte, das zweite Mal bei Ihnen auf dem Zimmer, richtig?“

Jon nickte.

Die zweite Verhörleiterin fuhr in ruhigem Tonfall fort: „Wie hat Henry sich Ihnen gegenüber vorgestellt, als er Sie auf Ihrem Zimmer instruierte?“

„Er sagte, er sei Geheimdienstoffizier und hätte die Aufgabe, Anna zu überwachen und sie zu beschützen.“

„Mehr nicht?“ Die Verhörleiterin blickte ihn erneut mit gehobenen Augenbrauen an.

„Nein“, erwiderte Jon. „Hätte er noch mehr sagen sollen?“

## *Der Sekretär*

Nun übernahm wieder die zweite Verhörleiterin das Kommando. Sie kramte in den Unterlagen vor sich auf dem Tisch, so als würde sie etwas suchen.

„Wird das hier noch lange dauern?", erkundigte sich der Sekretär und warf einen genervten Blick auf sein Handgelenk, obwohl er dort gar keine Uhr mehr trug.

„Das liegt ganz an Ihnen", entgegnete sie, ohne ihn anzusehen.

„Ich hätte gern einen Kaffee", sagte er und merkte selbst, dass er wie ein quengelndes Kind klang. Sie tat, als hätte sie ihn nicht gehört, und nahm den Faden an anderer Stelle wieder auf.

„Zu welchem Zeitpunkt wurde beschlossen, dass Sie zwei Kandidaten ins Rennen schicken würden? Sowohl Henry Fall als auch Anna Francis?"

Der Sekretär schluckte. Sein Mund fühlte sich trocken an. Jetzt hätte er wirklich gern einen Kaffee gehabt.

„Ich war von Anfang an der Ansicht, dass die ganze Operation viel zu aufwendig und risikobehaftet war, um sich nur auf einen einzigen Kandidaten zu konzentrieren."

„Und teilten die anderen Ihre Ansicht?"

„Wie meinen Sie das?"

„Waren alle anderen damit einverstanden, zwei Kandidaten auf die Insel zu schicken?"

Der Sekretär versuchte dahinterzukommen, was der eigentliche Kern ihrer Frage war, allerdings ohne Erfolg.

„Was genau wollen Sie mir sagen?", entgegnete er. Die zweite

Verhörleiterin schob ihre Unterlagen in aller Ruhe zu einem akkuraten Rechteck zusammen, bevor sie wieder zu sprechen begann.

„Gut, dann stelle ich meine Frage eben so: War der Vorsitzende darüber informiert, dass Sie zwei mögliche Kandidaten auf der Insel in Stellung gebracht hatten? Sowohl Anna Francis als auch Henry Fall?"

Der Sekretär spürte die Luft im Raum deutlich schwerer werden, wie vor einem Gewitter.

„Die Frage ist lächerlich", erwiderte er, „ich weiß nicht, was Sie mir hier unterstellen wollen."

Die Frau musterte ihn. Ihr sanftes Lächeln war nun verschwunden.

„Beantworten Sie bitte die Frage", warf ihr Kollege ein, wie um daran zu erinnern, dass er auch noch da war.

„Selbstverständlich hatte ich den Vorsitzenden darüber informiert. Aus welchem Grund sollte ich eine derartige Entschcidung alleine treffen?"

„Der Vorsitzende sagt", entgegnete die zweite Verhörleiterin mit schleppender Stimme, „er hätte nicht die geringste Ahnung gehabt, dass Sie einen zweiten Kandidaten auf der Insel hatten. Er dachte, Henry Fall sei Teil des Teams, das Anna Francis auf die Probe stellen sollte."

Der Sekretär traute seinen Ohren nicht.

„Was?"

Sie setzte noch einmal von Neuem an, wie wenn er ihre Antwort tatsächlich nicht verstanden hätte.

„Der Vorsitzende sagt, er habe nichts davon gewusst ..."

Der Sekretär baute sich vor dem Tisch auf. Er zitterte am ganzen Körper.

„Was zum Teufel wird hier gespielt? Was wollen Sie mir unterstellen? Schalten Sie das verdammte Tonbandgerät ab!"

Wortlos und mit der siegesgewissen Miene, einen Volltreffer

gelandet zu haben, beugte sich die zweite Verhörleiterin zum Tonbandgerät vor und schaltete es aus.

Wenig später drückte sie wieder auf den Aufnahmeknopf.

„Die Vernehmung wird fortgesetzt. Wenden wir uns noch einmal der Frage zu, ob Sie den Vorsitzenden darüber informiert hatten, dass Sie mehrere Kandidaten auf die Insel schicken würden."

Der Sekretär verhaspelte sich fast beim Sprechen.

„Ich hatte Ihre Frage vorhin falsch verstanden. Meine Antwort lautet Nein, die Entscheidung, mehrere Kandidaten auf die Insel zu schicken, lag allein bei mir. Ich dachte, es läge innerhalb meiner Befugnisse, Entschlüsse wie diesen zu fassen, auch ohne den Vorsitzenden darüber in Kenntnis zu setzen."

„Wusste außer Ihnen noch jemand, um wen es sich bei dem zweiten Kandidaten handelte?"

„Außer meinen direkten Untergebenen niemand. Nur ein sehr kleiner Personenkreis."

Sie streckte die Hand aus, und der erste Verhörleiter reichte ihr eine Mappe. Dabei ließ sie den Sekretär nicht aus den Augen. Ihre Pupillen waren groß und schwarz. Jetzt hat sie Witterung aufgenommen, musste er unwillkürlich denken.

„Uns liegt ein Dokument vor", setzte sie erneut an, „in dem Sie bestätigen, dass es einen zweiten Kandidaten gibt, den Sie im Übrigen auch namentlich nennen. Wenn es sich hierbei nun aber um einen offiziellen Beschluss handelt – wie kommt es dann, dass Sie den Vorsitzenden nicht informiert haben? Wäre es nicht sinnvoll gewesen, eine derartige Entscheidung auch nach oben hin abzusichern?"

„Wie schon gesagt, ich hatte Ihre Frage vorhin missverstanden, ich dachte, sie meinten, ich hätte den Vorsitzenden informieren *sollen*. Damit haben Sie natürlich recht. Aber das habe ich nicht getan."

„Wusste Henry Fall Bescheid? Dass er selbst ein Kandidat war?“

„Nein“, erwiderte der Sekretär. „Weder Anna Francis noch Henry Fall wussten, dass sie beide selbst für den Posten im RAN-Projekt auf die Probe gestellt wurden. Henry wusste jedoch über Annas Kandidatenstatus Bescheid. Und dass sie in der ersten Nacht nicht wirklich sterben würde.“

„Und was genau beabsichtigten Sie mit der Entsendung von zwei Kandidaten auf die Insel?“

„Nun ja, ich wollte schlichtweg herausfinden, wer von den beiden sich in einer solchen Situation als am besten geeignet erweisen würde.“

„Wie wollten Sie das entscheiden?“

„In einer im Anschluss stattfindenden Evaluation.“

Die zweite Verhörleiterin hob erneut die Augenbrauen. Der Sekretär hätte ihr am liebsten mit einem Ziegelstein die verdammte Schläfe eingeschlagen.

„Und wie sollte diese nachträgliche Evaluation aussehen?“, fragte sie.

„Tja, wie man das eben üblicherweise macht. Wir wollten die Abläufe noch einmal durchgehen, uns die Berichte der Kandidaten anhören. Das Endergebnis betrachten. Nichts Aufsehenerregendes. Standardverfahren.“ Der Sekretär bemühte sich um einen ebenso unbekümmerten Tonfall wie den der zweiten Verhörleiterin, doch seine Stimme klang selbst für ihn besorgniserregend schrill.

„Das war alles?“

„Ja, natürlich. Oder sind Sie anderweitig informiert?“, rutschte es ihm heraus, bevor er sich zurückhalten konnte.

„Es stimmt also nicht, dass Sie gesagt haben sollen, ich zitiere: ‚Dann werden wir ja sehen, wer von den beiden die Insel lebend verlässt‘?“

Nun rann dem Sekretär der Angstschweiß den Rücken hinunter. Er hatte mittlerweile begriffen, in welche Richtung sich das Gespräch entwickelte. Er opfert mich, dachte er, diesmal opfert mich dieses Arschloch von Vorsitzendem tatsächlich. Ihm fielen ihre gemeinsamen Treffen im Vorfeld der Vernehmungen wieder ein. „Nach außen hin sieht es besser aus, wenn Sie erst einmal den Kopf hinhalten, nur zum Schein versteht sich, hinterher werden Sie selbstredend wieder rehabilitiert, ich stehe voll und ganz hinter Ihnen." Hatte der Vorsitzende nicht bereits zu diesem Zeitpunkt etwas seltsam gewirkt? Und war bewusst seinem Blick ausgewichen? Jetzt erst ging dem Sekretär auf, wie dumm er gewesen war. Viel zu gutgläubig. Und nun stand er alleine da.

„Wer behauptet das?"

„Beantworten Sie einfach meine Frage. Haben Sie das gesagt?"

„Daran kann ich mich nicht erinnern."

„Sie können sich nicht erinnern?"

„Ich kann mich nicht erinnern. Man sagt so viel. Vielleicht habe ich einen Scherz gemacht. Nicht alle teilen meinen Humor."

Die zweite Verhörleiterin schnitt eine kleine Grimasse. Dann blickte sie in ihre Unterlagen und notierte sich etwas.

„Wessen Idee war es, eine Waffe auf die Insel zu bringen?" Hier mischte sich plötzlich der Mann wieder ein.

„Weiß ich nicht mehr", gab der Sekretär schnell zurück.

„Haben Sie Henry Fall aufgetragen, eine Waffe mitzunehmen?"

„Weiß ich nicht mehr."

Der erste Verhörleiter streckte sich. „Herr Sekretär", hob er mit autoritärer Stimme an, „darf ich Sie an den Ernst der Lage erinnern? Einer Ihrer beiden Kandidaten, die Sie unter Extrembedingungen testen wollten, der hoch angesehene Geheimdienstoffizier Henry Fall, liegt jetzt im Leichenschauhaus. Während sich Ihre zweite Kandidatin in einer geschlossenen Einrichtung aufhält, nachdem sie versucht hat, sich das Leben zu nehmen. Der Ausgang Ihrer sogenannten ‚Evaluation' kann also nur als absolute Katastrophe bezeichnet werden, sowohl in menschlicher wie auch in strategischer Hinsicht. Jemand wird dafür die Verantwortung übernehmen müssen. Wenn Sie verstehen, was ich meine? Sich auf Erinnerungslücken zu berufen, wird in diesem Fall nicht ausreichen."

„Ich weiß, und es ist ja auch höchst bedauerlich, aber ich kann mich nun mal tatsächlich nicht mehr an jedes meiner Worte und jede meiner Handlungen erinnern."

Die zweite Verhörleiterin blickte auf. Sie legte die Unterlagen vor sich auf dem Tisch beiseite und beugte sich zu ihm vor.

„Dann lassen Sie mich die Frage eben so stellen", sagte sie langsam. „War es Teil Ihres Planes, dass nur einer der beiden Kandidaten lebend zurückkehren sollte? Dass der eigentliche Test genau darin bestand?"

Der Sekretär beugte sich nun ebenfalls vor. Ihre beiden Gesichter trennten nur noch wenige Dezimeter.

Mit gedämpfter Stimme sagte er: „Sie können so oft nachbohren, wie Sie wollen. Meine Antwort wird immer dieselbe bleiben: Mein einziges Ziel war es, Verantwortung für die Sicherheit der Union zu übernehmen. Können Sie dasselbe auch von sich selbst behaupten?"

Die zweite Verhörleiterin starrte ihm unverwandt in die Augen. Sie setzte zu einer Erwiderung an, schloss den Mund jedoch wieder.

„Sie wurden doch ebenfalls hereingelegt", flüsterte der Sekretär ihr zu. „Begreifen Sie das nicht? Er hat uns alle hereingelegt."

„Herr Sekretär", sagte der erste Verhörleiter, „ich muss Sie erneut daran erinnern, dass …"

Der Sekretär lehnte sich abrupt zurück und verschränkte die Arme vor dem Brustkorb, die Jacke seiner Gefängniskleidung spannte ein wenig.

„Ich werde keine weiteren Fragen beantworten. Bringen Sie mich zurück in meine Zelle.“

Die zweite Verhörleiterin streckte die Hand nach dem Tonbandgerät aus, beugte sich vor und sagte: „Ende der Vernehmung.“

# DAS ENDE
(beziehungsweise der Anfang)

## *Anna*

Ich wurde von Vogelgezwitscher geweckt. Das Zimmer, in dem ich mich befand, war weiß. Vor meinen Augen baumelte etwas Glänzendes, und als ich meinen Blick darauf zu fokussieren versuchte, erkannte ich, dass es sich um einen jener Haltegriffe handelte, wie sie über Krankenhausbetten hängen, um geschwächten Personen das Aufrichten zu erleichtern. Das Sonnenlicht funkelte auf der Kette, die sanft hin und her schaukelte, als wäre der Griff erst kürzlich benutzt worden. Langsam drehte ich den Kopf. Neben meinem Bett saß der Vorsitzende und blätterte in einer Frauenzeitschrift. Ich fragte mich, seit wann er dort schon sitzen mochte, und wie lange ich wohl geschlafen hatte. Oder wie man diesen Zustand nennen sollte. Bei den vielen Schlafmitteln, die ich bekommen hatte, konnte ich kaum unterscheiden, ob es sich um Schlaf oder eher um ein künstliches Koma gehandelt hatte. Man wolle keine Risiken eingehen, hatte es geheißen. Ich müsse mich ausruhen. Sie hatten nicht gesagt, sie wollten nicht, dass ich mir das Leben nehme, aber ich ging davon aus, dass sie genau das gemeint hatten. Die Frage war allerdings, was ich selbst wollte. Ich wusste es nicht.

Ich versuchte mich ein wenig zu bewegen, was mir aber nur mit Mühe gelang. Meine Arme ließen sich schlecht koordinieren.

„Anna? Sind Sie wach?“

Der Vorsitzende ließ die Zeitschrift sinken und beugte sich mit einem väterlichen Lächeln zu mir vor.

„Könnte ich etwas Wasser bekommen?“

Er stand auf, ging zu dem Waschbecken neben der Zimmertür und füllte Wasser in einen Plastikbecher. Ich folgte ihm mit dem Blick. Dann kam er zurück zum Bett, reichte mir den Becher und setzte sich wieder auf den Stuhl.

„Ich fand es an der Zeit, einmal persönlich nach Ihnen zu sehen."

Ich ließ meinen Blick an seinem Kopf vorbei zu dem vergitterten Fenster wandern, das einen Spaltbreit offen stand. Über den blauen Himmel trieben weiße Wolken dahin. Ich überlegte, wann ich zuletzt Wolken gesehen hatte, die derart schnell über den Himmel jagten, und mir fiel die Szene mit Henry hinter dem Haus wieder ein. Bei dieser Erinnerung verkrampfte sich mein Körper vor Unbehagen.

Den Blick auf mich gerichtet, sagte der Vorsitzende mit freundlicher Stimme: „Wir machen uns Sorgen um Sie, müssen Sie wissen."

Gerade wollte ich mich wundern, wen er wohl mit „wir" meinte, als er bereits fortfuhr: „Wir vom RAN-Projekt natürlich, aber vor allem Ihre Familie. Ihre Mutter und Ihre Tochter. Die beiden brauchen Sie. Sie möchten Sie nicht verlieren. Und wir auch nicht."

Ich schluckte. Mein Mund fühlte sich trocken an, und ich nahm einen Schluck Wasser aus dem Plastikbecher. Am Fußende meines Bettes sah ich einen welken Blumenstrauß mit einer Karte stehen, auf die Siri mit ihrer Kinderschrift in sorgsam abgezirkelten Druckbuchstaben „Gute Besserung, Mama!" geschrieben hatte. Ich fragte mich, was man ihr wohl gesagt hatte, warum ich hier lag. Hoffentlich nicht die Wahrheit. Ich wandte mich dem Vorsitzenden zu.

„Weshalb sind Sie hier?"

Er zögerte kurz mit seiner Antwort.

„Weshalb ich hier bin …?", entgegnete er dann. „Selbstverständlich wollte ich sehen, wie es Ihnen geht, mit eigenen Augen sozusagen."

Er deutete mit der Hand auf eine große Pralinenschachtel auf der Fensterbank, eine von den teuren goldenen mit dem Porträt des Ministers auf dem Deckel. Ich fragte mich, ob der

Vorsitzende wohl ebenfalls von einer Pralinenschachtel mit seinem eigenen Konterfei darauf träumte, und musterte ihn in seinem immer gleichen Anzug. Seinem Gesichtsausdruck nach zu urteilen, war mein Gesundheitszustand nicht der alleinige Grund für sein Kommen. Schweigend betrachtete ich ihn, bis er schließlich wieder zu sprechen begann.

„Es ist höchste Zeit, dass jemand Klartext mit Ihnen redet und die Karten auf den Tisch gelegt werden. Ständig nur um Sie herumzuschleichen und Sie mit Samthandschuhen anzufassen – das macht in meinen Augen doch alles nur noch schlimmer. Die Ärzte halten das für notwendig, doch ich glaube, Sie sind wesentlich robuster. Meines Erachtens ..."

Er nahm einen tiefen Atemzug. In seinem Tonfall lag etwas Selbstrechtfertigendes, das mich sowohl provozierte als auch hellhörig werden ließ.

„Meines Erachtens wird es Ihnen erst dann besser gehen, wenn wir hundertprozentig ehrlich sind. Ihnen wie auch uns selbst gegenüber. Ich denke, es gibt da ein paar Dinge, die Sie wissen und mit in Betracht ziehen sollten, wenn Sie eine Entscheidung hinsichtlich Ihrer Zukunft treffen. Verstehen Sie mich?"

Ich nickte.

„Also gut. Sind Sie Ihrer Ansicht nach ausreichend über die Geschehnisse auf Isola und die Fehlentwicklungen dort informiert?"

Ich nickte. Sicher, schließlich hatte ich den Bericht gelesen, diesen absolut unerträglichen Bericht.

„Diesbezüglich möchte ich mich an dieser Stelle auch noch einmal persönlich und in aller Aufrichtigkeit bei Ihnen entschuldigen. Wie Sie wissen, gibt es etliche Dinge, die nicht hätten passieren dürfen, aber auch wenn ich als Chef in letzter Konsequenz die Verantwortung trage, so möchte ich dennoch betonen, dass der Sekretär bereits eingeräumt hat, eigenmächtig gehandelt zu haben, ohne seine Vorgesetzten vorschriftsgemäß zu informieren. Dafür wird er sich vor Gericht verantworten müssen. Ja – Henry Fall war vor Ort, um Sie zu überwachen. Allerdings war es offiziell nicht vorgesehen, dass er eine Waffe bei sich tragen würde. Genauso wenig wie sein Status als zweiter Kandidat vorgesehen war, und auch das FLL befand sich nicht auf mein Betreiben hin auf der Insel. Dass es sich nun trotz allem so verhielt, muss in gewissem Sinne dennoch als mein Fehler gelten, zumal es nun ausgerechnet mein direkter Untergebener war, der diese unglückseligen Entscheidungen getroffen hat. Ich möchte Ihnen aber versichern, dass es niemals meine Absicht war, dass sich die Situation so entwickelt, wie sie sich entwickelt hat."

Ich sah ihn stirnrunzelnd an.

„Schwachsinn."

Er zuckte zusammen.

„Was sagen Sie?"

„Denken Sie wirklich, der Sekretär hätte all dies aus eigenem Antrieb getan? Ohne Sie zu informieren? Natürlich haben Sie über alles Bescheid gewusst, Ihnen tut doch bloß leid, dass die Sache schiefgegangen ist. Denn jetzt müssen Sie wieder aufräumen."

Der Vorsitzende lehnte sich mit erhobener Hand auf seinem Stuhl zurück, wie um mich zu bremsen. Sein Mund hatte sich zu einem grimmigen Strich verzogen.

„Lassen Sie mich zunächst anmerken, wie sehr es mich freut, Ihren früheren Eifer wieder in Ihnen erwachen zu sehen, obwohl es mich natürlich schmerzt, dass Sie kein größeres Vertrauen in mich haben. Angesichts der Umstände kann ich das jedoch durchaus nachvollziehen. Aber lassen Sie uns weiter Klartext reden. Ich bin hier, um Ihnen die Stelle anzubieten."

„Wie bitte?"

Ich dachte, ich hätte mich verhört.

„Ganz richtig. Wir haben Sie unter extremen Bedingungen auf die Probe gestellt, und eingedenk der Voraussetzungen bin ich trotz allem der Ansicht, dass sämtliche Ihrer Entscheidungen durch und durch berechtigt waren. Zugegeben, der Preis war hoch, doch wir alle sind uns darin einig, dass Sie die Situation mit genau der Entschlossenheit und Rationalität angegangen sind, die die Umstände erfordert haben."

Ich traute meinen Ohren nicht. Wie bei einem innerlichen Vulkanausbruch wallte plötzlich all die Wut, die in meiner Brust geschlummert hatte, mit ungeahnter Kraft in mir auf.

„WOVON ZUM TEUFEL REDEN SIE? ICH HABE MEINEN FREUND ERSCHOSSEN! ER WAR UNSCHULDIG!" Ich schrie. Und dann kamen die Tränen. All die Tränen, die sich seit jenem Moment in mir aufgestaut hatten, als ich die beiden Militärhubschrauber hatte heranfliegen sehen und zu ahnen begann, dass hier irgendetwas ganz entsetzlich schiefgelaufen sein musste. Der eine Helikopter landete neben mir, der zweite auf der anderen Seite der Insel. Sofort kamen Sanitäter herausgesprungen, zwei davon wickelten mich in eine Rettungsdecke und gaben mir etwas zu trinken. Ich wollte ihnen von Henry erzählen, dass er drinnen im Haus lag, doch sie waren bereits mit Tragen und Notfalltaschen auf dem Weg dorthin. Ich rief ihnen hinterher, aus meinem Mund kamen aber nur unzusammenhängende Fetzen, und sie schienen mich überhaupt nicht zu verstehen. „Trinken Sie etwas, trinken Sie. Und sehen Sie zu, dass Sie wieder Wärme in die Knochen bekommen", war das Einzige, was sie zu mir sagten.

Plötzlich musste ich an den zweiten Hubschrauber denken. Was machte er dort hinter dem Haus? Das verstand ich nicht. Im selben Moment kam jemand aus dem Gebäude heraus, gestützt von zwei Sanitätern. Lotte. Ich sprang auf, um ihr entgegenzurennen. Die Sanitäter bekamen mich zu fassen und drückten mich wieder zu Boden. Ich wollte ihr etwas zurufen, doch sie starrte mich bloß aus leeren, verschleierten Augen an, während sie, die Arme auf die beiden Sanitäter gestützt, weiter zur Rückseite des Hauses taumelte.

„Sie lebt! Sie lebt!“

Ich war regelrecht hysterisch vor Freude, auch wenn mein vollkommen überstrapaziertes Gehirn nicht verstehen konnte, wie das möglich war. Durch meinen Kopf jagte ein Wirrwarr unterschiedlichster Impulse, wie in einem Film konnte ich Sanitäter und Soldaten auf der Insel herumrennen sehen, ohne dass ich begriff, was hier eigentlich vor sich ging.

Da sah ich den zweiten Helikopter auf einmal hinter dem Haus in die Luft aufsteigen. Er war seitlich offen und mit mehreren Menschen besetzt. Darunter konnte ich den Oberst erkennen. Mit im Wind flatternden Haaren hob er wie zum Gruß die Hand, doch ehe ich diesen erwidern konnte, hatte der Helikopter bereits abgedreht und Kurs aufs Festland genommen. Ich bekam einen der beiden Sanitäter am Kragen zu fassen, zog ihn zu mir herunter und schrie ihm ins Gesicht.

„WARUM SIND SIE AM LEBEN?“

„Anna, beruhigen Sie sich. Es geht Ihnen nicht gut. Wir müssen Sie so schnell wie möglich von hier wegbringen.“

Im selben Augenblick beobachtete ich noch etwas anderes. Oben aus dem Haus trugen einige weitere Sanitäter eine Bahre heraus. Eine Bahre, die komplett abgedeckt war. Wie man das tat, wenn Menschen tatsächlich tot waren. Menschen, die einen Schuss in den Kopf bekommen hatten. Und plötzlich begannen die Erinnerungen zurückzukehren. Wie wenn eine Jalousie hochgezogen wird und sich dahinter Zentimeter für Zentimeter das gesamte Bild offenbart, in all seiner Schönheit und seinem ganzen Schrecken. Schlagartig begriff ich, was ich getan hatte und was ich jetzt tun musste.

Ich nahm einen tiefen Atemzug, atmete aus und entspannte meinen Körper. Ich spürte, wie sich der Griff des Sanitäters lockerte. Daraufhin sog ich scharf die Luft ein und wand mich aus der Umklammerung, rannte auf die Steilwand zu und warf mich über die Klippe.

An all diese Dinge erinnerte ich mich, wie man das ja häufig tut, zugleich in einem einzigen Gesamtbild als auch in unzähligen winzigen Details. Nach dem Sprung über die Klippe gab es nur noch vereinzelte kleine Bilder, wie Standbilder aus einem Film. Die Lampen an der Decke eines Krankenhausflurs. Eine Nadel in meinem Arm. Eine Halskrause, die meinen Kopf stabilisiert. Einen Operationstisch. Das verschwommene Bild von Siri und Nour hinter einer Glasscheibe. Eine Krankenschwester, die mir einen neuen Gips anlegt. Ein auf einem Untersuchungstisch abgelegtes Skalpell. Ein Badezimmer. Blut, Blut und wieder Blut. Weitere Nadeln in meinem Arm. Frische Verbände. Gurte um meine Arme. Schlaf, Dunkelheit. Jemand, der meine Kissen wechselt. Leise und besorgte Stimmen. Jemand, der mir Tabletten verabreicht. Und anschließend unter meiner Zunge nachsieht, ob ich sie auch wirklich geschluckt habe. Mich zwingt, sie hinunterzuschlucken. Momente unerträglicher Wachheit und Klarheit. Noch mehr Schlaf, noch mehr Dunkelheit. Und dann heute auf einmal: Vogelgezwitscher. Und der Vorsitzende an meinem Bett.

Während ich mich an all das erinnerte, entwickelten sich meine anfänglichen stillen Tränen allmählich zu einem Weinkrampf, wie ich ihn noch nie erlebt hatte. Das Weinen schien aus den Tiefen meines Körpers zu kommen, von einem so urzeitlichen Ort im Innersten meiner Seele, dass er selbst mir nicht bekannt war.

Der Vorsitzende machte keinerlei Anstalten, mich zu trösten, er saß einfach da und ließ mich weinen. Bis meine Tränen schließlich doch verebbten.

„Können wir weitermachen?“, fragte er nach einer Weile mit gedämpfter Stimme.

Ich nickte.

„Dann würde ich Ihnen als Nächstes gern die Konditionen darlegen. Wenn Sie den Job haben wollen, gehört er also Ihnen. Bevor Sie sich jedoch zu einem Nein hinreißen lassen, möchte ich, dass Sie sich die Alternativen anhören. Bei dem Job handelt es sich um eine Festanstellung in der RAN-Gruppe. Ihre Arbeit wird höchster Geheimhaltung unterliegen, und mit Sicherheit werden Sie diese sowohl als Bereicherung als auch als große Herausforderung empfinden. Was das Materielle anbelangt, wird es Ihnen in Zukunft an nichts mehr mangeln. Ihr fester Jahreslohn wird jener Summe entsprechen, die ich Ihnen ursprünglich als Honorar für den Auftrag genannt hatte. Ihre Tochter wird die besten Schulen besuchen können. Und die alten Berichte über Ihre Mutter werden vernichtet. Darüber hinaus kommen wir für sämtliche Gebrauchsgüter auf, die Sie und Ihre Familie benötigen werden, sowie für Unterkunft und Transport, sowohl während der Arbeitszeit als auch in den Ferien. Sie werden nicht Vollzeit arbeiten. Bisweilen können Wochen und Monate vergehen, in denen wir Sie nicht brauchen. Dann haben Sie bei voller Lohnfortzahlung frei. Allerdings werden Sie rund um die Uhr im Dienst sein. Wenn wir Sie brauchen, kommen Sie. Ihre Aufgaben werden Ihnen mitunter einiges abverlangen, jedoch nichts Schlimmeres, als das, was Sie bisher erlebt haben. Klingt das akzeptabel?"

Ich nickte stumm. Der Vorsitzende fuhr mit leiser Stimme fort, den Blick auf die Tür gerichtet, als wollte er sich versichern, dass niemand hereinkam und uns unterbrach.

„Sollten Sie sich allerdings gegen die Stelle entscheiden, muss ich Sie leider darauf aufmerksam machen, dass in der anderen Waagschale keine Annehmlichkeiten liegen. In dem Fall stünden Sie nämlich nicht mehr in unserem Dienst und würden somit auch nicht länger die Immunität der Union genießen, folglich würde Sie eine Anklage wegen Totschlags oder Mordes an

Ihrem früheren Kollegen Henry Fall erwarten. Das ist zwar höchst bedauerlich, da werde ich dann aber leider nichts für Sie tun können. Selbstverständlich dürfen Sie sich einen Anwalt nehmen, der Sie vor Gericht nach bestem Vermögen vertritt, allerdings möchte ich anmerken, dass die Beweislage in Ihrem Fall erdrückend ist und Ihre Chance auf einen Freispruch minimal. Eventuell werden Sie sich auf mildernde Umstände berufen können und Ihr Strafmaß so von lebenslänglicher Haft oder gar der Todesstrafe auf einen zeitlich begrenzten Gefängnisaufenthalt reduzieren. Auf zehn Jahre vielleicht. Vielleicht weniger, vielleicht aber auch mehr. Wie alt ist Ihre Tochter gleich noch?"

Er betrachtete mich forschend. Als ich schwieg, fuhr er fort: „Zudem muss ich Sie in aller Deutlichkeit darauf hinweisen, dass, sollten Sie sich das Leben nehmen, Ihre Tochter nicht nur zur Waise werden, sondern darüber hinaus auch all ihr Hab und Gut verlieren wird. Selbstmord während eines laufenden Gerichtsverfahrens gilt als Hochverrat. Das nennt sich Strafvereitelung und wird mit Pfändung geahndet, die zulasten der Hinterbliebenen geht. Dabei handelt es sich um ein Relikt aus den Tagen des Zweiten Kalten Krieges, das zwar nur noch selten angewandt wird, in diesem Fall jedoch unbedingt angebracht wäre. Darüber hinaus müssten wir natürlich ermitteln, inwieweit Ihre Mutter in Ihre Absichten eingeweiht war, was unter Umständen mit einschließen würde, ihre alten Akten erneut aufzurollen und die Gründe für ihren damaligen Parteiausschluss zu überprüfen."

Der Vorsitzende bohrte den Blick in mich.

„Verstehen Sie, was ich damit sagen will?"

Er nestelte mit der Hand in der Innentasche seines Jacketts herum und zog etwas heraus. Eine Waffe, jetzt erschießt er mich, fuhr es mir durch den Kopf. Doch es war keine Waffe. Es waren zwei Umschläge, die er vor mir auf die Decke warf.

„Der eine enthält einen Arbeitsvertrag, der andere einen Haftbefehl. Die Entscheidung liegt ganz bei Ihnen."

Ich sah weder ihn noch die beiden Umschläge an, sondern den verwelkten Blumenstrauß an meinem Fußende. Eigentlich war es überhaupt kein Blumenstrauß, sondern eher ein Bündel zusammengeklaubter Blätter und Halme. Bestimmt hatte Siri sie selbst gepflückt, vermutlich in Nours Innenhof, wo zwischen dem Kopfsteinpflaster blühendes Unkraut spross, und in dem Nour jedes Jahr aufs Neue versuchte, in Blumentöpfen Tomaten zu ziehen, obwohl es dort viel zu kalt und schattig war und deshalb nie gelang. Vor meinem inneren Auge sah ich Nours raue Hände vor mir, die zunehmend älter, runzliger und zittriger wurden und vielleicht nicht mehr allzu lange mitmachten, wie sie neben Siris kleinen zarten Händen mit den Trauerrändern unter den dünnen Nägeln die Erde umgruben. Als Säugling hatte Siri so winzige Händchen gehabt, rund wie ausgestopfte Kissen und mit kleinen Grübchen an den Knöcheln. Ihre Hände um meine Finger, in meinem Haar. Ihr Herz ganz dicht an meinem. Nun waren ihre Hände schmal und stark. Aber noch immer klein. So wahnsinnig klein.

Und mit einem Mal wurde mir alles klar. Plötzlich durchschaute ich alles.

„Anna? Allmählich würde ich gern wissen, wie Sie darüber denken. Für welchen Umschlag entscheiden Sie sich? Nehmen Sie die Stelle an?"

„Es hat nie einen Test gegeben."

Meine Stimme hörte sich wie die einer Fremden an, trocken und kratzig. Der Vorsitzende schwieg. Er saß vollkommen regungslos da, rührte sich kein bisschen.

Ich fuhr fort: „Es hat nie einen Test gegeben, hab ich recht? Weder für mich noch für irgendjemand anderen. Denn bei einem solchen hätte ich in jeder Hinsicht versagt. Also kann es keinen Test gegeben haben. Es war eine Falle. Jetzt haben Sie mich genau dort, wo Sie mich haben wollten. Mir sollte gar keine andere Wahl bleiben. Sie wollten unbedingt, dass ich den Job annehme, wieso, weiß ich nicht, aber so ist es eben. Allerdings war Ihnen klar, dass ich mich nie im Leben freiwillig darauf einlassen würde, also haben Sie mich in eine Situation gebracht, in der ich gar keine Alternative mehr habe. Zugleich haben Sie sich den Sekretär vom Hals geschafft. Auch hier verstehe ich die Gründe nicht, aber Sie werden mit Sicherheit welche haben. Jetzt können Sie ihn auf Lebenszeit wegsperren. Aus die Maus."

Ich lachte auf. Auch mein Lachen klang merkwürdig. Der Vorsitzende rührte sich noch immer nicht. Einzig meine Atemzüge waren zu hören.

„Aber eine Sache verstehe ich nicht. Warum wollten Sie Henry loswerden? Was hat denn ausgerechnet er Ihnen getan?"

Ich wartete darauf, dass der Vorsitzende etwas sagen würde, obwohl ich mir darüber im Klaren war, dass ich darauf keine Antwort erhalten würde. Nach langem Schweigen ergriff der Vorsitzende endlich in heiterem Ton das Wort.

„Überaus interessant, Ihre kleine Hypothese. Und manche Ihrer Fragen werden ja vielleicht sogar irgendwann einmal beantwortet, wer weiß? Natürlich gibt es Gründe, warum ausgerechnet Sie so wichtig für die Arbeit der RAN-Gruppe sind, einen Anlass, zu dem ich Ihnen im Moment leider noch nichts sagen kann, aber Sie werden ihn beizeiten schon herausfinden. *Falls* Sie mein Angebot annehmen, versteht sich. Andernfalls werden Sie es natürlich nie erfahren. Also, Anna, wenn ich nun um Ihre Antwort bitten dürfte. Wofür entscheiden Sie sich?"

Ich sah dem Vorsitzenden geradeheraus in die Augen. Seine Pupillen waren groß und schwarz. In ihrer Tiefe offenbarte sich mir ein kalter, unwirklicher und furchterregender Wahnsinn. Ich hatte im Grunde keine Wahl. Und in gewisser Weise hatte ich die ganze Zeit über gewusst, dass es genau so enden würde. Also nickte ich. Dann sollte es so sein.

Auf dem Gesicht des Vorsitzenden breitete sich ein strahlendes Lächeln aus, er schnappte sich den einen Umschlag, schob ihn zurück in seine Innentasche und streckte mir dann seine rechte Hand entgegen.

„Ausgezeichnet! Anna Francis – hiermit heiße ich Sie in der RAN-Gruppe herzlich willkommen."

Stockholm,
Protektorat Schweden,
März 2037

## *Henry*

„Entschuldigung, aber mir ist noch immer nicht ganz klar, was genau meine Aufgabe sein soll. Worum geht es hier?"

Der Sekretär holte einen großen Umschlag heraus und reichte mir diesen. Auf meinen fragenden Blick hin nickte er in dessen Richtung.

„Öffnen Sie ihn."

Ich folgte seiner Aufforderung und zog einen Stapel Unterlagen heraus, allem Anschein nach eine Personalakte, und als ich diese umdrehte, starrte mir von der Kopie eines Passes ein wohlbekanntes Gesicht entgegen. Anna Francis.

„Sie ist unsere Kandidatin", sagte der Sekretär. „Ihre Aufgabe wird darin bestehen, sie zu überwachen und zu beschützen."

Ich hob den Blick von den Unterlagen und sah den Sekretär an. Ich wusste nicht, was ich sagen sollte.

„Das wird nicht allzu schwierig sein. Die meiste Zeit wird sie ohnehin tot sein. Oder zumindest werden die anderen Teilnehmer das glauben. Alle außer Ihnen und einer weiteren eingeweihten Mitarbeiterin."

Ich blickte auf Annas Passbild hinab. Offenbar hatte es ein Fotograf aufgenommen, denn es sah ihr überhaupt nicht ähnlich. Sie wirkte auf eine gestellte und seelenlose Weise hübsch. Ich überlegte krampfhaft, welche Frage ich nun sinnigerweise stellen sollte.

„Und wie soll das Ganze ablaufen?"

„Sie wird mittels eines fingierten Mordes abtauchen. Anschließend lassen Sie die anderen einen nach dem anderen von der Bildfläche verschwinden."

Er bemerkte meinen entsetzten Blick.

„Also, nicht buchstäblich, versteht sich, aber für Anna soll es so aussehen. Wir möchten beobachten, was sie unternimmt, wie sie agiert, welche Schwächen sie offenbart. Vor allem aber möchten wir wissen, ob sie in der Lage ist, dem Befehl zu folgen, sich nicht zu verraten, selbst wenn die Situation dagegenspricht. Kurz und gut: Wir möchten sie einem Stresstest unterziehen."

Die ganze Angelegenheit kam mir außerordentlich merkwürdig vor. Ich versuchte meine Gedanken zu sammeln und mir die Abläufe vorzustellen. Der Sekretär blickte mich auffordernd an, als würde er meine Fragen bereits erwarten.

„Das heißt also … am Ende werden nur noch sie und ich übrig sein. Und was mache ich dann?"

„Dann können Sie sie über die Operation aufklären, wenn Sie wollen. Aber keinesfalls vorher."

Ein Gedanke schoss mir durch den Kopf.

„Wenn aber nur noch wir zwei übrig bleiben, dann muss Anna doch denken, ich wäre der Mörder. Sie wird mir meine Erklärungen möglicherweise gar nicht abnehmen?"

„Genau aus diesem Grund ist es ja so wichtig, dass gerade *Sie* dort sind. Offensichtlich hat sie Vertrauen in Sie. Und Sie kennen Anna Francis und wissen, wie sie tickt. Ich habe gehört, sie mag Sie."

Ich wunderte mich, wo er das gehört haben mochte, fragte jedoch nicht nach. Der Sekretär schien mir anzusehen, dass ich ihm nicht folgen konnte.

„Haben Sie als Kind irgendwann einmal Mördern gespielt?"

Ich schüttelte den Kopf.

Der Sekretär erklärte es mir: „Das Spiel geht so: Eine Person wird durch Los zum Mörder bestimmt, eine andere zum Detektiv. Alle anderen Mitspieler, die Opfer, kennen zwar den Detektiv, wissen aber nicht, wer der Mörder ist. Anschließend bewegen sich alle durch den Raum. Der Mörder bringt seine

Opfer um, indem er ihnen diskret zublinzelt. Daraufhin muss die betreffende Person tot umfallen. Sobald der Detektiv einen Verdacht hegt, klagt er den vermeintlichen Mörder an. Hat er recht, gewinnt der Detektiv, ansonsten gewinnt der Mörder."

Ungerührt zerteilte der Sekretär den Lachs vor sich auf dem Teller. Er war zartrosa, im Inneren fast noch roh. In meiner Vorstellung sah ich den Mann plötzlich einen Säugling sezieren.

„Perfekt", schwärmte der Sekretär mit einem zufriedenen Seufzen. Er hob den Blick nicht vom Teller. „Im Grunde ist die Angelegenheit also ziemlich leicht. Betrachten Sie unsere kleine Operation einfach als eine Variante des Mörderspiels."

Er schob sich den rosafarbenen Lachs in den Mund und schien ihn ohne zu kauen hinunterzuschlucken. Ich räusperte mich.

„Nein, dieses Spiel habe ich nie gespielt. Sie denn?"

Der Sekretär blickte zu mir auf. Seine grauen Augen leuchteten.

„Darin war ich ein wahrer Meister."

# Dank

Anna existiert nicht. Isola existiert nicht. Und auch die Freundschaftsunion gibt es nicht. Stockholm hingegen gibt es natürlich, genau wie die äußeren Schären, allerdings habe ich mir bei beiden relativ große und offensichtliche Freiheiten erlaubt. Jede Ähnlichkeit mit realen Personen, Staatsformen und Institutionen sind rein zufällig und nichts, worüber man sich allzu viele Gedanken machen sollte. Kurz und gut: Ich habe alles frei erfunden. Für mich war das der ausschlaggebende Punkt, warum ich einen Roman schreiben wollte.

Allerdings gibt es eine Vielzahl von Personen, die zu dieser Erfindung beigetragen haben. Ihnen allen sage ich aus tiefstem Herzen: Danke!

Stephen Farran-Lee, Hanna Skogar Sundström, Molly Uhlman Lindberg, Bonnie Halling, Richard Herold vom Verlag *Natur och Kultur* in Stockholm.

Astri von Arbin Ahlander, Christine Edhäll, Kaisa Palo von meiner Agentur Ahlander Agency.

Den beiden Buchklubs *Bokklubben Kulturkoftorna* und *Lilla Bokklubben*.

Meiner ersten Leserin und besten Freundin Anna Berg. Mats Strandberg, der mir sozusagen den Proviant gepackt und den Kompass mit auf den Weg gegeben hat, als ich in den dunklen Wald des Bücherschreibens aufgebrochen bin. Deine grenzenlose Großzügigkeit macht mich stets sprachlos und glücklich. Anna Andersson, die mich neben Freundschaft und Klugheit auch die unschätzbare Kunst des Nudeln-Abgießens gelehrt hat. Mathias Andersson mit den warmen Händen und dem kühlen Kopf. Jenny Jägerfeld, die als Einzige mit ungebremstem Enthusiasmus reagiert, wenn man sie zum „Paniklunch" einlädt. Sonja Holmquist, jeder sollte eine Ärztin haben, die dazu in der Lage ist, die eigenen erfundenen Krankheiten zu diagnostizieren und entsprechend zu behandeln. Und allen anderen wunderbaren Freunden, die immer an meiner Seite waren, an guten und an schlechten Tagen. Ihr wisst schon, wen ich meine.

Und wie immer und vor allem: F, A und M – ohne euch wäre alles nichts.